中国书籍文学馆

名家文存

文学的尊严

贺绍俊／著

中国书籍出版社
China Book Press

图书在版编目（CIP）数据

文学的尊严 / 贺绍俊著 . —北京：中国书籍出版社，2014.3

（中国书籍文学馆·名家文存）

ISBN 978-7-5068-3945-7

Ⅰ . ①文… Ⅱ . ①贺… Ⅲ . ①随笔—作品集—中国—当代 Ⅳ . ① I267.1

中国版本图书馆 CIP 数据核字（2013）第 306193 号

文学的尊严

贺绍俊　著

图书策划	武　斌　崔付建	
责任编辑	李国永	
责任印制	孙马飞　张智勇	
出版发行	中国书籍出版社	
地　　址	北京市丰台区三路居路 97 号（邮编：100073）	
电　　话	（010）52257143（总编室）（010）52257153（发行部）	
电子邮箱	chinabp@vip.sina.com	
经　　销	全国新华书店	
印　　刷	三河市华东印刷有限公司	
开　　本	710 毫米 ×1000 毫米　1/16	
字　　数	160 千字	
印　　张	16.25	
版　　次	2014 年 5 月第 1 版　　2019 年 1 月第 2 次印刷	
书　　号	ISBN 978-7-5068-3945-7	
定　　价	48.00 元	

目 录

说理篇

002　经典化与当代文学

009　高原状态与文学缺氧

011　文学的，还是媒体的？

014　坚硬的现实主义或者温和的批判

019　塑造国际视野下的中国人形象

023　汉语危机与新世纪文学的可能性

027　文学冷还是出版冷？

031　人民性是一个让我们审慎对待的词

035　文学的理想精神让我们更有尊严

039　闭门造车为何大行其道？

042　心灵体验的能力

045　寻找异质的文化内容

049　资源共享与延宕中的世界性

054　从工业题材到都市文学

059　文风四题

知人篇

070 柏杨：永远在野的政治家

073 周政保：一位捍卫文学尊严的军人批评家

075 林那北北北：一体两面

094 鲁敏：离圣洁更近一些

099 罗伟章：吟唱苦涩沉重的教育诗

106 郑小驴：远离时尚元素的"80后"

110 用头脑行走的史铁生

113 天高云淡的意境里阅读郭文斌

119 清洁的东君

124 劳马的哲学小说

131 周瑄璞的城市生活形态小说

137 葛水平印象：暖暖地气中的灵性

143 我读畀愚：迷蒙柔性的反讽以及哲学家的品格

146 麦家的密码意象和密码思维

153 麦买提明・吾守尔告诉我们：

每一个维吾尔人都是阿凡提

156 "文学湘军五少将"的硬汉精神

品文篇

164　隐喻的私生女

168　这棵巍峨的大树依然郁郁葱葱

171　中国古代战争的《史记》

174　向生命伦理中的善良和美好致意

178　盲人形象的正常性及其意义

187　一段被湮没的现代化

192　传统女性的最后葬礼

196　沉默是诗歌对抗现实的一种方式

199　超越天使与妖女的"奇观"

203　改革时代的大赋体

207　革命化的个人史

210　不变的"仙人洞"有着无限风光

215　"走出去"的文化感悟

219　孤傲的唯美写作

222　你在做一项"伟大的启蒙"

227　用伟大的文学想象激活历史

231　缅怀诗歌的时代

236　流浪的灵魂是高贵的

240　点评"70后"

说理篇

经典化与当代文学

经典是一个伟大的字眼。从一定意义上说，人类的精神文明史就是不断孕育、锻造经典的历史。因此离开了经典，也就离开了精神文明。一个人若是想成为一个真正的人，唯一的方式就是走进经典。什么才是真正的人，简单地说，就是马克思所论述的"全面发展的人"，他不仅有健康的体魄，有渊博的知识和高超的本领，还必须要有丰富多彩的精神世界。我们需要学习的东西很多，既要学习生活经验，也要学习知识和技术，而特别需要学习的，是人类几千年文明积累起来的经典；经典是构筑我们精神世界的基本材料。但什么是经典，却是一个永远吸引着人们也似乎永远无法获得一个公认结论的话题，值得我们无休止地讨论下去，也正因为我们在无休止地谈论它，我们就会始终保持着一种对经典的期待。然而当下的社会似乎是一个不利于经典生存的时代。

经典是高峰，但也不是孤独的存在；经典是伟大的，但也不是伟大的终结。意大利当代著名作家卡尔维诺，也是一位对当代中国颇有影响的经典作家，他写过一篇文章：《为什么读经典》。他首先认为，经典作品是那些你经常听人家说"我正在重读……",而不是"我正在读……"的书。还不仅仅是"重读"。卡尔维诺进一步解释:其一,一部经典作品是一本每次重读都好像初读那样带来发现的书。其二,一部经典作品是一本即使我们初读也好像是在重温我们以前读过的东西的书。卡尔维诺接着非常具体地表达了他对经典的定义。他说,如果我读《奥德赛》,我是在读荷马的文本,但我也不能忘记尤利西斯的历险在几个世纪以来所意味的一切事情,而我不能不怀疑这些意味空间是隐含于原著文本中,还是后来逐渐增添、变形或扩充的。如果我读卡夫卡,我就会一边认可一边抗拒"卡夫卡式的"这个形容词的合法性,因为我们老是听见它被用于指称可以说任何事情。如果我读屠格涅夫的《父与子》或陀思妥耶夫斯基的《恶魔》,我就不能不思索这些书中的人物是如何继续一路转世投胎,一直到我们这个时代。从卡尔维诺的叙述中可以看出,他有明确的经典坐标,同时他又强调经典的影响力。

所以,经典是一株仍然在生长的大树,一株仍然郁郁葱葱的绿色的大树,它不断地结出大树的种子,聪明的人在这株大树下会摘下一粒种子,栽种在自己的园地里,让它又长出一株新树来。我们为什么要读经典,是因为我们看重经典这株树上的种子。请注意,经典不是颠扑不破的真理,不是必须遵守的法规,也不是供人描红的字帖。

经典是可以在文明发展、文学发展进程中不断被丰富被深化的文本。从这个角度说,我很欣赏"经典坐标"的提法,但我更加关注的是,经典坐标的动态性而不是静止性,由此,我更愿意提到另一个词:经典化。经典是经典化过程的结晶,同时,经典也意味着它包含了一种经典化的运动,一旦这个经典化运动终止了,经典也就死去了。

当代文学最大的魅力就在于,它的经典化过程具有更大的未知数和不确定性。事实上,应该把作家的创作、批评家的批评,以及整个社会的文学生产和文学消费，都看成是经典化过程中的必不可少的元素。

具有经典化意识，并非就是唱赞歌、说好话。它必须是一种独立的学术思考，它会生成出不同的意见。当然，一个独立的学者认准了自己所判断的经典时，也会毫不吝啬赞扬的话、肯定的话。要有这样的慧眼识英雄，否则经典将会被埋没。张爱玲现在成为现代文学的经典作家之一了，她的经典过程比较复杂。当然，当年她在被日本人侵占的上海，曾经是风头正健的文学新人，但随着抗日战争的胜利，她逐渐退出文坛的中心，以后在中国内地的现当代文学史建构中她几乎销声匿迹，只是在台湾的文学史叙述中还保留着她的身影。1961 年，美国的汉学家夏志清的《现代中国小说史》辟专章讨论张爱玲，给她极高的评价，认为她是今日中国最优秀最重要的作家，"仅以短篇小说而论，她的成就堪与英美现代女文豪如曼殊菲儿、泡特、韦尔蒂、麦克勒斯之流相比，有些地方，她恐怕还要高明一筹。《秧歌》在中国小说史上已经是本不朽之作。"直到将近二十年后，夏志清的这部著作引进到中国内地，给中国现当代文学的学者带来观念上的冲击，从此张爱玲在文学史上的地位遽然上升，并成为越来越获得公认的现代文学的经典作家。但我以为其实张爱玲当年在上海开始文学写作起，其经典化过程也同时就启动了，在其经典化过程中，有一位伟大的评论家就发现了张爱玲的文学价值，这位评论家就是傅雷。我们一直把傅雷视为一位优秀的翻译家，事实上，他能将外国小说翻译得那么精彩，就在于他具有一流的文学鉴赏能力，因此他也是一位文学评论的天才，只不过他未将文学评论作为自己的主业。当年他在上海读到张爱玲的小说后，就写了一篇评论文章：《论张爱玲的小说》，他从张爱玲的小说中发现了特别的价值，他认为，自"五四"新文化运动以来，因为过分强调小说的思想意义，从而形成了一种"对技巧抱着鄙夷的态度，仿佛一有准确的意识就能立地成佛似的，区区艺术更是不成问题。"他从张爱玲的小说中发现，张爱玲并没有受到这种鄙夷技巧的文学态度的影响，因此他满腔热情地赞美张爱玲的小说《金锁记》"颇有《猎人日记》中某些故事的风格，至少也该列为我们文坛最美的收获之一。"傅雷在这篇评论中详细分析了《金锁记》在结构、节奏、色彩上的匠心，以及作者的心理分析等方面的巧妙运用。傅雷除了肯定了《金锁记》的艺术性，还对张爱玲的《倾城之恋》《连环套》等小说提出了批评。傅雷在文章最后说了一段意味深长的话："一位旅华数十年的外侨和我闲谈时说起：'奇迹在中国不算稀奇，可是都没有好收场。'但愿这两句话永远扯不到张爱玲女士身上！"这其实是傅雷用委婉的方式向张爱玲提出的忠告，他把张爱玲看成是一个"奇迹"，同时他又期待张爱玲不要成为没有好收场的"奇迹"。张爱玲读到了这篇评论，她写了一篇谈创作的文章，含蓄地回应了傅雷的批评，既有辩解，也有自我批评。我相信，傅雷这篇适时的评论对张爱玲的文学经典化起到了重要的作用。在一定程度上说，没有傅雷的评论，也就没有后来夏志清的重新发现。夏志清在《现代中国小说史》中对《金锁记》的分析，或许就有傅雷给予的启发，夏志清称赞《金锁记》"是中国自古以来最出色的中篇小说"，这完全就是断定了《金锁记》的经典意义。

描述张爱玲的经典化过程，是想强调文学批评在经典化过程的不可替代的作用。当然，我在这里是强调当代文学的经典化。

在当代文学的生态环境中，一直弥漫着一种非经典化、去经典的思潮，人们对于当代文学，热衷于做的就是摧毁和破坏，从来不认为建构当代文学的经典是当代人应当做的事情。我在大学从事现当代文学的教学，对这一点感触尤其深。依我的看法，人们到大学来学习，首先就是要学习经典。当代文学专业就应该学习当代文学的经典。否定经典的社会时尚对当代文学的冲击最大。那些学习期间的必读作品一个个被宣布不是经典了，这也真让我们教当代文学的老师惶惑不安。经典都不存在了，我们还有必要在大学里设置当代文学专业吗？当然，经典化过程本身就包含着质疑与否定，有些文本一度被认定为经典，但在岁月的淘洗下最终被证明还没有经典的含量，自然就要被淘汰出局。特别是中国现当代文学是在一个非常政治化的时代下走过来的，经典化过程受到外在因素的影响太大，特别是政治和意识形态的影响甚至将左右经典化的过程。随着时间的推移，外在因素逐渐衰落，真正的经典也许才会水落石出。也就是说，经典始终处在一个动态变化的状态之中，在"建构——解构——再建构"的过程中一再地确认自己的身份。所以基洛里在为《文学研究批评术语》撰写"经典"条目时，也特别强调了经典的动态性，他写道，经典是"这样一个历史事实，经典中不断有作品添加进来，与此同时，其他的作品又不断地被抽去"。但是，必须承认，经典的动态性和不确定性是与非经典化和去经典化完全属于两种思维方式，不应该混为一谈。尽管当下的非经典化和去经典化的思潮带有对过去的政治和意识形态左右经典化的历史的一种反拨，但我们不能因此就完全认同非经典化和去经典化的思维方式。因为这涉及到我们应该以什么样的姿态和方法来进行文学批评。

我以为，文学批评家不仅要有经典意识，而且也要有经典化意识。文学批评最根本的功能就是制造经典。文学批评的过程就是经典化的过程。也是从这个角度说，我很钦佩宁波大学设立艾伟工作室的举动。我以为这是一种积极、主动参与到经典化过程中去的举动。

在当下，文学批评仿佛成为了一个最污浊的词语，一方面，文学批评家不好好呵护它，他们用自己的不负责任的批评行为给这个词语涂抹上污浊的色彩；另一方面，文学批评越来越成为媒体时代的贱儿，它可以随意地"被"丑化、"被"辱骂、"被"作为一些社会问题的遁词。所以在当下的文坛，作家是最看不起批评家的，你要去问作家，你读了评论你的作品的文章没有，十个作家有八个会以一副不屑的神气对你说："我从来不读评论文章的。"但我猜想，作家们从内心来说，仍然是希望从文学批评中获得灵感的，他们不过是因为当下的文学批评变得非常世俗，他们想以拒斥的态度表示他们与这种世俗化的批评划清了界线，以显其仍保持着清高。以我有限的了解，我觉得大多数的作家私下里还是很认真地对待文学批评的。我记得有一年在福建参加一次文学研讨会，会上既有文学批评家，也有作家。李建军发言时尖锐批评了莫言，莫言就在会场上，针对李建军的发言他也进行了反批评，关于这场争论的具体内容不去说它，重要的是这个事件后来引起媒体的极大兴趣。有的记者也以此问莫言如何看待李建军对他的批评。莫言说："我更多的是从我个人的角度来反思自己。首先，我觉得像我这样一个写作了二十多年，已经五十多岁的人，在听到批评，哪怕是尖刻的批评的时候，还是应该保持一种冷静的心态。批评家对我的作品的艺术方面的批评我可以争辩，我有反批评的自由；至于涉及到人格和道德方面的批评，这个就没有必要辩解，更没有必要反诘，而是应该反思，应该警惕，应该有则改之，无则加勉，应该保持这么一种心态。""这场争论让我非常冷静地考虑了自己今后应该以怎样一种真实的、不虚伪的态度来对待批评，应该用善意去想批评家，不要把别人的意图往坏里想。不管问题提得多么尖刻，不管批评多么粗暴，都应该从善处去想，都应该从自身来找问题。"在这里，我既欣赏李建军的直率的批评，尽管当时我并不完全赞成他的一些观点；同时也欣赏莫言对待否定性批评的宽容姿态。事实上，一个作家与一个批评家的关系如何并不重要，他们之间也许是朋友关系，也许是"敌我"关系；也许是和气一团，也许是剑拔弩张。但关键是整个社会的批评生态应该是健康良好的，是有序循环的。只有在这样一种良好的批评生态中，各种声音都能够被容纳下来，都能够转化为一种经典化的努力。现在我们最缺乏的就是这样一种良好的文学生态环境。

20世纪被韦勒克称之为"批评的时代"。20世纪的确也是文学批评特别风光的世纪。从马克思主义学派、新批评、精神分析学派到结构主义、解构主义、新历史主义，一批又一批的批评团体纷至沓来，声势逼人。而20世纪以来现代主义的文学经典之所以能够如此迅速地占据历史舞台，大放异彩，完全盖过了古典文学经典的风头，就因为20世纪以来文学批评在经典化过程中的积极自觉的行动。更有必要指出来的是，文学批评不仅为现代主义文学经典的生成作出了巨大贡献，而且也让批评自身生成了现代主义的思想经典。在今天这样一个娱乐化的时代，文学批评的风光不再，但"批评的时代"余韵尚在，文学批评应该在当代文学经典化的过程中有所作为。

高原状态与文学缺氧

在一年一度的全国图书订货会上，几位作家推出新的长篇小说，如铁凝的《笨花》、史铁生的《我的丁一之旅》、莫言的《生死疲劳》，成为文学的亮点。我还注意到有四五家出版社同时推出年度文学年选，都能成为受市场欢迎的图书。翻阅这些文学年选，的确感觉到每年仍有一批质量上乘的作品。文学的繁荣也许是空前的。

我以为中国当代小说这些年来始终处在高原的状态之中。所谓高原状态，是指小说创作的整体水平相当高，却缺乏凌空突起的山峰。当我们回望 2005 年时，这种高原的印象似乎更为强烈。我们见到了很多熟悉的作家，他们仍然出手不凡，你可以说他们又有了新的进步，但他们并没有立起一座让我们仰止的高山。我们也见到了不少新的作家，他们的文字显得那么的成熟，他们的感觉又是那么的新鲜，尽管你能挑剔地说在他们的叙述里能发现一些大师名家的影子，你却不能不承认稚嫩与他们远不搭界；但即使如此，他们也没有成为横空出世的天才傲立苍穹。高原状态反映出一个民族的整体文学素质处在较高的水准，但文学高原的海拔高度只是通过历史的对比才显现出来的，而处在高原中的当代读者并不会在历史对比中进行阅读，因此他们更在意高原景象带来的单调和平庸。平庸就成了我们批评当代文学的一个常用词。当然如果仅仅是有些平庸也许还不是多么可怕的事情，因为眼下的平庸毕竟是一种高水平的平庸。问题是如果我们的作家没有足够的实力，恐怕会连这样的平庸都保持不下去，会被高原的环境拖垮。种种文学迹象也显示出作家们在高原状态下有些筋疲力尽了。最突出的表现就是作家的重复，不仅在重复古人、重复洋人，也在重复自己。重复自己在一些有所成就有所影响的作家身上表现得尤为严重。我们从他们当下的写作中往往能找到他们多年前甚至十多年前的影子。重复是维持高原现状的最便捷的方式，因为今天的文学海拔正是前人的成就反复垒积起来的，你从已有的成果里搬用一点资源，就能保持一定的水平。但重复又是最懒惰的方式，它不可能使你垒起自己的高山。

重复的反义词就是创新。我相信每一个作家并不是不想创新，而是因为他们的文学缺氧，文学缺氧了，还有什么精力去创新呢？初次到青藏高原的人多半都有高原反应，这是因为高原空气相对稀薄，那些高原反应严重的人不得不从氧气袋内吸几口新鲜的氧气。今天的作家显露出疲乏的神态，大概也是因为他们的文学缺氧了吧。当我们的文学游走在高原上时，我们的思想却应该设法潜入到底层，到底层去呼吸最新鲜的氧气。二十世纪的中国文学是一个开创性的世纪，前辈作家从无到有，为我们耸立起新文学的巍巍高峰。二十一世纪则需要我们的作家在高原上来一次新的造山运动，这实在是一场充满诱惑力的挑战。

文学的，还是媒体的？

今年的美国普利策小说奖得主、美籍澳大利亚作家杰拉尔丁·布鲁克斯来到中国访问，这也许算不得是多大的新闻，但这位获奖作家在中国短短的行程里却安排了很多项与媒体有关的活动，其中有一项就是应《长篇小说选刊》杂志的邀请，到该杂志社做客并与几位中国女作家交流对话。我以为这倒是这桩新闻事件中的焦点。

据我所知，美国的普利策奖包括新闻和文艺两大类，而最有影响的还是新闻类奖项，其创始人是美国的一位著名的报业人士。这本身就很有意思，显然在普利策先生的心目中，新闻媒体与文学艺术（主要还是文学，创始人最初确定的奖项也只包括新闻和文学）有着密切的关系。其实，中国的现代文学发展史足以证明这一点。中国的现当代文学与中国现代传媒就像是一对孪生兄弟，一同诞生于中国近代以后的现代化运动中。现代文学的许多流派、许多理论主张，都是在媒体的推波助澜下催生的，许多重要作家、经典作品也是由媒体一手锻造出来的。事实证明，也只有新兴的现代传媒，才能容得下不同于旧文学范式的现代文学。时至今日，传媒可以说仍是文学的重要阵地，文学也是各种媒体缺少不了的一道美味菜肴。在我看来，中国倒是应该有一个自己的"普利策奖"，也才对得起中国现当代文学与传媒这对孪生兄弟的长久友谊。可惜中国还没有。所以当布鲁克斯来到《长篇小说选刊》杂志社的时候，我首先想请教她一个问题，她是如何看待媒体与文学的关系的。没想到这个问题让她感到非常伤心，因为她觉得现在西方的媒体越来越远离文学。她说："在西方，媒体上的文学作品越来越少，许多不错的作家的优秀作品没有人评论，没有人专门去阅读。"她参观了《长篇小说选刊》杂志社以后特别羡慕中国的读者，她有些伤感地说："你们有这么好的一本刊物，介绍这么多作品，配有这么多评论，我们却没有。"

中国目前的媒体与文学的关系也许确实是世界上独一无二的，一个国家拥有上百家纯文学期刊，这就足够令人咋舌，何况还有大量的报刊，不时地追踪着文学话题和著名作家。不过，我知道布鲁克斯本人也是一位媒体专栏作家，曾采访过国际上重大的热点事件和热点人物，在中国作家眼里，这些都是具有轰动效应的材料，但布鲁克斯却把新闻和文学严格区分开来，她这次获普利策奖的小说《马奇》只是因为她被儿童文学经典作品《小妇人》中的人物马奇所感动而写出来的。我想，如果西方媒体也与文学打得火热的话，大概媒体不会放过布鲁克斯掌握的"爆料"，她也有足够的资本去当媒体当红作家，那么她还会有心思去做续写文学经典的事情吗？也许正是西方的媒体对文学的冷淡，才培育了布鲁克斯的纯文学情结。中国的文学与媒体确实有密切的关系，但我以为这种关系有点热过了头，热得非常不正常，带有太多的炒作成分和铜臭气味。如果布鲁克斯在中国看到更多的情况，也许她就不是觉得伤心而是暗自庆幸了。不久前发生的一场所谓"思想界炮轰文学界"的论争，显然就是由媒体一手操纵起来的。韩少功先生针对"思想界炮轰文学界"的事件所作的判断最为精彩，他说："文学家思想家可能是有各自的角度，也有各自的根据，但最捣乱的是记者，思想家和文学家应该联合起来'炮轰'记者。"如果把这话翻译给布鲁克斯听，她会不会大吃一惊呢？我很欣赏韩少功与媒体"敌对"的姿态。中国的文学始终摆脱不了依赖性，要么依赖政治，要么依赖市场。恰是因为"敌对"的姿态，文学才会特立独行。

坚硬的现实主义或者温和的批判

当代文学与现实的关系一直是这些年来引起人们兴趣的问题。许多文学现象最终也可以归结到这个问题上来，比如说讨论得非常热烈的底层文学，在很大程度上就体现为作家面对社会现实的态度。事实上，现实主义精神在当代文学，尤其是小说创作中，仍然具有很大的影响力。翻开每一期的文学刊物，在刊物上发表的中短篇小说，直接反映社会现实问题的作品占大多数。但是尽管如此，人们仍然认为当代文学与现实的关系越来越疏远。显然，文学与现实的关系是一个更为复杂的问题，不是说，你写了现实生活就是有现实感的作品，更不是说，你用写实的方式描写现实的生活就是现实主义的作品。事实上，我们现在的语境缺乏真正展现现实主义精神实质的必要和充分条件。现实主义精神实质必须强调对现实的批判和审视的态度，在这方面就显得非常欠缺。

我们强调现实主义的精神实质，就是希望作家从现实感出发，追求文学的社会意义，以鲜明的批判精神直面现实问题。虽然当代小说在这方面做得很不够，但也不能说是荡然无存。有些作家力图突破现有的语境局限，在批判性和思想性上有所展示。曹征路可以说是这方面的代表性作家。他的中篇小说《豆选事件》典型地体现了他的文学思想，这就是以鲜明的现实主义态度直视社会现实中的政治问题，以强烈的批判精神臧否现实。说到底，曹征路的写作并没有什么特别之处，他所坚持的就是批判现实主义精神。但是，尽管现实主义始终是写在我们大旗上的口号，尽管批判性是现实主义的题中应有之义，但长年以来，我们所倡导和允许的现实主义是一种经过淬火处理了的现实主义，它抽掉了批判性这一现实主义的精髓，成为一种软化的现实主义，而曹征路的现实主义则是一种坚硬的现实主义，具有鲜明的批判现实和干预现实的精神。正是这一原因，曹征路近些年来的一些作品一再引起激烈争议，甚至还遭到某些人物和部门的排斥。可贵的是，曹征路并不后悔自己的选择，仍然坚持自己的写作态度。《豆选事件》无疑是一篇坚硬的现实主义作品，高扬着人文精神和批判精神。《豆选事件》写的是乡村民主选举的事情。农村实行民主选举应该说是我们进行政治改革的重要步骤，尽管还没有全面推开，但一些思想敏锐的作家已经关注到这一现象，我就读到一些以此为素材写的小说。曹征路的《豆选事件》从取材上说不是最新的，但他由此引发的思考却是深刻的。在作者笔下，方家嘴子全体村民所进行的民主选举就像一场闹剧，也像一场悲喜剧，但绝对不是正剧。它揭示出中国政治民主化进程的艰难性和复杂性。曹征路是将今天的民主选举放置在革命历史进程中的精神演变来考量。豆选事件本身就寓有深意。豆选，应该追溯到中国革命斗争的延安时期，翻身的农民要用最民主的方式选出自己的领头人，农民大多不识字，就用豆子代替选票，将一粒豆子投进自己所中意的人选的碗里。今天的农民识文断字，似乎不必再用豆子来表达意愿了，但方家嘴子的村民仍然选择了豆选，这完全是现实对历史的一种回应和缅怀；当然更是作者曹征路有意将历史镶嵌进现实之中。当年的翻身农民满怀政治热情，因为他们从手中的一粒豆子里看到了未来的美景。但今天的方家嘴子村却是"人心散了各人顾各人"

了，革命时代铸造起来的"集体主义精神"荡然无存。曹征路沿袭了在《那儿》中对历史进程的思考，他反复追问，当年革命的许诺和目标为什么中途会断了线、变了味。

刘继明是另一位具有思想锋芒的作家。他的《小米》看似是写一个风化的故事，但作者所批判的是中国社会特殊形态下所形成的新国民性。中国目前可以说是集权化体制与市场化体制并存的"新二元社会"。当前的社会普遍存在着色情场所，社会学家将这些场所里的女性称之为"性工作者"，她们成为作家关注和怜悯的族群。她们在集权化体制中是没有生存空间的，但她们在市场化的体制中有着广阔的生存空间，在"新二元社会"里，她们只能生活在两种体制的缝隙之中，缝隙中的生活使她们受到两种体制的挤压，个人权利找不到归宿。在这种缝隙里是新国民性这一病菌最为活跃的场所。小说通过一个在发廊做按摩的女孩小米带出了一串人物，以口供笔录的方式传神地表现了几个男人在面对小米事件中的新国民性心态。新国民性在不少作家的笔下都有所揭示。就像鲁迅探寻国民性一样，面对新的现实，作家们探寻当下的新国民性。如曹征路《豆选事件》中的方继仁就是一个具有新国民性的典型人物。陈昌平的中篇小说《肾源》写房地产商人张大鹏要做换肾手术，凭着大把的金钱自然不愁找不到肾源。但张大鹏的道貌岸然和肆无忌惮，折射出新国民性是如何腐蚀到我们社会的各个层面的。

在小说创作中，坚硬的现实主义并不多见，更多的是一种温和的社会批判。这其实也是非常正常的事情。在一个已经告别革命的时代，坚硬的现实主义不再成为主潮，温和的社会批判则应该在批判的深刻性上做文章。阿宁的中篇小说《白对联》就是这样一篇作品。小说写的是一个贪官的故事。批判权力腐败一直是小说的重要主题，贪官也就成为小说重要的反面形象。但阿宁并没有停留在对贪官的批判上。小说写高官陈占文因贪污巨款被判刑后的故事。通过妻子努力，陈占文保外就医，陈占文出来后远没有他自己所想象的那么沦落，相反他发现自己还有一种潜在的力量在发挥作用，这使他有些得意忘形。新年前夕他家门前贴上了一副白对联，书写着"借问瘟君何处有，纸船明烛照天烧"，他的得意才有所收敛。陈占文出狱后所遭遇的世事冷暖让我们看到了贪官不仅是贪官个人的问题，我们的社会似乎营造了一个腐败合理的环境，潜在的规则似乎赋予腐败以合法性。在这种环境下，贪官出狱后仍能春风得意，而代表着正义的"白对联"只能在夜晚无人知晓的情况下贴在贪官的门前。这本身就发人深省。

现实感其实是对作家的一种考验。因为面对现实问题，从公共价值系统出发会形成社会的共识，现实性的小说往往是在导引出社会共识，但在社会共识形成后，作家再次讲述同一现实问题的故事时，有可能就只是在重复表达已有的共识，于是不少从现实经验出发的作家努力使自己的思路从已有的共识上延伸开去。比如写矿难的小说比较多见，矿难所带来的愤怒和思考也基本上形成了共识，胡学文的中篇小说《装在瓦罐里的声音》看似是以矿难为题材的，但他力图从这种共识中延伸开来，他写频繁的矿难造就了寡妇村，这却解决光棍的难题。农村的光棍"嫁"到寡妇村，还算计着寡妇从矿难中获得的赔偿金。这不仅延伸了矿难的故事，而且也揭示了矿难存在的复杂原因。刘庆邦的中篇小说《哑炮》同样也写到了矿难。但他完全放弃了社会苦难的考量，而是趋向于去探询人类的共同性的问题。乔新枝知道江水君是杀害自己丈夫的凶手。但她最终原谅了他。更重要的是，乔新枝传达给我们的不仅仅是"原谅"。原谅，宽恕，这类主题也曾在许多文学经典中作过精彩的表现。乔新枝不急于原谅，是因为她把内心隐痛看成是埋藏在江水君内心的精神"哑炮"，她知道如果引爆了这颗"哑炮"，将会对江水君的精神带来摧毁性的打击，于是她总是牵着江水君的手引他小心地绕过这颗精神"哑炮"。她这么做，自然出自她善良的本性和豁达的胸怀，还有她内秀般的聪慧。可以说，刘庆邦在这篇小说里为我们塑造了一位看似平常实则不同寻常的善良聪明的女性形象。小说最有新意的思想发现也就在这里。当善与恶的幽灵在我们的内心世界里游走时，也许不经意间就在我们的心底埋下了一颗精神"哑炮"。所以我们得提防着，我们也得小心地处置精神"哑炮"。我以为，这就是一个人类共同性的问题。

刁斗一直走先锋小说的路子，从不时尚地跟风，也不刻意制造什么热点，一以贯之下来，他坚持在形式上保持一种生疏化，其执著的探索精神，值得尊重和推崇。能够持续地展现先锋性写作的活力。形式感在刁斗的创作中是很重要的，那么，是不是刁斗的作品就缺乏了现实感。如果我们把现实感仅仅理解为贴近现实生活，与现实生活同步，直接反映现实生活中的事件，强调现场感，这样的现实感在刁斗的创作中倒是很缺乏。但真正的现实感不应该是这种表象的、浅薄的现实感，它是与人们的精神存在密切相关的。因此我提出一个精神现实感的概念来。刁斗的那些貌似非常先锋的小说，其实包含着强烈的精神现实感。刁斗从不回避现实中的种种矛盾，比如他的《代号 SBS》，创造了一个卡夫卡《城堡》、奥威尔《一九八四》式的当代社会的存在寓言。看上去有点学博尔赫斯，但他去除了博尔赫斯的神秘化东西，是对某些既定意义的不合理东西进行戏谑、揶揄和嘲讽，不是油滑，更不是一种颠覆，他没有一味地停留在破坏性而让世界变得无意义、无价值，而是会导引建构到一个新的意义之中。他今年的《我哥刁北年表》，则由荒诞转向写实，其精神现实感与社会现实感结合为一体，更具批判的力度。

塑造国际视野下的中国人形象

随着中国经济的日益强大，一个崭新的崛起的中国屹立在世人面前。"MADEINCHINA"几乎成为当今的一个流行词，铺洒到世界各地的商场、超市乃至街头的小摊上。但与此毫不相匹配的则是中国的文化。在近一二十年间，中国并没有什么文化的产品在世界上引起巨大的反响。一个国家和民族的经济强大起来以后，必然会带来一种文化上的自信心和上进心。但经济的强大并不必然带来文化的强大。或者说文化的强大滞后于经济的强大。今天，当我们与世界的交往越来越密切的时候，这种感受就变得日益强烈，我们发现，尽管站在异国的土地上，身边有着各种制造精美的"MADEINCHINA"，但我们在文化上仍然缺乏足够的底气。于是一种文化焦虑油然而生。"文艺作品中的国家形象"这样一个宏大的论题就是在这样的背景下提出来的。这是一种非常合乎常理的文化焦虑。因为一个国家和民族真正的强大不是经济的强大，而是文化的强大。如果没有这种文化焦虑，满足于经济的强大，那反映出的是整个民族在精神上的迟钝和衰老。这种文化焦虑将会激励人们去为整个国家和民族的文化振兴而努力。但是，我们也应该以一种理性、平和的心态来对待这一文化焦虑，使其成为一种积极的文化动力，而不要情绪化地将其变成狭窄的民族主义的宣泄方式。

作为中国的国家形象是一个综合体，而最直观的形象是中国人形象。特别是对于文学艺术作品而言，应该着力塑造好当代的、崭新的中国人形象。在这里，所谓中国人形象，并不是关起门来说给中国人自己听的，给中国人自己看的。我们所要塑造的中国人形象，是要在世界舞台上亮相的中国人形象，是要展示给世界看的中国人形象。也就是说，我们之所以强调中国人形象的重要性，并不是为了自我认同，而是为了世界认同。或者说，尽管中国人形象有着自我认同的功能，但在国家形象的这个问题意识里，并不是由自我认同造成的，而是由世界认同造成的。在这里，所谓中国人形象，是指外国人所认同的中国人形象，是站立在外国人心目中的中国人形象，是针对国外而言的。所以塑造当代崭新的中国人形象，首先需要具备一种国际视野。在国际视野下，我们应该有一个明确的参照系，这个参照系就是外国人所塑造的中国人形象。在西方世界，大致上也有一个相对比较稳定的中国人形象，这代表了西方对中国的认知。这种认知带有明显的误解和误读。我们在西方的文学作品和电影作品中经常能看到西方所误解和误读的中国人形象。谈到西方对中国人的印象时，我们常常会提到"东亚病夫"这个词，这个词曾经让我们非常伤痛和怨恨。这的确是西方对中国人形象的一种概括性的描绘。但这并不是西方人所描绘的中国人形象的全部。我们不能因为这一偏见就忽略了西方在描绘中国人形象时表达了他们对中国文化的认知。而且"东亚病夫"这一形象本身包含着浓厚的时代特征，它深刻反映了十九世纪末二十世纪初中国面对西方列强的国势衰败和落后状态。自从新中国成立之后，"东亚病夫"的病夫形象逐渐在淡化，而其背后的文化解读逐渐凸显出来。因此西方的中国人形象也是一个变化发展的过程。特别是上个世纪末中国的现代化建设取得瞩目成就以来，这一过程更为明显。那么，对于在西方比较稳定的中国人形象，我以为有两点需要注意，一是在这个形象里包含着西方对中国文化的理解，其中有些理解还是抓住了中国文化的实质的。如温和、坚韧、聪明等，二是这个形象的确立恰是在中国遭受西方强势文化的欺凌、中国社会处在衰败时期这样的环境中完成的，因此西方眼中的中国人形象也折射出中国社会衰弱的状况。今天，我们要重塑中国人形象，显然就是要改变西方固有的陈旧的中国人形象，使西方从过去的误解和误读中走出来。但是不能因为过去的中国人形象中包含着对中国传统文化的理解，我们重塑的中国人形象就要反其道而行之，就要完全摆脱中国传统文化，就要按西方的价值观念，如竞争、争强好胜、性爱解放等方式来重塑中国人形象。我以为重塑的中国人形象恰恰应该充分体现中国传统文化的精髓，应该通过中国人形象的塑造，来重新阐释中国文化。我们对此应该充满自信心，因为我们今天重塑中国人形象的环境已经发生了根本性的变化。一个强大的、正在崛起的中国，成为中国人形象的巨大背景，这与过去西方塑造中国人形象的环境完全是天壤之别。

国家形象的提出当然是一件好事，但我们也要警惕将好事办成了坏事。这就是说，不要将国家形象变成一个政治概念，不要将国家形象变成衡量文艺作品的绝对标准和唯一标准，如果这样做的话，国家形象很可能就会成为一根否定文艺的棍子。对于文艺作品应该取一种宽容的态度。应该明白，宽容的态度正是树立国家形象所需要的态度。因为国家形象只有通过复杂的、甚至对立的各种元素才能建构起来，越是单纯的元素越是建立不起一个立体的国家形象。"水至清则无鱼"，高大全塑造不起真正感人的英雄形象，表达的都是这一层道理。比方说，今天我们还需不需要《阿Q正传》这样的作品，鲁迅先生当年通过《阿Q正传》表达了他对国民性的批判。鲁迅的批判精神显然还应该继承下去，今天的社会不仅没有消除国民的劣根性，而且在新的条件下又有了新的变种，有些方面反而更加恶劣，我把当今社会形态下出现的一些现象称之为"新国民性"，一个有社会责任感的作家就应该像鲁迅那样勇于解剖（同时也是一种自我解剖），进行有力的批判。然而，这种批判是不是与树立国家形象相冲突呢？从单个作品看，从单一的思维出发，可能会觉得这样做大不合适，甚至会产生恐慌。但是，国家形象的工程应该是一个综合的、宏大的工程，它不应该是由单种元素组成的，单种元素组成不了一个综合的大工程。因此，在国家形象这个大工程里，作家以严肃的责任感对新国民性进行批判的内容是必不可少的。批判精神与正面歌颂的内容相互补充，只会使我们的国家形象更为丰满、更为充实。

汉语危机与新世纪文学的可能性

近一两年，新世纪文学这个词越来越叫响。许多刊物都打出新世纪文学的旗号，开出新世纪文学的专栏，各种系列丛书，各种选本、选刊、评奖，也无不乐于以"新世纪文学"来命名，有人还作过统计，网络上"新世纪文学"的网页就多达六七十万，这还是一年多前的统计数字。对新世纪的重视，其实也包含着一层焦虑，对汉语写作在新世纪的前景的焦虑。思想文化界、教育界这些年就提出一个"汉语的危机"的问题。

汉语有没有危机。我想，说有危机也不过分。现在心理医生就有一个新的病症的说法，叫做"电脑失写症"，指的是那些长期在电脑上录入文字的人，到了要用笔书写的时候，却想不起怎么写的症状。我们的社会缺少一种对自己的母语的尊严，一个民族应该将自己的母语视为神圣的东西。我们不仅不去营造这种神圣感，反而是使劲糟贱母语，亵渎母语。曾经被广泛议论的滥改成语的现象就是典型的例子。沈阳就有一个小学生在考试时，将成语"十全十美"错写成了"十泉十美"，错误的原因很简单，他住的附近有一个建筑工地，建的是豪华的住宅小区，房地产商在工地上立了很多广告牌，广告用语几乎都是篡改的成语，如"十泉十美"、"森临其境"等，这名小学生天天上下学都要路过，误以为这些是正确的成语，因此发生了填错成语的事。沈阳的房地产商在篡改成语方面大概可以评为中国之最，在沈阳的公交车上，就印着四个醒目的大字："建赏欧洲"，这种篡改更成问题，如果说前面的一些篡改只是把内容篡改了，字面上起码还通顺，这个篡改则是连汉语的基本语法都篡改了，而这种根本不通的句子却被公交车拉着堂而皇之地在沈阳大街上广泛传播。有没有母语的尊严，这是一个有没有自己民族的精神家园的事情。因为语言既是交际和表达的工具，又是精神文化的载体，工具主要体现一种实用性，而精神文化的载体则是指涉灵魂的。在整个社会越来越功利化的影响下，语言也就只剩下它的工具性，而语言营建精神家园的作用就被放弃了。过分强调语言的工具性也是汉语危机的重要表现。惟工具性的现象在社会上是太多了：中小学的应试教育中，文学的鉴赏让位于高考分数；社会交往中书信让位于手机短信，电脑录入让位于硬笔书法；图书出版中中国的文学经典让位于"速成"的励志书……最典型的现象就是重英语轻汉语。汉语的危机还表现在以套话或标语口号式的方式说话，这些话，好像是可以不经过脑子思考的，随口就来，而且日益成为公共场合的流行语言。有些人张口就是套话，简直是不说套话就不能完成社交任务。讲套话，不仅流行在官场、政界，不仅是一个政治现象，也扩大为一种社会现象，现在是什么话语方式时髦，什么话语方式就会成为一种流行的套话。

说汉语危机，我觉得不是强调一种悲观的情绪，而是强调我们今天正处在一个挑战的时代，正面临一次文化的机遇。一个世纪前，也就是十九世纪末二十世纪初，汉语同样也面临一次挑战，于是就有了白话文运动打先锋的五四新文化运动，白话文最终取代了文言文，这是汉语的一次伟大革命。一个世纪之后，到了我们今天所处的时代，汉语再一次面临挑战，我们今天说汉语的危机，其实就是看到了这种挑战的迫切性。为什么说这种挑战具有一种迫切性呢，因为新世纪是在这样一个背景下开始的，这是一个全球化、一体化的时代背景，全球化、一体化的浪潮正在一点点消弭各种文化之间的差异，高科技、网络化、信息化又为文化霸权提供了肆虐的平台，汉语的挑战，说到底是文化的挑战，汉字是方块字，是二度的平面，但我觉得我们更应该将它理解为一个三度空间的立体，在这个空间里装载着丰富的文化信息。二三十年代，激进的现代学者就提出要用拼音文字取代汉字，他们觉得汉字学起来太难，不能与现代化的速度相匹配。但最终发现这是行不通的，为什么行不通，就因为汉字不仅仅是一种思想交流的工具，它本身还承载着非常多的文化信息。拼音文字能够代替汉字来作思想交流的工具，却装载不了那么多的文化信息。所以，我们今天把汉语写作视为一种时代的挑战、文化的挑战，绝对不是一句大话和空话。那么，很显然，在这种挑战面前，作家应该承当更多的责任。也就是说，汉语以及以汉语为载体的华夏文化，通过这次挑战而获得新的生机，这应该是汉语挑战的目标，而这一目标在很大程度上是通过文学得以实现的。现代文学的历史也就证明了这一点。白话文运动开创了新文学，没有新文学，就没有现代文学和今天我们正在发展着的当代文学。反过来看，现代文学的大作家们能够有所成就，是与他们对汉语的把握绝对分不开的。比方说沈从文这位湘西来的"乡下人"得到留学欧美的徐志摩、胡适等作家的极力推崇，一个重要原因是沈从文笔下的汉语非常美丽。沈从文对此也非常自信。1980年他在美国哥伦比亚大学的演讲中有一句不大为人注意的话，他说，有些伟大的批评家，半个世纪以来，一个二个在文坛上都消灭了，"我自己却才开始比较顺利掌握住了文字，初步进入新的试探领域"。沈从文自信的不是他比别人更有思想，比别人更有勇气，而是自己"掌握住了文字"，对一个作家来说，还有比这更重要的吗？所以，我觉得，今天我们从事文学创作，应该对汉语的危机有一份警觉，应该从汉语写作的角度来对待自己的文学创作。

再回过头来讲新世纪文学。我们是在汉语面临危机的背景下来谈新世纪文学的，意思就是说，汉语的危机使我们有了一个契机，要么是在危机中死去，要么是在危机中获得新生，开创出一种新的文学。这种新的文学，我们不妨把它命名为新世纪文学。

文学冷还是出版冷？

2013 年的图书订货会是在莫言获得诺贝尔文学奖掀起了一股莫言图书热潮的情景下开幕的。莫言图书热都热得让人喘不过气来，各个书店在最显眼的位置上摆的都是莫言的书，各个出版社纷纷找出当年出版过的莫言图书，哪怕是给莫言写的评传，也重印、加印，为莫言图书热推波助澜。有人兴奋地说，莫言获诺奖后，中国将迎来又一个文学的春天。如果我们带着春天的期待来参加 2013 年的图书订货会的话，那一定会大失所望的。走进会场，不仅没有文学春天的迹象，而且感受到的是刺骨寒意的"文学冷"。几乎看不到多少文学新书，出版社也没有为文学图书宣传的热情。我走到一家著名的文艺出版社的展台，发现他们的展台只是面积不到一平方米的小小的书架，书架上有一半还是少儿读物。从莫言热到文学冷的强烈落差，实在是大出我的意料。

图书订货会上的"文学冷"，确实值得我们深深地反思。

文学冷是因为中国的当代文学不行吗？尽管这些年来当代文学一直受到严厉的指责，但当代文学的成绩也是有目共睹的，莫言获诺贝尔文学奖就是一个最直接的证明，它不仅仅意味着一个中国作家的获奖，而且也是世界对中国当代文学的承认。事实上，莫言在中国当代文坛并非一枝独秀，如王安忆、贾平凹、余华、韩少功、苏童、毕飞宇、迟子建、铁凝、残雪，等等，都是可以与莫言相提并论的作家。也有越来越多的中国当代作家和作品被介绍到国外，并引起国外的重视。中国当代文学具备了与世界文学对话的能力，正是在这样一个整体背景下，诺贝尔文学奖的评委们才会把目光停驻到中国文学。

因此图书订货会上的"文学冷"，从实质上说应该是"出版冷"。出版社对文学的冷淡达到了冰点。为什么当世界都对中国当代文学的热情越来越高的时候，中国自己的出版社反而对文学如此冷淡呢？在我看来，这是因为出版界在对文学的认识上出现了种种问题。

首先是对文学精神的理解出了问题。谈到文学，人们总会怀念上个世纪八十年代，那时候作家会成为家喻户晓的英雄，一篇作品会引起全国的轰动。有些出版社总觉得文学应该像八十年代那样叱咤风云，这其实是对文学精神的莫大误解。八十年代的文学在很大程度上承担了政治和思想的功能，它的轰动不过是政治和思想的反馈。文学精神本身不会带来轰动，它的作用是潜移默化的。莫言在瑞士接受诺贝尔文学奖颁奖时说的一句话颇有深意，他说："我想文学的最大的用处，也许就是它没有用处。"也就是说，文学的用处恰恰是无法以我们通常所理解的"用处"去衡量的，它不会带给我们金钱和物质，但它会影响我们的心灵，满足我们的精神需要。文学批评家张清华在评价莫言获奖时说的一句话非常准确，他说："一个受尊敬的民族，不是靠自己的物质财富，而是靠自己的精神贡献。"因为对文学精神的误解，出版社总是从能不能引起轰动的角度来审读文学，他们就拿着时尚的尺子和社会热点的尺子来衡量文学，也就看不到文学的精神内涵，看不到文学的精神内涵对民族精神建构的长久不衰的作用。

其次是对文学的期待出了问题。出版社总希望出版的文学图书能挣大钱。出版社希望挣钱并没有错，错在他们对文学的期待值太高。他们总是在把文学图书当成畅销书来做。这显然是一个最不文学的文学定位。文学系列中的确存在着畅销书，这基本上属于通俗文学类型。但不可否认，通俗文学的精神内涵比较稀薄，真正起到承载民族文化精神作用的文学还是那些并不畅销的严肃文学。但如果出版社以畅销书的思路来做文学图书的话，也就对这些真正代表文学高度的严肃文学图书不感兴趣。也不会以文学的眼光去判别哪些书稿是有文学水平的。这就造成了目前出版社出版文学图书的现状：众多出版社盯着少数几个畅销的作家，相互之间恶意竞争，把版税抬高到天价，反过来又扰乱了本来就很脆弱的文学图书市场；而真正有质量的文学图书却得不到出版。中国图书市场的残酷现实告诉我们：如果以做畅销书的思路来做文学图书，只能是死路一条，只能是导致文学上的"出版冷"。

再次是对文学的参与出了问题。文学创作虽然是非常个人化的事情，但文学生产却是一个环环相扣的社会行为，一部文学经典的诞生，往往不是单纯靠作家个人的努力就能做到的，其中出版社编辑的作用不容低估。一个称职的编辑应该是以积极严谨的态度参与到文学的生产过程中。俗话说编辑是给他人做嫁衣裳，我以为这句话说得不完全准确，编辑不单纯是给人做嫁衣裳的，编辑工作本身也是一种创造性的劳动。在我们的身边就有这样的好编辑。我认识北京十月文艺出版社的编辑隋丽君，她就是这样一位好编辑，她在编一本书稿时，会与作者反复商量，会为作者出很多好主意，会替作者查找很多资料，她一个字一个字地抠，字斟句酌，不少当代优秀的文学图书就是由她精心编辑出来的，如《无字》《额尔古纳河右岸》《我是我的神》等，这些图书分别获得茅盾文学奖、中国出版政府奖。隋丽君以其精益求精的编辑使这些文学作品在质量上得到了大大的提升，虽然她始终站在荣誉的后面，但我们不应该忘记她作为一名编辑为这些优秀文学作品所付出的心血。不过在经济指标的压力下，出版社越来越不需要编辑像隋丽君这样去编文学书稿的，这样编文学图书耗时又费神，出版社觉得在经济上赔不起，于是他们就以自费出书的方式来处理那些文学书稿，反正是自费出书，编辑又哪有心思参与到文学生产的过程中呢？所以现在有些出版社出的文学书籍，几乎就像是一个毛坯品，甚至连错别字都没有改过来。

文学上的"出版冷"说到底是出版机制的问题。我们的出版机制完全建立在市场化的基础之上，而对书籍作为一种特殊商品所承载的精神功能注意得很不够。我们尤其应该强调文学图书的精神功能，因此单方面地把文学图书推向市场，完全靠市场来左右文学图书生产，是违背文学规律的，也就难以生产出文学经典。一个好的文学出版机制，应该充分考虑到文学图书的精神属性，在政策和生产环节上采取相应的措施，以保证优秀的文学图书能够出版。但这是一篇大文章，我作为一位出版界外的人士，提不出具体可行的建议，只是在这儿抛砖引玉，希望大家能把这个问题当成一个真问题来思考。

人民性是一个让我们审慎对待的词

人民性是一个让我们审慎对待的词，因为它始终是政治舞台上被广泛使用的道具，它浓厚的意识形态色彩常常会把我们绕糊涂。但是，当我们讨论底层文学时，我们不能不涉及到人民性的概念。有人认为与其使用人民这个概念，不如用公民这个概念更准确些。公民，当然是一个有着严格界定的概念，它本身就不仅是一个政治概念，而且也是一个法律概念。在法律层面上说，我们可来不得半点糊涂。但是，公民是民主政治的产物，只有在真正民主政治体制的框架内，才会有真正的公民。公民是可以简约为具体的个人的，公民的主体性可以从每一个公民的个体行为中得以呈现。因此，我们简单地以公民替换掉人民这个伟大的字眼。我说人民是个伟大的字眼，就在于它永远是一个集合体，它无法简约为具体的个人；就在于抽象的人民是一系列政治理念的落脚点；就在于许多政治实践和社会活动需要从人民这里得到合法性支持。今天，社会主义的旗帜上写着人民两个赫然的大字，资本主义的纲领里面也把人民两个字填写得重重的。但这丝毫不妨碍我们从人民性的角度来讨论文学。孟繁华提出的"新人民性的文学"显然具有非常现实的意义。孟繁华在解释他的"新人民性的文学"时说："指文学不仅应该表达底层人民的生存状态，表达他们的思想、情感和愿望，同时也要真实地表达或反映底层人民存在的问题。在揭示底层生活真相的同时，也要展开理性的社会批判。维护社会的公平、公正和民主，是'新人民性文学'的最高正义。在实现社会批判的同时，也要无情地批判底层民众的'民族劣根性'和道德上的'底层的陷落'。因此，'新人民性文学'是一个与现代启蒙主义思潮有关的概念。"我在分析底层文学作品时曾认为一些作家接续起"五四"启蒙思想传统，沿着鲁迅的国民性批判的思路，揭露当代社会的种种恶习，我将此称为"新国民性批判"。也许我的想法与孟兄的"新人民性"有某种不谋而合之处。我想强调一点的是，无论是新人民性也好，还是新国民性批判也好，其实都包含着人民性与社会形态的关系。不同的社会形态决定了人民性的具体内涵。

该怎么描述我们今天所处的社会形态，不同的学派会有不同的描述。我比较赞同一位社会学家的观点。社会学家刘平认为，中国并不是以市场经济全面取代计划经济，而是这两种经济体制的并行交织的"新二元社会"，是体制内社会与体制外社会的并存与互动。而我更愿意将这种新二元社会的特征理解为集权体制与市场体制的矛盾统一。这种特殊的社会形态也就决定了当代底层文学中的人民性内涵。我以为在打工文学中最典型地体现了这种社会形态的本质。打工文学是与中国的"新二元社会"形态密切联系在一起的。新二元社会体现为集权体制与市场体制的矛盾统一，这种矛盾并没有取代传统的城乡矛盾，但它将城乡冲突凝固化，给城乡冲突的转化设置了重重障碍。这一特点典型地体现在农民工身上。他们即使深深地陷入到城市困境之中，也无法摆脱城乡冲突带给他们的影响，因此这就决定了他们的乡村立场，决定了乡村精神成为他们的基本思想资源。我想在这里将打工诗歌与一位下岗工人的诗歌稍加比较，也说明打工文学的这一精神特性。河南安阳有一位下岗工人王学忠，十几岁就进了工厂当工人，1996 年他所在的工厂倒闭，他的妻子是纺织工人，也下岗了，夫妻俩就开了一个小摊卖鞋。王学忠从小喜欢诗歌，下岗了仍写诗歌，据说写了三千来首，被称之为"工人诗人"。毫无疑问，这里所说的"工人"应该是传统意义上的工人，是作为一个阶级而存在的工人，工人阶级曾被认为是最具有革命精神和集体主义精神的、胸怀最为宽广的先进阶级。我想，在王学忠的诗中我们是能够读到工人阶级的内涵的。他在诗中这样写下岗工人："将他们组织起来 / 让沸腾的血成为力 / 让燃烧的火变成钢 / 便是一支能够移山填海的力量！""他们才是真正的金子哟 / 一生任劳任怨 / 无论用在哪里都闪闪发亮！"（《然而，我不属于下岗工人》）而在这样的诗句中："捋起袖子抡锤 / 下岗，蹬着三轮贩梨 / 小康不小康没啥 / 只是眼睁睁瞅着 / 那大把的银子滚入贪官着急"，我们感到的是一个工人在绝境中仍不失宽广胸怀，作为工人，他们总会想到他们是一个整体，所以王学忠说："落架的凤凰不如鸡 / 那是懦夫的见识 / 今天的工人兄弟 / 跌倒了再爬起 / 揩干血迹照样顶天立地"（《工人兄弟》）。王学忠的诗歌中不乏人民性，但他的人民性是与过去的社会形态即计划经济大一统的社会形态相谐调的人民性。显然，这样的人民性意象在打工诗歌中并不多见。但是，我们也会感到，王学忠诗中的理想主要还是复制了过去的理想，这多少在用过去理想的虚幻性来缓解今天生活的残酷性。相对而言，打工文学中的诗歌就很少出现类似于王学忠笔下的激昂的理想的调子。打工诗歌中的形象基本上也是个人形象，很少像王学忠那样，吟唱的是工人群体的形象。但只要想想，今天的农民工是在集权体制与市场体制的夹缝中生存，是缺乏组织的散沙，那么要求他们的文学出现激昂、理想和群体等因素就显得不切实际了。然而也正是这种特点，决定了打工文学与现实和大地贴得更紧，触及到中国当代社会最致命的伤痛。就像郑小琼的诗所写的："再一次说到打工这个词　泪水流下 / 它不再是居住在　干净的　诗意的大地 / 在这个词中生活　你必须承受失业　求救　奔波，驱逐，失眠　还有打着虚假幌子 / 进行掠夺的治安队员查房了　查房了 / 三

更的尖叫　和一些耻辱的疼痛"（郑小琼《打工，一个沧桑的词》）。我愿意将这样的意象理解为孟繁华所说的"新人民性"。文学是一个时代的镜子，那么，如果当代文学缺乏了打工文学，我们就会感到对这个时代的反映有所欠缺。也许这就是中国现代化进程中无法回避的经历，打工文学真实记录了这段经历，它使以后的历史建构者不敢随意地将这段历史乔装打扮。

文学的理想精神让我们更有尊严

有一位热爱文学的中学生，高考时准备报考中文系，他的父亲却斥责他说，学了文学有什么用？工作都找不到！父亲要他考经济、计算机、法律等专业，因为这些专业能找到好工作。我站在一旁听到这个父亲的斥责，竟然无语。我不得不承认，在现实中，文学确实无所实用。但是，我也一直在想，为什么人类在文明的进程中会创造这种无用的文学？我想到了明代思想家徐光启，当年他要把西方的几何学翻译到中国来，人们不理解他为什么要翻译这么晦涩难懂又没有实际用途的东西，他回答说，几何学看似无用，但它是"无用之用，众用所基"。这八个字拿来解释文学，我以为是再合适不过的了。文学从本质上说没有实际的用途，不直接指向物质功利，但它是人文学科和艺术的基础，是所有与人的精神有关的专业，比如哲学、宗教，是这些专业的灵魂。人们从文学中获得的是一种精神上的满足。作家方方告诉我，多年前她曾收到一位农民的来信，说她尽管生活很困难，也一直受到别人的嘲笑，但她热爱文学，坚持写作，她恳请方方在小说写作上给予她帮助。这是一位天天与土地、灶头打交道的农村中年妇女，方方问她为什么要写作，她回答说："只有写作，才能让我活出尊严。"后来在湖北作协的帮助下，这位叫周春兰的农民妇女经过反复修改和打磨，完成了她的自传体长篇小说《折不断的炊烟》，并作为湖北作协组织的"湖北农民作家丛书"之一出版了。为什么文学能让一位普通的农民妇女有了生活的尊严？不就是因为她能从文学中获取精神的力量吗？不就是因为在文学中寄托了她的人生理想吗？

农民作家周春兰的回答让我更加坚定了我对文学的认识：人类为什么创造了文学，是因为人类需要理想。与理想相对应的是现实，人类因为有理想，才会不满足于现实，才会在理想的激励下去改造世界，才会有了人类文明的生生不息。而人类理想经过思想的整合便形成了理想主义，理想主义是高于现实并能调校现实的一种思想倾向。如果说思想性是文学的基本构成的话，那么，理想主义就应该是文学思想性的母体。其实，这并非是我的个人一己之见。在漫长的文学史中，它仿佛就是一个不证自明的真理。鲁迅曾经说过："文艺是国民精神所发的火光，同时也是引导国民精神前途的灯火"。把文学比喻为火光和灯火，不正是因为理想精神能够照亮人们前行的路程吗？诺贝尔文学奖的颁奖宗旨也强调了要奖励那些"具有理想倾向的最佳作品"。当然，人类社会的复杂性决定了人们对于理想的期盼以及赋予理想的内涵都是具有无限的多样性的，因此，人们会对理想主义作出不同的诠释。另外，如果人们将错误的信息植入到理想之中的话，也可能对文学造成伤害。正是这一原因，中国的文学界自上个世纪八十年代以来兴起了一股否定理想主义的思潮，从此文学的理想色彩逐渐淡化。这股文学思潮所带来的变化并非一无是处，它纠正了文学曾被一种虚幻、僵化的理想所束缚的困局，解放了作家的思想，使作家更加贴近现实，更加倾心于对现实生存状态的精细描摹。但必须看到，这股思潮造成了长期对理想主义的拒斥和贬责，当时就有人宣称，理想主义已经终结。在有些人看来，告别了理想主义，文学将会获得空前的发展。而事实是，在这种思潮影响下的当代文学由于缺乏理想的润泽而变得干瘪和扁平、低俗和猥琐；文学成为了藏污纳垢、群魔乱舞的场所。有的作家干脆把写作当成了亵渎理想的发泄。比如在所谓无厘头的写作中，任意改写文学经典成为了一种基本的写作姿态，朱自清的洋溢着审美理想的《荷塘月色》被改写成一个好色的文人在月色下想象"荷塘里应该有 MM 在洗澡吧"。我以为，类似这样的无厘头写作从反面证明了文学离开了理想精神的滋养将会沦落到何等的地步。多年前，美国的文学批评家希利斯·米勒的一本《文学死了吗？》的著作在中国翻译出版，这个耸人听闻的书名曾引起人们的热议，有感于当时缺乏理想烛照的中国文学现状，一些人为文学唱起了挽歌。

所幸的是，文学并没有死去，这至少是因为众多的作家并没有放弃理想，并且为了捍卫理想而努力与平庸、堕落的行为抗争。九十年代的"人文精神"大讨论就是在这一背景下发生的。张承志、张炜、史铁生等作家以重建理想主义和文学崇高感为目标，高高树起理想主义的旗帜，对抗当下物质与欲望极度膨胀的文坛。"人文精神"大讨论尽管没有达成一致的结论，但在这个过程中，人们更加廓清了文学中的理想主义应该是什么。文学中的理想主义表现在对人生价值与意义的追问，表现为对平庸生活与平庸人生的永无止境的超越以及对生命极限的挑战，这种理想主义主要不是以其道德伦理内涵表现为"善"的特征，而是表现为求"真"、求恒的执着与坚定，是对精神与哲学命题的形而上学思索，其极致状态的美感特征是悲凉与悲壮。比如史铁生就是这样一位孜孜追求理想的作家。他的写作不掺杂任何世俗功利目的、从而能够真正进入到人的心灵和浩翰的宇宙进行搜索与诘问。他以惨痛的个人体验与独特的审美视角叩问个体生存的终极意义，寻求灵魂的超越之路，形成了有着哲理思辨与生命诗意的生存美学。在思想日益被矮化和钝化的当下社会里，看看史铁生在活着的时候是怎么思想的，是怎么写作的，我们可能会惊出一身冷汗。史铁生从他写《我的遥远的清平湾》起，双腿就失去了行走的能力，但因为他始终没有放弃对理想的追求，所以他可以用头脑继续行走，并走向了一个鸟语花香的精神圣地。

史铁生以非常低调的姿态书写理想主义，学者许纪霖敬称其为"另一种理想主义"，认为这是"一种个人的、开放的、宽容的、注重过程的、充满爱心的理想主义。"许纪霖将其称为"另一种"，显然是要强调它区别于我们熟悉的理想主义，这其实给我们一个重要的启示：在今天的时代，理想主义的呈现方式是多样的。这是一个尊重个性的时代，我们应该让丰富的个性融入到理想主义之中。个性化的理想主义也正是新世纪以来文学创作的重要趋势。比如"70后"一代曾被认为是失落理想的一代，然而"70后"作家徐则臣则自称是一个理想主义者，不过阅读他的作品，就会发现他所表现的理想主义精神不同于"80年代"曾经盛行的宏大叙事，他更愿意从一个流浪汉身上发现理想主义的火种。他的新作《耶路撒冷》书写了与他同龄的一代人在城市化进程的命运遭际，作者因为具有一种理想的目光，便能通过越来越实际和功利的生活给这一代人所带来的焦虑和疑难，作出了深沉的思想反省和心灵叩问。从质疑理想和否定理想，到对理想的个性化处理，当代文学对于理想主义的认知逐渐走向平和，也走向成熟。

在这个物质突然变得特别丰富的年代，人们往往会忽略精神的追求而陷入空虚和迷茫，因此更需要文学以理想主义的灯火去照亮人们的精神空间。从这个角度说，文学中的理想主义声音还应该更加宏亮。只有这样，文学就会受到更多的人拥戴，也会让更多的人感到活得有尊严。

闭门造车为何大行其道?

文艺与生活的关系，这是一个最基本的文艺理论话题，也是一个被反复提到并一再强调的文艺理论话题，有的人也许会觉得对这个话题的强调都让人耳朵长出茧来了，它并不是非常复杂的理论话题，无非是说明生活是文艺创作的源泉，缺乏生活的不断丰富，创作的资源就会枯竭，有必要翻来覆去地提及吗？事实证明反复强调是非常必要的，因为在现实中，脱离生活、闭门造车的现象从来就没有中断过。读者或观众接触到这类闭门造车的文艺作品，掩饰不住他们的失望，读者或观众对这类作品的尖锐批评也就不绝于耳。如前一段荧屏上出现的好些闭门造车的抗日题材电视剧，游击队员用手榴弹炸掉了飞在空中的敌机，被轮奸的射箭运动员反身用箭射死了正在凌辱她的数十名鬼子，这种毫无生活根基的情节居然就能堂而皇之地拍出来，难怪观众们会嘲讽式地称这些剧是"抗日神剧"、"抗日科幻剧"了。

难道我们的作家、艺术家们在创作时就想不起文艺与生活的关系问题吗？难道当作家艺术家们在进行创作时，还需要有人专门向他们论证文艺与生活的关系是多么重要吗？事实上，文艺与生活的关系并不需要多么繁复的理论论证，对于作家艺术家来说，它首先不是一个理论问题，而是一个创作态度的问题。一些作家艺术家并非不知道补充生活体验的重要性，他们也感觉到自己的资源库存严重匮乏，尽管如此，他们还是不愿意设法与生活建立起密切的联系，原因是多方面的，或者是他们已经答应了出版商的约稿，或者是他们下不了放弃城市优裕生活的决心。前一段播出的一部电视连续剧，是写当代年轻人的爱情故事的，一看就是编创者是在毫无生活体验的情景下动笔创作的，缺乏生活，便只有靠照搬、抄袭海外相同类型的电视剧情节来敷衍成章，面对观众的指责和批评，编剧兼制片人倒是很坦率地接受批评，同时他抱怨说因为电视剧行业不健全，只好让他一个人来闭门造车。这种现象并非个例，据我所知，电视剧制作界往往是觉得某种类型的电视剧有市场了，或者发现某类电视剧热播了，于是赶紧组织班子抢拍这一类型的电视剧，哪里还顾得上深入生活搜集素材，这边演员都选好了，机器也搭起来了，就等米下锅了，在这样的情景下，编剧只能采取闭门造车的方式，胡编乱造，照搬照抄，怎么快速就怎么来。这完全是一种迎合市场的写作态度，以这样的态度来写作，我们还能指望他们能写出真正的艺术品吗？

　　密切与生活的联系，不断到生活中去充氧充电，让写作资源的库存变得丰富起来，这对于作家艺术家来说，并不是理论的难点，却是实践的难点。因此在批评闭门造车现象时，有必要探讨一下实践难点的问题。实践难点自然首先是因为作家艺术家如果要投入到生活的实践中去，就必须付出心血和辛劳，甚至要放下贵族式的身段和作家的尊严。实践难点之二则是：真正要在生活中有所收获，并不是指获取一些信息、观察到一些实景那么简单，而是要对生活有所感悟，有所体验，有所思考。但现在不少作家艺术家仅仅把深入生活理解为到生活中获得一些故事素材，得到一点感性认识。我有次看到一批作家申报重点选题的材料，其中有些作家在申报表上说，他准备去某某地方采访若干人，然后写一部反映这个地方几十年来历史变迁的作品。作家的计划不可谓不宏大，但我对他们能否写出宏大的作品是深表怀疑的。即使是很有功力的著名作家，当缺乏足够充分的生活体验时，也应该谨慎动笔。我最近读到余华的新作《第七天》，作品涉及到强拆、卖肾等社会问题，但细读下来，感觉作者不过是把一些新闻事件拼接在一起，对这些社会问题并没有深入的了解，更谈不出发自内心的体验，因此叙述浮于浅表，缺乏思想的力量。以上都说明，深入生活是指一个非常复杂的思想实践过程，它要求作家艺术家始终对生活保持高度的兴趣，在生活的激发下，不断产生思想的活力，不断有新的发现。

文艺创作上的闭门造车之所以如此泛滥，不得不说文艺批评也有一定的责任。闭门造车是一个古代成语，其实它最初的出处应该是两句话："闭门造车，出门合辙"，语出北宋道原所纂《景德传灯录·卷十九》。辙是车轮轧过的痕迹，这两句话是说，只要按照统一规格，即使关起门来造车，出门上路也会与路上的车辙完全相合。后来，人们单用前半句话作为成语，意思也发生了变化，形容做事不考虑客观情况，脱离实际。为什么在文艺创作中，人们明明知道闭门造车产生的作品与生活和实际不相吻合，却仍然乐此不疲呢？就因为他们"闭门造车"后，会有一个"出门合辙"在等着他们。这个"出门合辙"就是指一些不妥当的文艺批评。现在的一些文艺批评家对于现实主义理论不屑一顾，认为如果还以创作与生活的关系来评价作品便是落伍的表现。因此作品明明脱离生活胡编乱造，而批评家不仅不指出这一点，反而要将这种胡编乱造当成是创新和突破，冠以心灵写实、后现代的精神焦虑等各种玄幻的概念加以吹捧。这就是批评家们为那些脱离生活、脱离实际的作家、艺术家们开出的一道"车辙"，有了这一道"车辙"，闭门造车便大行其道了。如今，鼓励作家艺术家深入生活的文艺批评不多，倒是为闭门造车开出"车辙"的文艺批评不少。我希望批评家们能把这看成是一种失职，以后不要再给闭门造车开车辙了，而应该为作家艺术家开一条深入生活、体验生活的大道。

心灵体验的能力

经验应该是文学想象的重要源头，一般来说，一个作家的生活经验越丰富，就应该给他的文学原创性提供了越多的动力。当然，经验和想象力之间并不能划上绝对的等号，因为经验本身并不包含文学的想象，并不是说，你有了丰富的生活经验，你就自然地具有文学的想象，文学想象来自作家处理经验的方式和能力。也许以歌德创作的《浮士德》为例就能够充分说明这个问题。《浮士德》无疑是一部充满奇特想象的作品，歌德让主人公浮士德成为天帝与魔鬼靡菲斯特之间打赌的对象，浮士德与魔鬼签下契约之后，就开始了神奇的命运旅程。他喝下女巫的药汤，恢复了青春，他也能借助魔法唤醒希腊神话中的第一美女海伦并与之结婚，他能够下到地狱要求将死去的恋人复活，也可以凭借自身的力量完成填海的壮举。但这一切的想象都是建立在歌德丰富的生活经验的基础之上的。作品中各种神奇的人物其实都有现实人物的影子，包括他少年时的初恋对象。歌德从构思到完稿，几乎用了 60 年的时间。歌德的写作速度与今天一些作家的写作速度相比就实在是太慢了，我们有些作家几乎一到两年就能写出一部新的长篇小说，而且动辄就是五六十万字的鸿篇巨制。对于歌德来说，既然他的《浮士德》基本上是以自己的生活经验为蓝本进行写作的，作者应该再熟悉不过了，为什么他还写得这么慢呢。因为歌德一直在总结自己的经验，梳理自己的人生经历。他在积累经验的基础上不断地深化自己的认识，一直到逝世前的一年才完成这部鸿篇巨制。可以说，《浮士德》是歌德对自己人生体验的概括。事实上，在《浮士德》中，我们读到的已经不是歌德自己生活经历的直接呈现，而是歌德以自己全部身心对生活经历的深刻体验，可以说，这是一种心灵的体验，正是在这种心灵体验中，作家的原创力就迸发了出来。因此，《浮士德》不仅具有神奇的想象，更有作家对世界和人生的独到的认识。

《浮士德》也给我们一个重要的启示：文学的想象力还必须包括作家处理经验也即心灵体验的能力。说起来，现在的想象并不缺乏。上网去看看吧，网络上的小说以奇特玄妙的想象吸引了众多网民的眼球。网络小说可以穿越时空，让现代人与古代人对话，也可以开辟一个魔幻的世界，让人的灵魂和身体相互置换。但如果我们对这些充满奇特玄妙想象的网络小说读得多了的话，就会发现，这些想象却是在互相模仿互相复制的结果。最重要的是，这些小说的奇特想象也许有利于构建起一个令人匪夷所思的故事，但这样的故事却是相当平面化也相当苍白的。面对网络小说虽然奇异却很苍白、甚至趋于模式化的想象，我不禁想起了鲁迅曾经说过的话："天才们无论怎样说大话，归根结蒂，还是不能凭空创造。"也许这就是网络小说致命的问题：缺乏丰富的生活经验。有人说，传统小说是依赖经验的写作，而网络小说是依赖想象的写作。看来，这两种写作需要找到一个结合点，依赖经验的写作需要吸纳进网络小说的想象，而依赖想象的写作需要糅入传统小说中丰厚充实的经验。但有了丰富的经验还不行，这还只是由经验通往想象力的第一步，接下来必须在体验上进行认真的修练，使生活经验转化为心灵体验，使客观的经验世界转化为作家主观的心灵世界。我们常常说要深入生活，这话只说对了一半。深入生活是为了积累丰富的经验，但经验不能直接转化为文学想象，因此我们应该把另一半话反复加以强调：作家必须锻炼心灵体验的能力。

寻找异质的文化内容

莫言获得诺贝尔文学奖之后，有人提出一个观点，认为莫言之所以获奖，是因为翻译得好，与其说是给莫言授奖，还不如说是给翻译授奖。言外之意就是说莫言的小说并不怎么样，如果不是翻译的水平高，莫言是不可能获奖的。这种说法其实隐含着另一层意思：即翻译作品与原作并无多大的关系，因为文学是不可能被翻译的。持这种观点的人并非少数。但如果以这种观点来否定莫言获得诺贝尔文学奖的资格，则是极其荒诞的。这并不需要太多的论证，因为无论语言与语言之间存在多大的差异，一个翻译正是凭借他通晓两种语言，便可以克服这种差异，在两种语言间游走，翻译工作不过是翻译者努力在两种语言间寻找到最恰当的重合处。但二者之间是不可能完全重合的，如果能够完全重合，翻译也就变得轻而易举了，同时翻译也就失去了魅力；正是在那些不尽重合之处，读者从翻译文本中读到了异质的东西，一种他的母语系统中不曾有过的东西。

这个话题一直困扰着我，因为有一位很聪明的人曾经对我说，你不要去读文学翻译作品，而应该直接读原作，只有读了原作，才能了解这部作品的真正价值。我觉得他的话很有道理，但是我还是要去读翻译过来的文学作品，为什么，很简单，我的外语水平很低，无法去读原作。在一个交流的时代，语言成为我们最大的障碍。美术、音乐凭着共同的艺术语言，可以畅通无阻地行走在世界各地，文学却需要通过翻译才能进入另一个国度。这对于我们这些靠文学谋生的人来说真是一件不公平的事情。我的一位好朋友谭盾，现在是世界上著名的作曲家，我们在一起的时候，说着家乡话，非常的开心。我也很喜欢他的音乐，他曾经以我们家乡的一句粗俗的俚语为元素发展成一部协奏曲，我们一群家乡人在音乐厅里听了都笑翻了天，现在，谭盾应邀给世界各地的乐团作曲，虽然我仍旧喜欢他新写的音乐作品，但显然我从这些作品中再也听不出谭盾的民族文化身份来了，他完全融入到了现代音乐的大海洋中。这个时候我忽然对文学有了一种庆幸感，庆幸文学的语言不是世界共通的语言，否则全世界的文学都变成了同质化的文学，世界文化的千姿百态也就消失了。

　　我们处在一个全球化的时代，全球化就是要把我们的生活纳入到统一的格式和统一的标准之中，比方说最近设计出了适用于所有型号手机的充电器，我们走到任何一个国家，都不会为手机充电的问题而担忧了。全球化确实给我们的生活带来极大的便利，但全球化也在一点点地抹平世界文化的多样性。今天的世界，不仅物种在大量地灭绝，而且更可怕的是，许多特质的文化也在消失。这不能不说是全球化的"功劳"。全球化的代名词就是趋同化，任何一种文化都难以抵挡，也许唯有语言和文字是一道最坚强的堡垒，让多样化的文化得以保存下来。但这也给文学翻译带来一个难题：文化的不可译性。中国在文学翻译史上曾经有一个很有影响的笑话。有位翻译家为了忠实原意，将英语中的"milkyway"翻译成"牛奶路"，从而受到鲁迅先生的嘲笑。因为"milkyway"是指天上的银河，翻译成"牛奶路"虽然是这个词语本身的意思，可是中国人看了谁也不会明白这是指天上的银河。其实，这位翻译家并非要存心闹笑话，而是因为他面对文化的不可译性无所适从。银河在天文学的释义中是可以翻译的，在不同的语言系统里都是指同一种确凿无疑的天文现象。但在文学作品中，不同语言的银河会有不同的文化内涵。在西方人眼里，天上的银河是希腊神话中的天帝朱庇特的孩子将他母亲的奶水泼洒到天上形成了一条河，因此就叫"milkyway"。而中国人抬头看见天上的银河，就会想起一个牛郎织女的爱情故事。那位翻译家要将"milkyway"翻译成"牛奶路"，也许是想把一种异质的文化传达给中国的读者。所以，我认为阅读文学翻译作品，最重要的是要从中寻找异质的文化内容。而且，就我的阅读经验来看，文学翻译作品首先吸引我的，也正是那些异质的文化内容。

我很早就受益于意大利文学的翻译作品。当我还是一名在中学读书的少年时，有一天我的一位同学很神秘地告诉我，有一本特别好看的书借给我看，还叮嘱我千万别让别人看见了。他借给我的书就是薄伽丘的《十日谈》，这本书里的故事非常精彩，也与我平时读到的书和学校接受的教育完全不一样，这些故事看得我脸红心跳，比如，神父鲁斯蒂科欺骗单纯的女孩阿莉贝克，把男女之间的求欢说成是将魔鬼打入地狱，谁承想阿莉贝克从此迷上了将魔鬼打入地狱的事情。又比如，卡泰林娜的父亲以为女儿要到阳台上睡觉是喜欢夜莺，却发现女儿在阳台上是在与情人幽会，女儿的手里还握住了情人的"夜莺"……我曾经去过意大利，与意大利的一些汉学家交流，我把我小时候读《十日谈》的经历告诉他们，我对他们说，一个中国少年的性启蒙就是从薄伽丘的《十日谈》开始的。他们听了很开心，但一开始还是没有明白这种阅读对于一个中国少年的意义，因为在我们的交流之间，仍然隔着文化差异的障碍。于是我对他们说，薄伽丘老先生告诉我如何以一种非常阳光、非常美好、非常自然的眼光去看待男女两性，这与我平时所接受的中国文化的正统观念完全不一样，中国文化的正统观念将性爱看成是恐怖的、羞耻的东西，小时候我是一个非常听话的孩子，所以我都不敢正眼看漂亮的女孩子，担心从此会变坏了。也幸亏有了薄伽丘老先生的指引，我才懂得欣赏女孩子的美丽是很阳光的事情。因此我要感谢薄伽丘。听了我的这番话，他们会意颔首。但我同时也相信，他们并没有真正弄懂，为什么在中国要把性爱看成是恐怖和羞耻的东西，还要让孩子从小接受这样的教育。因为这是另外一个文化系统的事情。

文学翻译作品与中国的现代文学和中国作家有着密切的关系。中国现代文学的诞生和发展都得益于文学翻译的兴盛。我敢肯定，中国当代的作家都读过文学翻译作品，都会有一个乃至几个自己喜欢的外国作家。他们的书柜里，说不定摆得最多的还是文学翻译作品。法国著名作家雨果曾说过："当你向一个国家提供一个译本，那个国家几乎总是会将其视为对自身的一种暴力行为。"这足以说明，一个优秀的作家都不敢轻视文学翻译的力量。这种力量来自文学翻译中的异质文化。为什么雨果要说翻译作品对一个国家而言是一种暴力行为，就因为异质文化给我们提供了新的视野、新的思维方式、新的审美方式。一个国家和民族如果文化非常强大的话，就不会惧怕雨果所说的暴力行为。中国文化具有非常宽广的包容性，特别乐于吸纳各种异质文化。中国当代文学的丰富多彩，就是与中国当代作家都喜爱阅读文学翻译作品大有关系的。所以我要说，让文学翻译作品再多一些吧，我们就会变得更加独特也更加强大。

最后让我们再回到莫言获诺贝尔文学奖的话题。如果说莫言获得诺贝尔文学奖是因为翻译得好的话，那么这句话应该是肯定了以下这一事实，即翻译者以他精心细致的翻译尽量多地呈现了莫言作品中对于第二语言来说的异质东西，从而让诺贝尔文学奖的评委们能够从翻译文本中获得来自汉语的文学魅力。莫言获得诺贝尔文学奖，首先是莫言个人的荣誉，也是中国当代文学的荣誉。但我以为，这个荣誉也可以让翻译来分享。优秀的翻译对于中国当代文学来说实在是太重要了，只有通过翻译，非汉语世界的读者才能分享到中国当代文学的魅力。

资源共享与延宕中的世界性

2010 年的文学是热闹的一年，从如何评价中国当代文学，到鲁迅文学奖的评奖，争论声不绝于耳。无论是唱盛还是唱衰，也无论是羊羔体还是别的什么，这其中既不乏情真意切之辞，也有偏激之语，但在这热闹声中，其实隐含着的是文学走向世界的焦虑。因此，在接近年底的时候，北京大学与《人民文学》杂志社等单位联合举办的"当代汉语写作的世界性意义国际研讨会"就仿佛是给一年来的文学论争作了一个最好的注脚。一方面，研讨者承认中国文学在世界上的影响相当有限，另一方面，研讨者并不认为这完全是由于中国文学的质量有问题，其中要排除因为信息的不对称所带来的评价失当，因此研讨者认为应该推进当代汉语文学与世界文学的对话，打开阐释中国当代文学的话语空间，从而推动中国当代文学在世界的影响。我以为，世界性，已经成为一个重要的符号，镶嵌进了当代文学的叙事之中。关于世界性的话题，在 2010 年里，有一项扎实而又低调的活动应该提出来，这就是由中国的《小说界》杂志、日本的《新潮》杂志和韩国的《字音母音》杂志共同举办的"中韩日三国作家作品联展"活动。这三家刊物分别是三个国家的主流文学刊物，他们各自邀约了本国一些重要作家为这次联展创作，并翻译成其他国家的文字，同时在三家刊物上发表。三家刊物还在年底组织了三国作家和批评家展开了面对面的交流和对话。我从《小说界》上读到三国作家的小说，一个最突出的感觉就是：我们都生活在同一个地球村，全球化与信息化的浪潮逐渐把我们身上的异味冲刷得干干净净，我们的共同性越来越超过了我们之间的差异性。

谈到中韩日三国文学的差异，这大概是一个文化比较的话题。有一位中国人最有资格来谈这个话题了，这位中国人叫金文学，他属于中国的朝鲜族，中国的朝鲜族与韩国人有着源远流长的关系，这自不待言。他后来又去了日本学习，受到了日本文化的熏陶，拿到了日本的博士学位。这就是说，三个国家的文化都在他的身上打上了印记。大概他很清楚自己的优势，所以他就专门来做三国的比较研究了。他出过好几本这方面的书，其中有一本就叫《东亚三国志》。在这本书中他有很多精彩的见解。比如他比较了三国女性的差异："日本女性服务好，没有怨言；韩国女性服务好，有怨言；中国女性服务不好，又有怨言。"他还比较了三国所喜欢的花："中国人喜欢牡丹，国色天香，象征荣华富贵；日本人喜欢樱花，刹那盛开，瞬间凋零，象征残酷之美；韩国人喜欢木槿，质朴无华，小家碧玉，却不屈不挠，顽强生存。"金文学的比较很形象，也很有说服力。

我想借用金文学的观点，来比较中韩日三国文学的差异，但我发现，这仍然是一件很困难的事情。我甚至想，它们之间真的有很大的差异吗？比方金文学提到的花，牡丹、樱花、木槿这三种花的确代表了三个国家的形象，但这种选择真的就是因为花的象征性吻合了国人的性格吗？就我对文学的了解，文学所呈现出的国人性格远远要比花的象征性丰富得多。如果说日本人喜欢樱花是因为它象征了残酷之美，那么，日本文学就一定擅长于表现残酷之美，事实也的确如此。日本文学中的残酷之美是很有震撼力的，现在他们年轻一代的作家所写的青春小说竟然也是残酷青春小说，比如已在中国出版的金原瞳的《裂舌》。而中国的 80 后作家热衷于在青春书写中表现小资情调，他们似乎没有日本年轻作家的勇气，把美推向残酷的境地。尽管如此，中国当代文学中同样也不乏残酷之美的表现，如莫言、残雪的小说。又比如说，木槿象征了不屈不挠，顽强生存，在韩国文学中能够读到许多不屈不挠、顽强生存的人物形象，而这样的人物形象其实也是中国作家乐于塑造的。我们都是黑眼睛，黄皮肤，在一个人头攒攒的国际机场里，那些蓝眼睛的西方人能够一眼就分辨出来，谁是中国人，谁是韩国人，谁是日本人吗？事实上，我们都生活在同一个地球村，全球化与信息化的浪潮逐渐把我们身上的异味冲刷得干干净净，我们的共同性越来越多过了我们之间的差异性。这并不是我一个人的看法，两年多以前，在韩国举行了首届东亚文学论坛，在这个文学论坛上，三国作家和批评家一直认为，东亚可以成为文化共同体。有许多共同的社会问题横亘在我们三个国家的面前，有许多共同的精神困扰在折磨着三个国家的人民。因此三国的作家也许在思考着共同的问题，书写共同的人性。比如就在这一次的三国作家作品联展中，有一篇韩国作家金爱兰的小说《水中巨人》，这是一篇写小人物艰难处境的小说，母女俩在大雨滂沱时却不得不困守在家中，以她们弱小的躯体抗拒着建筑公司的强行拆迁。我读了这篇小说后大吃一惊，原来韩国也有强行拆迁的社会问题。金爱兰的这篇小说与中国这些年来流行的底层小说非常相似。中国的底层小说关注着底层的弱势群体，从底层发现社会存在着问题，以博大的人文关怀呼唤社会的公正和平等。又比如同样是这次联展中的日本作家柴崎友香的小说《我不在喀土穆》，我读这篇小说时仿佛读的不是一位日本女作家的小说，而是在读一位中国女作家的小说。因为像柴崎友香这样细腻的日常生活叙述正是中国女作家最乐意采用的叙述，她们凭借着她们女性特有的感觉去发现平淡琐碎的日常生活所传达出的人性的深邃意蕴。

但是，中韩日三国的文学仍然存在着差异。比方说，中国文学强大的乡土叙述传统，渗透在中国作家的意识中，哪怕他写的是纯粹的都市生活，背后都会有一个乡村的影子。土地情结、乡愁、家庭伦理，则是从乡土叙述传统中过滤出来的基本要素，这些基本要素像浓云一般笼罩在中国作家的头上。这一点显然没有发生在韩国作家和日本作家的身上。乡土叙述既是中国作家的长处，也是中国作家的短处，因为强大的乡土叙述传统约束了中国作家对城市的叙述。而韩国作家和日本作家，特别是日本作家，对于城市的叙述就要圆熟得多，可以说，日本作家和韩国作家已经有了一个很好的城市叙述的传统。这正是中国作家需要好好学习的地方。在这次三国作家作品联展中，韩国作家朴范信的长篇小说《流苏树》就是一部关于城市书写的成功之作。小说写韩国西海岸的一座城市，市长雄心勃勃地进行着城市的经济开发，一个新城区横空出世。但与此同时，旧城区成为垃圾填埋场和设备废弃所，沦为"野兽村落"。这里生活着因为建设新城区而被剥夺了生活基础的人群。如"我"为了培养孩子不得不去卖身，在这样的社会中，梦想提高自己社会阶层的人们只能靠堕落或犯罪来取得满足。但"我"最终被善良的本性所打动，以无私的母爱施予一个自闭的儿童，并带着这个孩子离开了这座城市，开始新的生活。小说的故事与中国当下的一些底层关怀的小说有相似之处，但我以为这位韩国作家对于城市的思考更为深刻，他不是以一种怜悯之心去发现底层的温暖，用韩国批评家的话说，这部小说写出了贱民资本主义的现实："位于社会最底层的他们被社会彻底排斥却又拥有某种神圣性，这让他们成为'HomoSacer'（神圣的人）。而只有在此种条件下，卑陋和神圣才能化为一体。"我在阅读《流苏树》时，同时就会联想到我曾经读过的一些国内作家书写城市的小说，我也发现了这些小说止步的地方，其实正应该成为中国城市写作的起点。

中韩日三国的发展趋势正在证明，东亚可以成为文化共同体。作为文化共同体，三国的作家应该达到资源共享的境界。大众文化在资源共享上走在了文学的前面。现在三国的影视明星和流行歌手几乎没有国界的限制，成了跨国界的明星。韩国荧屏上刚刚出现野蛮女友的身影，中国的男人们马上就感到了心惊胆颤。但是，对于一个国家的文明建设来说，文学才是至关重要的。我们应该加强三国之间的文学交流和对话，从而为三国作家资源共享搭建起一个理想的平台。我以为，这一次三个国家的纯文学的出版社和刊物联合举办中韩日三国作家作品联展的行动，就是一个非常了不起的行动，也是搭建这一理想平台的非常具体的行动。但是，文学交流是一条坎坷崎岖的路途。我在韩国首尔参加三国作家面对面的对话活动时，对此感触颇深。无论哪个国家的作家在发言时，必须先后翻译成另外两种语言，才能让在场的每一位参与者明白。于是我说道，我们必须在三种语言之间跳来跳去。这句话竟引起全场的欢笑。严格说来，场上的笑声是延宕式的笑声，因为这句话先后用了三种语言表达出来，一种语言的表达就只有相应的一群接受者发出笑声。或许，延宕正是文化交流的魅力所在，世界性则是在延宕中实现的。

从工业题材到都市文学

工业题材，在当代文学史上曾经是一个光荣的概念，主流文学将工业题材看成是能够诞生伟大文学的基地。也有一些著名作家投身到工业题材的写作中，但是事与愿违，工业题材尽管红红火火了一把，最终也没有留下多少值得我们炫耀的东西。有人把工业题材的"滑铁卢"归结为政治意识形态的干预，其实不完全如此，因为政治意识形态的干预是一个普遍性的问题，受害者不仅是工业题材。同样受到伤害的农村题材为什么不像工业题材那样贫瘠呢？也许更重要的原因还在于，我们还没有做好准备将工业文化作为重要的资源引入到文学之中来。其准备不足首先就在于我们的社会在新时期文学之前还没有正式进入现代化的轨道，我们还没有与现代化相匹配的城市化运动。从文学的角度说，工业文化作为重要的文学资源，是建立在都市文学兴盛的基础之上的。

中国是一个农业大国，在文学上引以自豪的则是乡土文学。但新世纪以来，情况悄悄发生了变化。无论从作品数量看，还是从年轻作家的选择重点看，都市文学都已经排在了乡土文学的前面。都市文学的兴盛是社会发展的必然趋势。我们过去主要是以乡土文学的方式来处理都市经验的。过去这么做有其历史的道理，因为我们的都市还处在乡村的包围之中，我们的都市人还只是进了城的乡下人。今天，这种状况完全得到了改变，全球化和现代化的双重合力，已经使我们的城市发生了根本性的变化。在这种背景下，我们需要自己真正独立的都市文学。但尽管都市文学越来越兴盛，却缺乏有思想力量的作品。其中一个重要原因是我们的都市文学还没有建立自己的传统。从思想资源上看，写都市文学的作家，特别是年轻作家，多半还是以西方现代主义文学作为参照的。当然，西方的都市化和现代化远远走在我们的前面，他们的思想资源值得我们借鉴，但真正要建立起自己的传统，还必须依赖自己的经验和精神遗产。因此我们更需要关注我们在都市化进程中那些具有"中国特色"的东西。中国作为现代化的后发国家，工业仍是我们城市生活的重要内容。我们不必为传播到世界各地的"中国制造"而羞惭，恰恰相反，"中国制造"正是"中国特色"的一种呈现方式，因此，工业经验和工人文化应该是建立我们自己的都市文学传统的重要因素。正是在这一思路中，东北老工业基地进入了我们的视野。

文学应该怎么去捕捉我们的城市特征？城市不仅仅是钢筋水泥构成的高楼丛林，也不必迷恋在酒吧、歌厅里。我在沈阳工作了八九年，这些年也正是国有企业面临改革重组的时期，在沈阳铁西区这个有名的工业区，一座座厂房都被拆掉了。但我发现沈阳人的"不一样"跟老工业基地有着密切关系，包括伦理关系、人际关系以及城市的性格，都打着老工业基地的烙印。我得出一个结论，老工业基地上的厂房能够拆掉，但老工业基地上的产业工人精神并没有拆掉，而且也许永远也拆不掉。《芒种》是新中国成立后沈阳市创办的一份文学刊物，他们的历史与老工业基地的历史刻在同一道年轮里，因此便对这里的工业精神有着特殊的感情。正是这一缘故，他们最近组织了"'老工业基地'与都市文学创作研讨会"，我以为，这一研讨会最具建设性意义的就在于它给我们建立自己的都市文学传统提供了一次具体的尝试。

老工业基地在今天的价值并不在于它还有多少机器在运转，而在于它走过的历史已经凝聚成一种精神传统。不同的城市会因为不同的城市化进程而酝酿出不同的都市文学形象。比如广州、深圳这样的改革开放前沿城市，民企、外企的兴盛，农民工的潮流，使得打工文学成为这里的一道重要的文学风景线。而辽宁的一些作家，如李铁，孙春平等，在他们的反映都市生活的小说中，则明显感受到一种老工业基地的厚重感和历史感。这些都市文学形象都包含着工业文化的元素，我以为，都市文学如何处理工业文化的资源，也是一个值得探讨的话题。从我的阅读体会来看，至少有两点比较重要，一是要坚持工人立场，一是要坚持城市立场。

为什么要坚持工人立场？因为对于一个尚未完成工业化的国家来说，在工业文化中工人是绝对的主体，所谓工人立场，也就是要把工人作为观察城市的主体视角。尽管过去我们曾经以"工人阶级领导一切"为口号，曾经极力提倡工业题材，但事实上我们并没有学会怎么以工人立场去把握工业文化。曹征路的《问苍茫》是一部鲜明地站在工人立场反映民营企业中的劳资矛盾的长篇小说。因而他能够从正义出发去批判现实中出现的种种资本主义因素，同时也为了绝大多数工人的利益而呼吁人们要注意资本主义因素的恶性膨胀。我读李铁以鞍钢为背景的小说，就觉得小说中最具魅力的地方就在于始终跳荡着工人的灵魂。从中国现代文学诞生以来，还没有产生真正以工人为主体的小说。茅盾的《子夜》是最早涉及工业题材的长篇小说，但茅盾是以革命者的身份来写《子夜》的，工人只是作为革命的群众进入到茅盾的视野之中，因此《子夜》尽管写到了工人群众的罢工，但工人形象却是淡薄模糊的。后来茅盾自己也承认："描写革命运动者及工人群众的部分则差的多了"。1949年以后进入到当代文学史阶段，文学界有了工业题材小说的概念，一批表现工人生活为主要内容的工业题材小说应运而生。但题材意识首先是一个意识形态的产物，工业题材这个概念的提出就已经预设了意识形态的要求，它体现了计划经济的时代特征，题材的背后是一种文化领导权的确认，因此工业题材小说尽管唱主角的可能是工人，但并不见得表达了工人的主体意识。二十世纪九十年代以来，虽然反映大型工业企业生活的小说变得很稀有，但因为有了一个都市化和现代化的大背景，这些小说明显给都市文学带来了新的因素，如肖克凡的《机器》、王立纯的《月亮上的篝火》、贺晓彤的《钢铁是这样炼成的》等。

什么叫做站在城市的立场呢？我以为，就是把城市作为新的人类理想栖息地，去构建城市文明、去塑造体现人类文明的城市精神。当然，我们有着深厚的乡村文化传统，而城市文化的传统还没有真正建立起来，站在城市的立场上，首先就要有一种培育属于中国的城市文化传统的自觉意识。可以说，都市文学是一种面向未来的文学，都市文化也是一种面向未来的文化。因为，乡村文化是属于专制时代的，而城市文化是属于民主时代的。人类最主要的普适价值基本上是在城市文化土壤上生长发育起来的，比如民主、自由、平等。我们始终没有培育起我们自己的城市文化传统，那是因为我们的民主时代还没有到来。西方文学自现代主义时代以来，就把重心放在建构都市文化传统上面，西方的现代主义文学已经为我们树立了都市文学"核心部队"的样本，如加缪的《鼠疫》《局外人》，罗布－格里耶的《窥视者》，托马斯·品钦的《万有引力之虹》，金斯堡的《嚎叫》，等等。其实，中国当代作家对于西方现代主义文学充满了兴趣，他们不遗余力地从这里吸取思想智慧，但如果立场没有转到城市上来，他们的学习可能只会停留在表面，而难以进入到城市精神的实质。这样说，并不是要放弃乡村文化传统，乡村文化传统尽管是在专制时代的土壤上发育起来的，但它作为一种文化精神却能超越时代，成为人类永恒的精神遗产。同样的，在我们的文学中，也需要站在乡村的立场上来书写城市的文学作品，就像现在我们所读到的大量中国当代作家所写的作品，这些作品以一种哀婉的情调书写乡村精神的衰败，又以一种激愤的情绪批判城市的痼疾。这就是站在乡村立场质疑城市的书写，它自有其精神价值。但从建设新的人类理想的栖息地的目标来看，这类书写顶多起到了一种警惕的作用。我们如今更需要的是真正站在城市立场上来书写城市的都市文学作品。

中国当代的都市文学应该充分利用工业文化的精神资源。当代中国的工业文明也需要作家站在时代的高度重新加以处理。

文风四题

文风，狭义的解释就是行文的风格。如今文风又成为社会普遍关心的问题了，每一个写文章的人在下笔的时候都得掂量掂量自己写出的文章会不会遭人厌弃。整顿文风首当其冲的就是学术论文，学术论文形成了一种"学八股"，尽管广遭垢病，却仍挡不住它的四处蔓延，而且越演越烈。我写这篇文章的时候，就在给自己敲警钟，千万别用"学八股"的腔调来谈文风问题。

一

所谓"学八股"的腔调，其实就是文章的行文造句，这不过是一个形式问题，按说写文章首先要思考的是内容，你写的文章有没有新意，能否给读者带来启发，有新意，能带来启发，你的文章就成功了。然而现在我们为了迎合当前的文风话题，写文章首先想到的却是形式问题，这大概说明了，文风的表现形态确实就是一个形式的问题，所以一提到改变文风，我们首先会在形式上作些处理。那么是否形式改变了，文风的问题就解决了呢？显然不是的。因为文风问题看上去是一个形式问题，本质上却是一个思想贫乏的问题。但我们在解决文风问题时往往会着眼于形式，也止步于形式。因为着眼于形式，所以每一次整顿文风，伴随着的就是一阵热闹的跟风；因为跟风很热闹，所以最终整顿文风就止步于形式。文风问题是中央提出来的，马上跟风现象就愈演愈烈。我听说有一个省会城市新的美术馆落成，举办一个很大的美术展览，省一级的领导班子成员全部都出席了，但他们为了表示要落实党中央的号召，所以会标也没有，剪彩都没有，这使得一个重要的艺术活动变得不伦不类。这就是一种跟风。我觉得跟风是我们中国社会的一个顽疾，很多很多问题都可以归结到跟风上。现在党中央有这个指令要纠正文风，并提出了一系列具体的要求，这一段就发现各种跟风的做法有时候真是非常可笑的。包括作协，作协每年春节前都举办一次新春联谊会，这本来是作家协会联系作家的方式，作家本来就是分散的，你既然说作协是作家之家，是为作家服务的，那么你在春节前夕用一个联谊会来交流感情，这虽然不能说是最好的方式，但至少还是受到大家欢迎的。就因为跟风，今年也要把这种活动取消了。别看现在讨论文风和纠正文风非常热烈，但有些是在以一种恶劣的文风在讨论文风和纠正文风。

所以我想今天我们谈文风，千万不要把它搞成一个跟风的事情，我们不要跟在政治或文件的后面说些现成的话和现成的词。首先，我们不要把文风当成一种形式主义的东西来对待，以为从形式上改变就可以了。当然文风看上去是一个形式主义的表现，其实这种形式主义的背后所反映的是一个思想贫乏的问题，思想的贫乏只能用一种形式主义的东西来掩盖。反过来这种形式主义的东西又会遏制思想的创新。这种形式主义的东西体现在文风上就是党八股、学八股。我觉得现在有一种很严重的学八股，它甚至比党八股还要严重，学八股是我们日益僵化的学术体制种下的果实。这个果实吃起来一点也不香甜，这应该是绝大多数人的体会，指责学八股的声音也一直不绝于耳。但是学八股的果实越结越多，因为我们身边栽种的都是这种学术体制的树。更为可悲的是，你虽然不喜欢学八股这种果实，但你生活在这样一种学术体制下，你又不得不变得学八股起来，因为你不这样做，就得不到相应的利益，你在大学你不发这样的论文你就不能评职称，这是很切实的利益问题，也是生存的问题。

我同情在学术体制下求生存的人们，事实上我自己也摆脱不了学术体制的羁绊，因此说这种话也是在为自己开脱，但是我们必须看到自己的弱点，反躬自省，我们为什么很轻易地跟"学八股"这种文风走呢？这是因为我们缺乏一种充满生命力的思想，因为我们的思想贫乏，所以只能用这种形式主义的东西掩盖。从这一点出发，学术界在讨论文风问题时，就不要把全部责任都推到学八股这样的形式主义上，也要反省我们主观上的原因。因为文风也揭示出我们的学术缺乏一种生机勃勃的思想。一个人的思想真正有活力的话，他要表达出来，是任何一种八股都阻止不住的。其实学术界不少人是相当喜欢"学八股"这种东西的，因为有了"学八股"，他缺乏思想，或者说他也不必去费劲地思想，仍能在我们的学术体制下活得相当滋润。当然还必须看到这种"学八股"遏制了我们思想的创新，有可能有一些真正有思想活力的年轻的学者，就因为陷入到这种文风的陷阱中间，思想也就慢慢被腐蚀。

无论我们什么时候讨论文风，是否扼制了思想创新应该是衡量文风有没有问题的第一标准。

二

文风问题说小也很小，说大也很大。往小了说，连小学生的作文都存在着文风问题；往大了说，文风问题则涉及到文化领导权的问题。为什么政治家特别是执政的领导者以非常积极的态度谈文风？就因为文风不仅关乎言说及行文的形式，而且更影响到能否真正掌握领导权的大问题。

文化领导权的理论是由葛兰西提出来的，他认为，资本主义社会并不会由于经济危机等经济上的灾难性袭击而导致整体性的危机，因为资本主义社会还有一道更强大的堡垒，这就是文化领导权。程巍在《中产阶级的孩子们》这本书中非常形象地描述了资产阶级是如何确立起文化领导权的。资产阶级在政治上和经济上虽然取得了胜利，但他们并没有掌握全社会的文化领导权，"贵族和无产阶级分别控制着资产阶级时代的美学领导权和道德领导权"。直到上个世纪六十年代，资产阶级的后代们才意识到文化领导权的重要性，便开始了一场争夺文化领导权的运动。引起我深思的是，从程巍在书中的介绍可以看出，这场运动的重要切入点就是"文风"，程巍称其是语词的"委婉化工程"，资产阶级改称为中产阶级，小资产阶级改称为白领，工人阶级改称为蓝领，血汗工厂改称为劳动密集型企业，等等。正是通过这种文风的变革，资产阶级在意识形态中得到了"原命题的美化"，从而分别从贵族和无产阶级手中夺回了美学和道德的文化领导权。

中国共产党历来重视文化领导权的建设，中国革命的胜利也在很大程度上有赖于对文化领导权的争夺和控制。延安时代开展的整风运动，可以说就是中国共产党在尚未全面夺取政权前夕而进行的文化领导权的建设工作。整风运动自然也包括了整顿文风。大批知识分子奔向延安，他们是来参加革命的，但毛泽东认为，知识分子的文风有问题，他要求知识分子向工农学习，学习工农的语言。知识分子在整风运动中首先要过的就是文风一关。作家欧阳山回忆当年参加整风运动时就说："我过去心爱的欧化语言和欧化风格也必须重新接受新的农民和新的农民干部的考验。"语言的改变必然会带来世界观和价值观的重新审视。因此有人认为延安整风的宗旨就是要使知识分子有机化，这样的看法是有道理的。也有人认为，延安时期的知识分子需要改变文风，是因为他们的言说方式已经过时，解决不了现实的问题。我以为问题并不是这么简单。"五四"以来知识分子所创造的启蒙话语，到了延安时代逐渐成为一种模式，的确不能有效地解答革命现实中的问题，当然，对于革命者来说，他们所要解决的问题也不是能够用启蒙所涵盖的，所以，毛泽东要用新的话语取代启蒙话语。但我以为，启蒙话语在当时并不是完全过时的话语，因为启蒙的任务远远没有完成，只是因为启蒙话语属于知识分子的话语，启蒙话语在确立的过程中也就确立了知识分子的话语权。如果认同启蒙话语，也就是认同知识分子对文化的左右和评判。所以毛泽东在延安时代是从无产阶级文化领导权的角度来看待知识分子的言说方式的，他找到了一个非常便利的切入方式，这就是文风问题，从文风入手反对知识分子的言说方式，也就削弱了知识分子的话语权。今天回过头看当时的延安整风，我觉得当时在延安的知识分子并不是在文风上有多么严重，严重的是他们在思想和立场上还不能跟上党的要求，也就是一个如何与延安的革命以及人民结合的问题，知识分子的启蒙话语并不能很好地解决这个问题。当然，延安时代的整顿文风不仅仅是一个解决知识分子的问题，更为重要的是反对党八股。反对党八股虽然看上去是一个文风问题，但它同样涉及到文化领导权，是由执洋教条的人来领导革命，还是由从中国土办法出发的人来领导革命。

党的十八大报告提出要"下决心改进文风会风"，以后又作出了改进作风的八项规定，不妨从文化领导权的角度来理解党中央的这一系列举措，也许我们就会更加期待新的领导班子在政治上有新的举动，因为这一套文风以及所伴随的整个官场上的形式主义的东西，已经变成了你能否在官场上站住脚的一个筹码，你要学会这一套文风，你要擅长这一套形式主义的东西，你才能在官场上混下去，而这种东西不仅极大地阻碍了党中央的路线的贯彻执行，也遏制了一些有创造力的真正在政治上有所作为的年轻人。改进文风不仅仅是政治的事情，尤其应该包括学术界。在学术界有一种学八股，虽然人们非常厌恶它的面孔，但它却是大行其道，风光无限。为什么会这样？就因为学八股也涉及到一个文化领导权的问题。在我们的学术界形成了一个学术利益集团，他们充分利用学术体制的优势，通过评奖、项目等各种方式，极大限度地控制和分享学术资源，他们占据在学术要害部门，对学术具有绝对的发言权。作为一个学术利益集团，他们无需生产真正的学术，他们也生产不出真正的学术，但他们必须推广学八股，因为只有在学八股的环境中，他们才能保持威权，才能维护自身的利益。

学八股扼制了学术思想，这是毫无疑问的。但我认为，在大量按照学八股的样式制造出来的文章的包围下，仍然存在着一些生机勃勃的文章。只不过这种生机勃勃的文章，很难得到体制的承认，已经被体制化了的那些刊物也不愿意刊登这些生机勃勃的文章。为什么？就因为他们要这样做的话，就会感到领导权有可能丧失的危险。也许这些文章发在非核心、非权威的刊物上，发在一些游离于体制约束的刊物上，也许更多的是在网络上。这也说明一个问题，如果一个人有自己的思想，有生机勃勃的创造力，就不会被这种学八股所约束，哪怕他会按照一定格式去写，这种格式也禁锢不了他的思想。所以纠正文风一定不要纠缠于形式，特别是不要止步于形式。比方说，反对学八股，并不在于我们写文章要不要写主题词，要不要有引文。其实说到底，假如你真的有思想的话，形式不过是一个载体而已；假如你没思想的话，你就会被形式所统领。但那些为了维持利益集团控制文化领导权的文风和形式就必须坚决反对。

三

文风既可以从广义的角度来谈，也可以从狭义的角度来谈。我更倾向于从狭义的角度谈，即把文风理解为一种写文章的作风和特征，每个人写文章都会或多或少体现出一些习惯性的特征，就形成了自己的文风。甚至包括小学生也有文风的问题。从狭义的角度来看文风的话，文风问题就是一个常态问题，是一个会不断出现、需要反复对待的问题，也就是说，我们不可能一次性地解决文风问题，文风问题既是常态的，也是动态的，它是在发展过程中出现的问题，旧的文风问题解决了，慢慢地，在行文过程中又会滋长出新的文风问题。为什么这么说呢，因为我们是用文字写文章，文字是什么，文字就是规范语言的一种工具嘛，文字的这一功能很重要，它要将语言规范化，规范了的语言才能流传得更加久远和广泛，才有利于交流。但文字在规范过程中间又会逐渐地走向模式化，就会变成八股的东西，这时文风问题就出现了，我们就要反对八股。但是要注意，反对八股，并不是反对规范；整顿文风，并非否定文风。反对八股是为了让文字的规范化更有利于思想的创新和交流；整顿文风是为了文风始终操持清新与活力。规范化的语言为什么到后来成为了约束人们思想的"八股"呢？是因为规范化的语言不再表达新的思想，变成了一个空壳。因此所谓要把文风问题作为一个常态的问题，就是要经常反省自己的文章是否承载着实在的思想，就是要经常提醒自己不要让自己的文风蜕变成一个空壳。唯有把文风问题当成一个常态的问题，才会始终使自己的文章保持活力。千万不要等到全社会都在大谈文风和纠正文风了，再来解决自己的文风问题，这个时候也许文风问题已经变得积重难返了。如果缺乏一种常态的意识，光靠运动式的方式来解决文风问题，有时候就会把应有的规范也当成文风问题反掉了。

强调文风问题是一个常态问题，就是要求我们在写文章的时候始终注意形式与内容的相统一，注意不要把形式与内容分开来单纯地追求形式。但在纠正文风的过程中，往往会出现一种情况，就是把形式孤立起来对待，比如将文风问题归纳出几种表现形式，以为抛弃了这种表现形式，文风问题就解决了。但我以为，如果将形式孤立起来看，任何一种表现形式都有存在的理由，关键在于其表现形式是否与所要表现的内容相吻合。比如，我们批评那些西方后现代名词概念满天飞的文章在文风上有问题，这样的批评是对的，但我们也要弄清楚，这些文章的问题并不是因为它引用了西方后现代名词概念，而是作者还没有真正理解这些名词概念，就在文章里生吞活剥。但我们在纠正文风的过程往往是在否定生吞活剥的同时也把后现代名词概念一起也否定了，只要发现文章中有这些后现代名词概念，就认为这篇文章的文风有问题。我是坚决不赞成这样纠正文风的，我就要为那些受冤屈的后现代名词概念辩护，我们的文学理论要发展，就需要这些后现代名词概念的参与。关键是我们必须把这些后现代名词概念搞明白，真正变成自己的东西。

把文风问题看成一个常态的问题也就是说不要单纯把文风问题看成是一个大问题，不是说因为今天政治家提倡了，我们就都来纠正文风。政治家面临着改革的一个关键时刻，他要通过文风来灌输他的思想，此时此刻，文风问题变得很重大，但我们不是因为政治才谈文风，即使政治上没有这样的运动，我们也存在文风问题，从小的范围来看，有时它并不涉及到意识形态性的问题，它可能纯粹就是一个学风的问题，那我们就要把它当成小问题来对待，而且要认真对待。

四

文风问题不能用革命的方式来解决。文风问题既然是一个常态问题，我们就始终要有一个关于文风的警钟，经常把这个警钟敲响，旧的模式打破了，可能又会有新的模式产生，我们有这样一个常态思想的警钟。另一方面我们不能用革命的方式来对待文风。文风是发展过程中出现的问题，文风从健康的文风逐渐变成八股式的文风，就会贻害我们的学术，就会遏制我们的思想，这个时候当然要批判和否定这种八股式的文风，但应该看到它是在发展过程中产生的，我们不能因为反对这种八股式的文风就把过去所有的文章一概否定。革命的方式往往就是这样一种结果，因为要彻底否定一种八股式的文风，就把文风形成过程中的所有文章也统统都给否定掉了。我觉得这是有教训的。"五四"新文化运动采取的就是一种革命的方式，当然这种革命方式是当时的社会形势和时代背景所决定了的，因为当时的封建文化的势力太强大，新文化运动的倡导者不得不采用革命的方式，但无论"五四"新文化运动采取革命的方式包含着多么大的历史必然性，也不能否认它因为在纠正文风上的过分激烈从而给这场新文化运动留下了后遗症。在新文化运动中，完全是以决绝的态度对待文言文，这就是以革命的方式来处理文风问题，这样一来，文言文的精华转移到白话文中的渠道就被中断了，文字的传承产生了断裂，这是很大的可惜，为什么白话文长期以来难以变成一种优雅的语言，我觉得就跟这种文字传承的断裂大有关系。同样，延安时代的整顿文风，也是一种革命式的运动，同样也有一个后遗症的问题。延安时代反对洋八股，这是对的，洋八股以教条的方式理解西方马克思主义理论，教条固然不对，但教条所依凭的西方的马克思主义仍然是个好东西。不能因为反对洋八股就不敢从西方的马克思主义理论出发来解释中国的革命现实了。我以为，由于延安时代以革命的方式反对洋八股，对中国的理论建设还是有所伤害的，在相当长的一段时期内，人们对于准确阐释马克思主义著作的原本含义显得谨小慎微，"照本宣科"完全成为一个贬义词，我以为，学习马克思主义必须有一个"照本宣科"的阶段，通过"照本宣科"逐渐接近马克思主义的实质，在这个前提下才有可能将马克思主义与中国实际结合起来。但是我们宁愿长期处在"摸着石头过河"的状态之中，也不愿好好地通过"照本宣科"去接受理论的滋养，还以整顿文风的方式取消"照本宣科"。中国当代的思想文化建设对"洋"理论的学习和吸收不是多了，而是很不够。特别是在新中国成立以后怎么建设的理论，关于社会主义社会的理论，假如有更多的人真正能够从"洋"的理论入手，也就是从西方的马克思主义理论入手进行思考，效果会大不一样。所以我的感觉就是，文风问题以革命的方式来解决，是会带来恶果的。包括今天我们在学术上反对新的"学八股"，这种新的"学八股"是对西方现代理论的食古不化，那么我们就不能因为今天形成了这种洋味十足的"学八股"，就忽略甚至否定西方现代思想理论对于 90 年代以来的中国思想文化的发展所带来的积极的作用。80 年代的思想解放和理论突破，就是从吸收西方新的思想营养开始的，但是西方的东西在我们的思想发展过程中逐渐被模式化了，变成一种八股式的东西，约束了我们的思想，我们就难以在其基础上培植出真正属于自己的新东西，这个时候我们应该果断地反对洋八股，但是我们反对洋八股，不是把洋八股形成的过程全部否定掉。

柏杨：永远在野的政治家

中国大陆在二十世纪七十年代末八十年代初翻开新的一页，开启了一个现代化建设的新时代，但这个历史性的开启并不是轻易就完成的，从拨乱反正到全面改革开放，经历了一个艰难的思想观念更新和文化转型。当我们回过头去看这二十余年的变革时，就会发现，台湾的文化人对于大陆的观念更新起到了一种妙不可言的作用。比方说，柏杨就是在这个时候以一种惊世骇俗的效果进入到我们的视野的。他的一部《丑陋的中国人》让我们感到了自惭形秽，后脊发凉，进而拍案而起。他的酱缸文化的理论像迎面向我们头上泼来一盆污水，先把我们激怒，继而使我们醒脑。在那个时候，我们急于振作起来，却囿于旧识，正在犹豫不决、踯躅徘徊之际，柏杨出现了，仿佛从背后给我们击一猛掌，使我们勇敢地迈出了反叛的一步，而有了这一步就有了以后不可收拾的结局，我们才越走越远，越走也越亮堂。

今天，我们再来读柏杨，也许会平静了许多，但我们仍然忘不了当年柏杨带给我们的震惊。有些人挑剔地说，柏杨的立论不严谨，观点太偏激。

我以为这些批评对于柏杨来说并不重要，因为我们不是需要一个学术的柏杨，一个作为古董的柏杨，柏杨的重要性就在于他的面对社会和公众负责的姿态，就在于他的为了正义和公正而敢于冲锋陷阵的勇气。这种姿态和勇气是一个现代意义的知识分子所必备的，我们理所当然地应该确认柏杨的身份是一名公共知识分子，而且是一名很有骨气的公共知识分子。但柏杨比一般的知识分子更多了一层野性，更少了一些学究气，他对于社会的批判来得更为直接，所以我觉得与其将柏杨视为一名知识分子，还不如将其视为一名政治家更贴切。但他不是一般意义上的政治家，他始终不谋求政治权力，他只是在为公正、自由、平等的政治权利呼喊。从这个意义上说，柏杨是一名永远在野的政治家。

柏杨的一生富有传奇性，而他的传奇经历基本上都与政治有关。在革命大动荡的年代，他同所有的热血青年一样毅然投入到政治运动之中，而他的不依附政治权贵和鲜明的政治批判立场，使他过了近十年的监狱生活。但所有的政治磨难并没有摧毁柏杨的斗志，而是更激发了他的政治情怀。当然这种政治情怀是建立在现代性基础之上的政治情怀，不是过去狭义的仅仅与国家意识形态相关联的、围绕着政治权力斗争而展开的政治情怀。这种政治情怀是以广大公民的权利为核心的，关注着国计民生、社会民主、利益公平、道德良知。所以我们读柏杨的杂文，能够感觉到鲜明的政治指向。当然正如陈晓明先生所指出的，柏杨的批判根本着眼于文化批判。而我要补充的是，柏杨通过文化批判，最终要表达的是他的政治理想，一个用自由民主和美好人性描画出来的政治理想。从这一点来说，柏杨是一名充满着乌托邦精神的斗士。由此我们检索出柏杨的文化遗传密码，他的政治情怀和政治乌托邦精神是与中国传统文人志士的风骨一脉相承的。从屈原的"众人皆醉吾独醒"，到孔夫子的"大道天下"，到范仲淹的"先天下之忧而忧，后天下之乐而乐"，也许这些都编织进了柏杨的政治情怀之中。因此别看柏杨对中国传统文化采取激烈的批判态度，但他骨子里还是传统的文人。这二者并不矛盾。他所承继的是中国文人的道德情操，而文人的政治理想则需随时代的变化而变化，他站在现实的层面必然要对传统文化开刀。

中国文人都怀有忧国忧民、济世救国的政治抱负，但文人在实现自己的政治抱负时必须面对道统和势统的冲突，有些文人在强大的势统面前不愿伤害自己的"道"，于是选择了出世的方式，做一个高洁的名士。我很欣赏名士的高风亮节，但我不希望文人们都去当名士，因为名士在做到洁身自好的同时，也就放弃了一个文人应有的社会责任。我更敬佩柏杨的选择。其实他也是一个真名士，他的傲骨他的自由不羁他的大逆不道又何曾不是名士姿态，然而他并不以放弃责任为代价，反而是在强烈地干预政治的举动中体现出公共价值。

名士的遗风在今天似乎相当盛行，因此许多文化人对政治表示出一种不屑的态度，一些作家也以追求纯文学作为遁词为自己的逃避现实问题开脱。所以今天有必要重读柏杨。重读柏杨还在于，今天的文化人不仅面对道统和势统的冲突，还面对"商统"的巨大诱惑。我把商品经济和市场化所构成的新的权力机制和商品意识形态称之为"商统"。一些文化人在势统面前还能保持其独立性，却在商统的诱惑下很快丢盔弃甲。这些人真应该好好读读柏杨。因此人民文学出版社在这个时候出版"典藏柏杨"系列作品是很有现实意义的事情。二十多年前，我们在百废待兴的政治风云中读柏杨，是被他的惊世骇俗的言论所震惊；二十年后的今天，我们在势统和商统的双重夹击下重读柏杨，也许会更看重他的在野政治家的姿态，会被他的充满浩然正气的政治情怀所感动。

周政保：一位捍卫文学尊严的军人批评家

周政保与我是同一代人，但他是我最为敬佩的一位批评家，因为在他的身上始终保持着一名军人的风范。他的眼睛里有一种值得信赖的目光，他的每一句话都让你感到一种真诚和坦率。这是否缘于他的军人身份？我说不清楚。但我知道周政保是很珍惜自己的一身戎装，他不希望有半点灰尘玷污军人的称号。在和平年代，我们也许淡忘了军人的重要性，但和平是因为有了军人的存在才得以存在的。军人高度警惕着，保卫着我们身边的和平。周政保就是这样一位军人，他具有高度的责任心，履行着自己的保卫和平的职责。当然，他保卫和平的方式与扛枪的军人不一样，他以文学批评的方式捍卫文学的尊严和道德的神圣感，从而让我们的精神空间保持着和平与和谐的景象。从他最近出版的文学批评集《苍老的屋脊》（宁夏人民出版社出版）中，我真切地感受到了这一点。

这本批评集收入了周政保自 1990 年代以来的批评文章，都是针对具体作品发言的。从这些文章中可以看出周政保在这十多年间始终紧贴着当代文学的前沿，把握着时代跳动的脉搏，以敏锐的目光和思想的锐利针砭时弊、劝善规过。在周政保的批评观里，最值得我们借鉴的是他的现实性和精神性。在现实主义普遍受到非议的时候，周政保旗帜鲜明地提出，中国小说的出路就是要坚持真正的现实主义精神。但他同时也批评了对现实主义的庸俗化、政治化、模式化的种种弊端。对于什么才是真正的现实主义，他反复进行阐述，在这种阐述中，他的关于从"现实主义创作方法"向"现实主义审美精神"的潜移的观点、关于现实题材不等于现实感的观点，无疑都是很有见地的。作为军人批评家，他更为关注军事文学创作，他充满热情地为军旅新人的新收获而鼓吹，也直率地指责军事文学创作中的萎靡之气。他反复强调，军事文学不能没有战争意识，因为军人就是为战争而存在的。在这歌舞升平的年代，听到这样的观点，真有振聋发聩的感受。正因为他在批评中始终坚持精神性的要求，所以今天来读他的《苍老的屋脊》，尽管多是即时性的文章，但仍感觉不乏真知灼见。

　　周政保以一种对话的、商榷的姿态面对自己的批评对象，话语里透出一股古道热肠。这使得他在批评中力图更全面、更辩证地看问题，避免武断和轻率。我想，每一位作家都会将周政保当成朋友看待的。但我们很久没有听到周政保的发言了，因为可恶的病魔悄悄地袭击了他，他不得不暂时放下手中的笔。然而他的心肠还是热的，他仍在默默关注着在文坛上奔跑着的战友们，其实，他的思绪他的精神仍然跟随着我们的文学队列。因此，让我们在行进中对周政保回一个注目礼，向他表示良好的祝愿。

林那北北北：一体两面

北北的一个转身，就成为了林那北。这或许纯粹是一次笔名的更改。但这两个笔名传达出来的信息显然是不一样的，北北带有一些后现代的意味，而林那北却俨然是充满古典气质的大家闺秀。我动笔的前夕才发现它给我设置了一点儿障碍：我这是要写北北，还是要写林那北？看来保险的方式还是循着时间的轨迹，从北北再说到林那北。

北北的"调皮"

北北这个名字是在 21 世纪到来之际映入小说读者眼帘的，《美乳分子马丽》《王小二同学的爱情》《转身离去》《寻找妻子古菜花》等小说相继冠以"北北"之名像集束炸弹似的在重要的文学刊物上轰响。事实上，在此之前，散文家北北早已成绩斐然了。仿佛她的散文写作就是为她在新世纪之际的小说写作作铺垫似的。我以为她的散文风格具有鲜明的后现代特征，她不像那个时期非常时尚的小女人散文施展女人的魅力，在小情感上做文章；或者说她其实知道当时如果女人发发嗲是非常讨人喜欢的，但她偏偏对此深恶痛绝，因此她的散文叙述没有多少性别色彩，相反她爱用戏谑、正话反说、调侃等"调皮"的方式表达她的严肃观点。比方她曾被修补处女膜的广告惹怒过，为此她写过一篇散文，但她不是愤怒声讨，而是以反讽的笔调，加以嘲弄和批判，其散文标题就是"消费过处女膜的小丽你好"；其叙述则是活泼谐趣的："处女膜好歹是自己的东西，将它弄破或者补上，都是自个儿的事，犯不着别人来说三道四。我当时还以为自己挺前卫的，不免沾沾自喜过。"我们也从活泼谐趣的叙述中看到了一位调皮的北北。同样，北北带着调皮的性格转向小说写作。调皮的性格让她的小说更加轻松和生动。如《美乳分子马丽》，就很有调皮的特点。马丽是一个没心没肺的市井女子，她当然渴望幸福的生活，但她在现实中屡屡受挫，她认为原因在于她的乳房太小，所以被男人们所轻视，于是她只好靠隆胸为自己增加一份身体的本钱，因为"美乳"能在男性中心的社会里卖个好价钱。北北说这是"一个生活在底层的女子以愚蠢的方式争取幸福的平凡故事"。又如《一男一女》，给偷偷相爱的一男一女设置了一个非常荒诞可笑的结局：他们跑到火车站，钻进一个集装箱里幽会，没想到集装箱被火车拉走了，这一男一女关在箱中共同生活了几天几夜，但时间没有让他们的浪漫燃烧得更加旺盛，面对生命困顿时，他们首先想到的是自保。结局则耐人寻味，当他们最终被救出来后，两人已是一对形同陌路的人了。又如《王小二同学的爱情》，则写了一个淘气的男孩王小二，他对充斥在现实中的广告词滚瓜烂熟，常常脱口而出，他以这种童稚的顽皮去应付成人世界，结果自然是不妙的，因此一次偶然的顽皮就被成人当成了早恋，于是这位还未脱离爱情蒙昧期的王小二同学就有了自己的"爱情"。

但如果以为北北仅仅有"调皮"就错了，事实上，后现代式的调皮只是北北的表现形态，在她骨子里却是现代知识女性的"深明大义"。因此阅读她的小说，你就会发现，在她戏谑、轻松的叙述背后隐藏着一颗凝重的心。事实上,她的"调皮"并不完全缘于她的个性,而是因为当她带着知识女性的"深明大义"去看待世界时,她对当今世界的荒诞就会有特别的敏感,并从世界的荒诞中发现这个世界与"深明大义"相悖的症结。比如《家住厕所》,写一个以清扫厕所为生并住在厕所里的渺小人物,小说标题凸显了事情的荒诞感。据说,这的确是北北在生活中遇到的荒诞。她有一次在福州西禅寺里邂逅一个厕所清洁员,发现他就独住在厕所里头,仿佛与世隔绝。但北北却试图去探问这个躲避在寺院角落里的男人的内心,去发现这个男人曾经与这个世界的关系,所以她说她"写的时候不是荒诞,是沉重"。同样,在《美乳分子马丽》中,虽然北北坦陈马丽在生活中显得多么愚蠢,但她丝毫也没有嘲弄的意思。愚蠢并不是马丽的过错,透过马丽的愚蠢北北要揭露的是男人们的卑鄙。而《一男一女》的荒诞显然让我们看到现代爱情的脆弱与虚假。至于《王小二同学的爱情》,结尾北北让大人们在撕扯着要去法院时,王小二与刘巧儿忘乎所以地玩着"挖洞"的游戏,这简直就像扇了龌龊大人们两个耳光(王小二曾挨过大人的两个耳光,北北最后为他报了仇)。北北后来又写了一篇关于爱情的小说:《我对麦子的感情》,在这里,爱情不再是她调皮的对象了,她在认真与我们讨论爱情,但现实中的爱情已经被恶浊的环境玷污,北北便把爱情安置在虚拟的世界里。小说中的主角朱家平是一位出租车司机,小说讲的则是这位司机的婚外恋故事,然而他的婚外情是一个虚拟的爱情,他爱上的是电台广播的女主持麦子。他从来没有见过麦子,但他天天能从车上的广播里听到她的声音。小说让我们看到,城市病对人的情感伤害是多么的可怕。朱家平在现实中并非没有爱的可能,他有一个好妻子,有一个宁静的家,他与妻子也曾美美满满地生活了好几年。但他们夫妻俩都是出租车司机,两人合开一辆出租车,一人开白天,一人开黑夜。这使得他们夫妻俩除了在交车的时候能见面外,几乎就没有在一起进行情感交流的时间了。作者关注到城市这一特殊的群体,他们虽然每天在城市的繁华中穿行,但他们实际上是孤独的。孤独的朱家平并不是一个非理性的情感痴迷者，因此他能够清醒地帮助乘客尹苏丹从虚拟爱情中走出，他也对自己的行为深深自责，但这一切都无法将他的感情挽回到现实中来，因为现实已经把爱情简约为欲望的享受和世俗的幸福，而像朱家平这样固执地需要获得爱情的精神性，连爱他的妻子也不能理解。这大概就是物质化城市对于精神排斥的必然结局。这篇小说仍然有着"调皮"的成分，但让人觉得这是一种认真的"调皮"。

也许是发现荒诞背后的太沉重，北北的"调皮"逐渐有所收敛。《转身离去》就是这样一篇小说，小说展现了一个女人凄苦的命运，主人公芹菜曾是一个乡村女孩，嫁给了城市里的一个志愿军战士，战士在新婚之夜后就奔赴朝鲜，并牺牲在战场上。村里人认为她过上了城里的好日子，在城里她却找不到自己的位置，这凄苦只是心灵的凄苦，更重要的是，这凄苦与一个伟大的历史事件"抗美援朝"有着不可分割的联系。但历史的伟大并不能抚慰芹菜的心灵。面对这样一个沉重的话题，北北的叙述也变得凝滞起来。《转身离去》仿佛是一个提示，调皮的北北即将转身成为端庄的林那北。当然，无论如何转身，北北本来就有林那北的端庄，林那北仍然保留着北北的调皮。在北北期间写作的《寻找妻子古菜花》，最能说明这一点。寻找无疑是这篇小说的关键词，寻找应合了我们对一种普遍的文学精神的苦苦寻找，北北是寻找中的一员。北北在小说中讲述了一个农民寻找幸福的故事，这样的故事我们并不陌生，在这样的故事里，乡村往往是一个弱者，受到城市的压迫，挣扎在城市与乡村的二元对立中，这篇小说虽然同样摆脱不了这种二元对立的困惑，但它让我们感到了一种精神震撼力，这震撼力来自小说中的一位乡村弱女子奈月。她虽然矮小、平庸，却自尊、自信，无论生活对她是如何不公，她始终坚守着自己心灵中的理想。她的行动就像在黑暗之中点亮了一盏灯，让那个总是被大雨浇淋的桃花村变得灿烂。奈月是北北思想深邃的结晶，奈月意味着坚守，坚守让寻找变得有了意义。奈月独自站立在山上，以身体护卫着山林，这种壮举也许有些模式化，而我更感动于她那些看似软弱却内心顽强的行为，如她一次又一次的沉默的抗争。奈月无望地生活在贫穷的山村，她的爱情，她的生活愿望，一再地受到打击，但她执著、坚韧，外表虽然弱小，内心却异常顽强，她的主见任何人都无法更改。她对爱情和理想的憧憬，都带着作者强烈的情感认同而表现得淋漓尽致。在物欲被充分合理化和合法化的当代文化背景下，作者为我们塑造了一位公然蔑视物质、蔑视城市的人物，这大概正表明作者内心激荡着一种精神性的焦虑和渴望。中国当代文学迫切需要奈月这样的形象，她传递了我们民族精神和未来延伸的信息，她唤醒读者的慈爱之心和悲悯情怀，也使读者有了敬畏和仰慕的觉悟。

林那北的端庄

林那北在改名时曾经有一个声明，虽然这声明不能当正式文件对待，多少是作者的调侃之语，但我还是在意其中的一句话，她说她对北北这个笔名不满意，"觉得偏嫩了"。"偏嫩"是文学的表达，或许我可以把它理解为，当北北正面直视现实和历史的问题时，她感到后现代的姿态难以承受生命之重。

以林那北为笔名发表的第一篇小说《唇红齿白》就关乎生命之重。因为关乎生命之重，所以林那北没有围绕副市长欧丰沛将其写成一篇揭露体制问题的小说，体制问题固然会培植出类似于欧丰沛这样的贪官，但林那北更关注恶劣的体制是如何摧毁善良的人心，是如何吞噬美好的情感，是如何扭曲正常的伦理的。李凤是一个多么善良的女人，也是一个好妻子，好母亲，她丝毫也没有过错，但又是谁剥夺了她的夫妻情、姐妹情和母子情呢？一个好人，从身体到心灵都被"肮脏"了，李凤的悲惨遭遇反衬出整个社会的精神境遇是多么的肮脏。林那北的《息肉》所反映的现实内容是当下被人们议论得最多的强制拆迁的问题。这是一个非常敏感的社会问题，把它写成一篇直接干预现实生活的"问题小说"也未尝不可。但一般的问题小说仅仅起到一个揭露问题的目的，说实在的，揭露问题并不是文学的根本目的。对问题进行更深邃的思索才是作家的本分。《息肉》显然不是以直接揭露社会问题为主题的，因此作者并没有从强制拆迁的社会性上去做文章，而是关心在拆迁纠纷中的不同人物的内心世界。何光辉站在街道主任的立场上，自然也对朱成民这位上访专业户十分恼火，他把这样的人看成是社会赘生物，似乎也在情理之中。社会赘生物大概也像长在人体内的息肉一样，任其发展就会转为癌症，但对待社会赘生物，也能像对待息肉一样做个手术一刀割掉就解决问题吗？这个问题很尖锐，但也不是简单地就能给出答案。林那北敢于触及这个尖锐问题，再次显现出她的"深明大义"，而她非常巧妙地揭示出这个问题的复杂性，也正是林那北的"端庄"所在。"端庄"还体现在另外一方面，当林那北正面直视现实和历史的问题时，她更倾心于人类的永恒精神价值，更倾心于社会的正能量。《龙舟》就是这样去立意的。小说的场景并不大，写一个小区的物业纠纷，但林那北将龙舟嵌入到情节之中，境界顿时就升华了。龙舟的象征性随着情节的发展而逐渐弥散开来，这种正能量是与人类的永恒精神相吻合的。

端庄的林那北自然不会停留在热闹的现实，她对历史有了越来越浓厚的兴趣，或者说她力图打通历史与现实之间的隧道，在历史的维度上眺望现实。《风火墙》就是这样一篇作品。小说具有较强的传奇性，人们完全要以把它当成一个跌宕起伏的故事来读。这是一个与五四新文化运动密切相关的故事，大家闺秀吴子琛为了营救因学潮而被捕的老师，毅然下嫁到普通人的李家，目的是获取深藏于李家的勾践宝剑。小说并没有多少曲深的含义，它直指信诺和道义。难得的是，林那北通过一个传奇故事将信诺与道义讲述得风生水起。林那北如此庄严地礼赞信诺，显然是有感于现实中信诺的一文不值而发的。我还得说说《风火墙》在艺术上的精致和在语言叙述上的古朴典雅，这是一个很容易滑向通俗的传奇故事，林那北却以一种虔诚的态度精心处理，许多细节都能看出她的匠心。这也说明了一点，艺术上的成熟应该是"端庄"的内涵之一。同样是写历史的《浦之上》，无论是文体还是叙述，都给我们带来惊奇感。

长篇小说《我的唐山》应该是林那北的最重要的收获。林那北通过一个爱情故事为我们打造了一条"唐山过台湾"的船只。我们乘船到达海峡的彼岸，我们送去的是一种承诺，我们获得的也是一种承诺，这是一种千年的庄重承诺。小说中的一个个人物仿佛都是为了各自的承诺而奔波。哪怕这个承诺只是心底的承诺，也要托付给生命。林那北所写的人物都是敢于担当的人物。她从爱情故事入手，那么惊世骇俗的爱情，有着多么刻骨铭心的爱恨情仇，然而一旦为了一个承诺而要担当起责任时，一切恨一切仇仿佛都可以消弥。九九归一，都因为人们心中萦绕着一个最大的承诺：关于大唐江山的承诺。什么叫大唐江山，在我看来，大唐江山就是我们祖先对后辈的承诺，就是一个民族对它的子民的承诺，这个承诺许了千年之久，一直没有改变，因此在一代又一代的流落在台湾以及海外的人，心中总有一个"我的唐山"存在。因为有了这个承诺，漂泊在外的人就有了根，就有了安放灵魂的故土。这样看来，"大唐江山"也是漂泊者对故土的承诺，无论我们走到哪里，都是这棵大树的一片树叶，都会落到"我的唐山"。这个承诺是用大爱来兑现的。小说看上去讲了那么多的爱情故事，而且爱与爱相互纠缠，但一点也不关风花雪月，也不是耳鬓厮磨、浅吟低唱，就因为这些爱情故事最终都指向关乎"我的唐山"的大爱。林那北用一个美丽的想象诠释了这个大爱：台湾岛本来是拴在大陆石柱上的，突然石柱断了，台湾岛会被大鲨鱼拖走，岛上的人吃下杨梅，变成钉子，就把台湾岛钉住了。岛上共有六十四个人，他们一个个都变成了钉子，就成为了现在的澎湖六十四个岛屿。其实何止六十四颗钉子，林那北在小说中就是把每一个人物都当成一颗钉子来讲述的，无论他们的性格是温柔还是刚烈，他们为了"我的唐山"都会成为一颗坚硬的钉子。林那北要表达的也许就是："我的唐山"是钉在我们每一个人心底的承诺。我们固然可以将其理解为爱国主义，但林那北所表达的爱国主义，在精神指向上要宽阔得多。

我注意到，林那北的博客和微博的签名是"林那北北北"，这既说明了林那北割舍不掉北北的牵连，也说明了林那北具有一体两面的特征。一面是北北，她是反叛的，是蔑视现有秩序质疑现成结论的；一面是林那北，她是建设的，是对美好充满期待对人心怀有善意的。过去读北北的作品，其实里面已经藏着一个林那北了。如今读林那北的作品，分明还能发现北北的影子。一体两面，使得林那北小说的精神更丰满。

须一瓜：温柔的精神警察

我没有去过须一瓜的家，但我想象她的家应该收拾得窗明几净，纤尘不染。这完全缘于我阅读她的小说的印象，须一瓜小说中的女主人公多半都有清洁的习惯。但要说明一点的是，这种清洁习惯不是表现在对物质世界的要求上，而是表现在对精神世界的要求上。张承志曾写过一篇"清洁的精神"的文章，须一瓜的小说似乎就是在向读者展示，什么才是"清洁的精神"，而且，须一瓜对精神之清洁的强调几乎都到了偏执的程度，因此，我把她称之为一位有着道德"洁癖"的作家，所谓道德"洁癖"显然容不得心灵有半点污染，这是一种精神上的嗜好，我推而广之，以为她一定在物质上也同样把清洁看得格外重要的。

须一瓜写作的时间并不短，但真正引起人们关注的则是从 2003 年连续发表的几个中篇小说开始的。这一年她先后发表了《蛇宫》《淡绿色的月亮》《第三棵树是和平》等。这一年的几个中篇似乎都与她的职业有着密切的联系。她在地方的一家晚报当记者，专跑公检法线，显然她从这里获得的信息多半与案件和诉讼有关。说实在的，在当前文学想象力普遍贫乏的时代，一些作家就只能靠凶杀、官司来给寡味的叙述增添些许刺激了，但须一瓜并没有将案件诉讼当作刺激的饵料，这种事情只能是没有追求的三流作家才会去做的，须一瓜显然有所追求，因此她发现这些案件就是一个走进人们心灵的入口。她通过案件走进人们的心灵，而没有纠缠于案件诉讼的破解，这是她小说成功的原因，也使她的写作具有了独特性。当然，一般说来，作家都是关乎心灵的，不是有句老话说"作家是人类灵魂的工程师"吗？所以须一瓜的独特性并非就是走进了心灵，而在于她以什么方式走进去。在我看来，她是以一个"精神警察"的方式走进去的。

《淡绿色的月亮》（载《收获》2003 年第 3 期）说的是一件入室抢劫的案件，案件很快就破获，但女主人却没完没了地纠缠于案件中的一个细节，她的丈夫在这案发过程中到底有没有反抗，她一次又一次地质问丈夫，也就一步步把读者的关注点引向了道德层面。女主人在道德上的洁癖，并不意味着作者是一名道德至上者，她更痛惜的还是那个用红丝线编织的爱结，须一瓜在这篇小说里表现出女性作家对心理的敏感和细腻，她像剖析案件一样地剖析人的内心，俨然是一名精神的警察。这个特点在《第三棵树是和平》中表现得更为充分。年轻的女律师戴诺被指定做一宗凶杀案的辩护。案件同样很简单，妻子杀死了丈夫，还残忍地分尸数段，但是作者仍然从这简单的案件中看出了精神的复杂，于是她安排律师开始了远赴这对夫妇老家的旅程。律师从案卷中了解到，妻子是不堪忍受丈夫长年的性虐待而导致犯罪，但为什么律师的取证工作是如此艰难，小说给了我们暗示，因为要为性虐待负责的不仅是丈夫一人，还有整个社会。这也许是作者最为忧思的，我们怎样才能使和平永驻人们的心灵。这种忧思在某种程度上是女性所特有的。须一瓜的《穿过欲望的洒水车》则是直叩心灵的小说。她在这篇小说中照例执行着她的警察职责。警察的职责是维护社会治安，那么须一瓜作为一名精神警察，则是要维护我们精神世界的正常秩序。就像这篇小说中，须一瓜通过一件小事发现我们社会普遍存在的日常情感的麻木。丈夫出外时意外遭遇车祸而死亡，处理这件车祸的警察、医务人员等竟没有一人想到要设法告知死者的亲属，死者的妻子和欢在几年里得不到丈夫半点消息，这导致她的生活和心理无端地变形，而当她最终获知丈夫的死因后，她再也无法从变形的生活轨道上回来了，于是她只能驾驶着洒水车冲向大海。作者在展示和欢心理悲剧的同时，也向那些看似在生活中并不违规的人们发问，为什么死者在你们的眼里只是车祸的案件而不是一个与他人有着千丝万缕联系的活生生的人？正是在这一点上，人们的精神通道发生了严重的堵塞。这是比车祸更可怕的、最为隐蔽的悲剧。须一瓜的小说具有鲜明的女性立场，包括视角、情感方式，以及对细节的处理。所以她应该是一名温柔的精神警察。

须一瓜的小说涉及到情感与伦理道德的关系问题。情感主要是指人们在社会交往中的亲情、爱情、友情。心灵是一个丰富的世界，有人称之为"小世界"，但尽管这个小世界是我们的目力无法企及的，它的复杂和奥秘却远不逊色于由宇宙万物构成的物质大世界。说起心灵这个小世界，很容易想起弗洛伊德这位影响二十世纪思想走向的心理学家对精神的描述，在这个目力所不及的小世界里，奔涌着前意识、潜意识、超意识之流。我以为伦理道德的作用就是为这些无序的意识流开凿奔流的渠道。渠道畅通了，人们的情感表达也就会合乎人性地和谐美满。对于当代社会的伦理道德现状，人们无不感到困惑不已，这个社会似乎没有了统一的道德准则，连男盗女娼都具有了合法性。但这也是无可奈何的事情，因为，现代社会的特征之一便是道德上的相对主义大行其道，也许我们会为了道德而争论，最终仍然是各行其是，不会争出一个道德的结论，社会的伦理道德实践处在一片混乱之中。后现代主义思想家麦金太尔把这种现象描述为"道德语言的无序"。

《淡绿色的月亮》就为我们展示了道德无序的状态。芥子不能原谅丈夫，因为在需要丈夫站出来保护自己的至爱亲人时，丈夫却不做丝毫努力地束手就擒。而她的丈夫桥北显然认定的是另一种道德准则，这个道德准则就是警察谢高所说的："两害取其轻"。须一瓜面对这样一个"道德语言的无序"的社会，却固执地要贯彻自己在道德上的绝对主义，于是小说中的芥子没完没了地要追问丈夫内心的动机，这种追问可以看作是一种道德洁癖的行为，她似乎是要通过这种追问去擦拭干净丈夫道德上的尘埃。那么须一瓜是不是要做一个道德的裁判者呢？我并不希望她去做这样的傻事，因为这往往是过去年代的作家们热衷于做的事情，历史证明，道德裁判者的最终裁决多半留给后人的是一堆谬误。在这个众说纷纭的时代，还是让哲学家、思想家去为道德结论而烦恼吧，作家要做的事情是关乎情感。须一瓜恰恰是这样做的，这体现了须一瓜的聪明。也许看上去她的同情在芥子这边，她更认同芥子的道德准则。但我以为这种倾向性主要来自须一瓜的女性立场。因此在她讲述那个被评为人民满意好警察的选调生的故事时，明显流露出理解的姿态，于是小说开始出现了转机：芥子不仅"完全被故事吸引了"，更重要的是，故事里的这位警察用特殊方式保护了群众免遭更大的伤害自己却被一种道德准则击垮，芥子理解了这位警察的选择。谢高此时的将心比心无疑进一步打动了芥子，谢高问芥子，如果让这位警察"做了你丈夫"，情况会怎样？芥子"小心翼翼"地回答了谢高的提问，这种小心翼翼很传神地说明了她已感到对丈夫多少是"问心有愧"的。这时候，须一瓜就把小说的重心由道德结论移向了爱情。芥子与丈夫钟桥北缠绵在床上，用红锻绳子编织着爱结时，心中充溢着幸福感，她眼中的丈夫不仅高大魁梧，而且完美无缺。一场入室抢劫案让她发现丈夫心灵上的污垢，芥子是一位道德完美主义者，她在道德上的洁癖，使她无法容忍，她觉得这种道德上的污垢也亵渎了他们的爱情，所以她愤愤地把出事前她和丈夫做爱时编织的爱结"一截一截地剪碎了"。但她后来之所以又接受了谢高的一番道德相对主义的劝导，还是因为她仍珍惜自己与桥北的爱情。也就是说，芥子最终作出了妥协，她虽然失去了道德完美的想象，但不想再失去爱情。于是，她要在回家的途中，敲开手工店的店门，买了两根粗粗的红段绳，店主很纳闷，这么晚买绳子干嘛。桥北代芥子回答："绑住——爱"。这个回答很耐人寻味，它引出了一个深刻的结尾。晚上，这对年轻的夫妻躺在爱巢上，形式还是以往的形式，红绳子在芥子雪白的身体上游走，但是，感受不一样了，芥子对她所熟悉的红绳子反应迟钝，她努力找回过去的感觉，结果却是身体更加木然，"她被绝望地排斥在情境之外"。桥北也"终于住手，闭上了眼睛"，他大概意识到，爱是绑不住的。小说要表达的意思并没有到此为止，仔细想想，芥子与桥北两人都期待着红绳子能再一次绑住他们的爱。这显然与平时所说的"捆绑不成夫妻"完全不是一回事，因为"捆绑不成夫妻"是违背当事人的意愿的，而芥子与桥北都有这样的意愿，也就是说他们都爱着对方，然而即使如此，曾经燃烧的激情还是彻底冷却了。须一瓜揭示了这样一条真理：道德语言的无序终究会造成爱情河流的阻塞。爱，其实还是能绑住的，但真正绑住爱的，不能是一根有形的红绳子，而应该是无形的道德信念。

须一瓜在另一篇小说《第三棵树是和平》（载《十月》2003 年第 6 期）中，继续履行着她的精神警察的职责，而且她在追究人们的精神缺失时，仍免不了露出她道德洁癖的习惯。小说写的是一桩凶杀案，一对在城市打工的小夫妇，妻子竟把丈夫杀死在床上，还残忍地分尸数段。案情清清楚楚，无需破案，在法官的眼里，杀人偿命，请律师什么的只是走走法律程序而已。被指定当被告人辩护律师的戴诺最初也是这么想的，但她在与被告人也就是杀人凶手孙素宝会面时，看到这个非常漂亮的女人却有一双长得像凶器的手，她敏感地抓到了在公安卷宗、审讯记录中没有的东西。就是说，她从这双凶器一样的手上看到了被告人所处的一个恶劣的伦理道德环境。于是律师戴诺就踏上颠簸的旅途，到那对小夫妇的老家去为自己的辩护工作取证。小说把大部分的篇幅花在了这次艰难的取证过程中，展示出道德的另外一种景象。凶手的家乡交通不便，似乎离城市文明十分遥远，像一个相对比较封闭的社会。但从道德层面说,这里并不存在"道德语言的无序",相反,一种传统道德对人们精神的统治是如此强大,以至让人感到处处都弥漫着一种压抑感。这个封闭的社会纵容着男人对女人的暴力,而道德不仅不去保护女人的生命,反而充当了替暴力助虎为虐的角色。须一瓜在小说中用这样一句话描述这个封闭的社会:"这个古老落后的世界",也许须一瓜承认道德有进步与落后之分。戴诺带着进步的道德观念来到这个古老落后的世界,但她要与这个古老落后的世界对话实在是太艰难,岂止艰难,几乎没有对话的可能,甚至她还时刻感受到暴力的威胁。尽管证据近在咫尺,但她就是取证不到。问题还在于,戴诺不仅无法与这个古老落后的世界对话,即使回到已经非常现代的世界,她还是找不到真正的对话者。人们漠视她的呼吁。这两方面的因素交织在一起,使得小说对道德的诘问更为深刻。小说揭示了这样一种现象:在我们这个并存着前现代、现代和后现代的社会里,现代文明与前现代文明完全是脱节的。当我们随着戴诺满怀着正义感颠簸到那个古老落后的世界时,就发现社会的文化空间完全被生生地分割开来。而当我们随着戴诺在城市里奔走周旋时,又发现城市文明的冷漠。面对小说所描述的情景,也许我们只有沮丧地认可那些贬责当下伦理道德的种种词汇:失范、沦丧、麻木,等等,仿佛道德相对主义再一次占了上风。须一瓜小说所展现的道德现实的确是让人有一种悲凉感。但与《淡绿色的月亮》不同的是,《第三棵树是和平》在悲凉中加入了一种义愤的强音。这就是戴诺在小说中所承担的伸张正义的精神使命。有一个细节很重要,在那个偏远的山村,一群孩子绕树玩抢夺的游戏,唯有第三棵树代表了和平,哪个孩子占有了它,其他的孩子都要上前与他握手,以示和平。但和平握手在这个游戏中是那么短暂,它暗示我们,暴力弥漫在社会中和人的内心中,它是一种合法的存在,而和平只是一种祈盼。还有一个人陪同着戴诺一起去取证,这就是曾与她有过一夜情的男友拉拉。这个安排恐怕不仅是为了把故事编得更好看。这一对男女大概就是因为这一次难忘的行程，相互之间才真正有了心灵的沟通，虽然他们最终还是分别了，但他们的内心确实迸发出了真正的爱，而这种爱是建立在对"和平"的体悟上的。于是小说再一次回应了道德与情感的关系问题。

《第三棵树是和平》对传统的伦理道德状况提出了诘问。我们从小说中可以感受到，那个崇山峻岭深处的自然村的道德环境实在是很压抑的，它让人们的情感表达方式都扭曲变异。这一层意思须一瓜在后来的一个短篇小说《海瓜子，薄壳的海瓜子》（载《上海文学》2004年第3期）中有了更集中的表现。如果要用理论的方式来表达的话，我以为可以说是揭示了中国传统道德超稳定结构下的亲情程式化。尽管我知道用这种理论表达来解读小说很危险，它将牺牲或者抹杀小说形象的丰富性和生动性，但我在读须一瓜的小说时宁肯冒险，因为她的小说确实贯通了我一直以来的对传统的抽象沉思。中国的戏曲是讲究程式的，红脸一个漂亮的亮相，我们就知道是英雄出场了，白脸不待他开腔，准是一个奸臣。其实又何止中国戏曲，从一定意义上说，中国传统文化就普遍呈现出一种程式化的特征。深入探究中国传统家庭的人伦关系，就会发现人与人之间的亲情表达也是典型的程式化的表达方式。我对这个问题一直很感兴趣，因为这似乎追溯到对中国文化本质的认识。中国传统的农耕文化在几千年的历史发展中形成了一种超稳定的社会结构，程式化应该是这种超稳定结构的必然结果。而人与人之间的亲情关系，依据社会的伦理道德，演绎出一套完整的表达程式，这种亲情表达的程式就是我们平常所说的礼节、礼仪。俗话说得好，油多不坏菜，礼多人不怪。中国历来被赞扬为是一个"礼仪之邦"，在我看来，所谓礼仪之邦，就是说我们的行为方式都被程式化了。就像戏曲中红脸是英雄，白脸是奸臣一样，亲情的程式化也规定了各种亲情关系的含义："父慈，子孝，兄良，弟弟，夫义，妇听，长惠，幼顺，君仁，臣忠，十者谓之人义。"（《礼记·礼运》）在漫长的文化演进中，程式化成为一种文化习俗，一种生活方式；更成为一种文化基因，植入我们的精神层面，导引着我们的亲情表达。这种程式化的亲情表达显然是无视人性的具体情景、情感的具体语境，无疑会导致真情与程式化规定的冲突。在《海瓜子，薄壳的海瓜子》中，就展示了这种冲突的悲剧。

小说写了一个普通家庭三口人的关系。这个家庭本来只有阿青与他父亲阿扁父子俩。我们常用"知书达礼"来夸奖一个人，这父子俩虽说不上"知书"，但的确是"达礼"的。父亲在村里是公认的好人，儿子阿青虽然话不多，但十分孝顺父亲。两个人相依为命，和和睦睦。在旁人看来，这真是一个幸福的家庭。按说晚娥能加入到这个幸福的家庭里应该感到同样的幸福。晚娥是阿青刚刚嫁过来的妻子，丈夫是好丈夫，公公也不错，"一家人生活挺好，阿青很快就腰粗了起来，公公看上去气色也不错"。但日子久了，晚娥还是觉出了一点点不自在，因为这父子俩太不爱说话了，有时一天都没有一句话。语言本来是人们交流感情的工具，对于这一对父子来说，语言的稀少实在是因为他们之间情感交流的稀少。因此晚娥在这样一种缺少情感交流的环境中会觉得"真难受"。但这并不是说父子俩没有感情，只不过他们互相表达感情的方式不是直接的、率性的，就像公公与媳妇晚娥一起看电视时，"碰到确实非常好笑的节目，晚娥笑得前仰后合，公公依然笑得很节制"。但接下来，须一瓜就透过这种表面上的和睦，不依不饶地追问道德的合法性。以这样一种追问的姿态，须一瓜揭示了这个幸福家庭的内在危机。在这个三人组成的家庭里，人伦关系十分清晰，父亲对儿子媳妇的关爱，儿子对父亲的孝顺，媳妇对公公的恭敬，在他们的日常生活中很自然地显露出来，所以这个家庭并不缺乏亲情，可是这种亲情的表达是一种程式化的表达，是"很节制"的表达。亲情的程式化导致了亲与情的分离，因为程式化的表达使情感指向道德意识，于是在这种表达中，只留下了"亲"，而枯竭了"情"，说到底，中国的亲情是一种没有情的亲情。这就有了后来公公偷看媳妇洗澡的事件发生。在这个看似和睦的家庭里，公公始终是一个孤寂的老人，他的真实情感无法与他人交流，只能憋屈在内心。对于他的偷看媳妇洗澡，显然我们不应该仅仅理解为一种性欲的发泄。在这个家庭里，程式化的表达约束了大家的自由交流，或者说，自由交流在这个家庭已经失去了可能性。晚娥发现公公的偷看，却不敢公开堵住门洞，更不敢告诉丈夫，只能含蓄地催促丈夫装上门把子。晚娥对公公感到恶心，也敢明显表现出来，而且她稍稍对丈夫表示不愿和老爸一起吃饭时，会马上引起丈夫的愤怒。程式化的表达维护着生活的秩序，然而这种维护又是多么的脆弱。须一瓜的不依不饶的追问就在于她毫不留情地把这种脆弱彻底挑明。于是她写到儿子终于发现自己的父亲在偷看媳妇洗澡，而暴怒的儿子此刻就失去了程式化的约束，将一簸箕鸭蛋砸在父亲的脑袋上。父亲却默默忍受着儿子的折磨，他以这种忍受来维持被他首先打乱的生活秩序。后来，"海水潮起潮落，屋前屋后日落日升"，这个家庭看似又回复到程式化的表达上来了，但是本来就很稀薄的"情"已经发生了一种微妙的变异。公公还在铺晒丝瓜筋，准备为儿子媳妇缝制一个床垫，他这么做的时候，恐怕只有"亲"的缘故而丝毫没有"情"的涌动了吧。

反复读须一瓜的小说，就发现她说到底还是一位感情型的作家，她的叙述无论从什么地方出发，最终总是要往女性角度转去。所以粗读她的小说，往往会将其当成爱情故事。其实爱情是须一瓜割舍不掉的情结。《淡绿色的月亮》自然是爱情的成分居多，而在《第三棵树是和平》里如果没有那一点点爱情，整个小说就缺了灵魂。至于《穿过欲望的洒水车》（载《收获》2004 年第 4 期）当然完全可以说是讲述环卫工人和欢的爱情悲剧。但再仔细读一读，你才明白这些小说都说不上是纯粹的爱情故事。须一瓜虽说是一位感情型作家，却并不任其情感泛滥，更不愿作风花雪月的煽情。她是以精神警察的身份在巡视爱情，她所关注的是爱情的道德承受力。这也就是为什么须一瓜要在《穿过欲望的洒水车》中安排和欢最后疯狂地驾驶着洒水车冲入大海。我在前面提到这篇小说时，强调了它对人们的道德冷漠的批判。可以说整个社会的道德冷漠是导致和欢悲剧的直接原因，但须一瓜仍然不是要纠缠于道德结论和道德裁判，她所关注的重心在和欢的情感变化。和欢在她的丈夫不知下落、渺无音讯的年月里，有不少男子向她示好，她有时候也放纵情欲，而在面对吴杰豪的真正的爱恋时她又有意回避。造成她的这种矛盾心态的不是别的就是一个女人的道德信念，这种道德信念在和欢身上具体化为她的丈夫。她和丈夫并不是恩恩爱爱的婚姻，甚至这次丈夫的外出就有两人闹矛盾的因素。因此，在失去丈夫音讯的年月里，她的情感生活仍摆脱不了丈夫的影子，并非是感情依恋的缘故，而是丈夫作为一种道德的具体化存在，左右了她的精神。那么，当她最后得知丈夫多年前已死于车祸，为什么会精神突然崩溃以至驾车绝命于大海呢？难道她是要为丈夫而当一回烈女吗？这让我想起了圣贤书上多如牛毛的守贞节的女子来。其实仔细追究的话，和欢的情感方式与传统文化的女性意识应该有某种沟通之处，但这种沟通之处不是浮在和欢的意识表层的，是一种潜在的文化基因在起作用。这正回应了《海瓜子，薄壳的海瓜子》中的叙述。和欢是一位对现代观念很宽容的城市女子，她的悲剧就在于，突然的生活变故把她置于一个恶劣的情感环境里，她的道德性的文化基因发生了"癌变"。所以，和欢的悲剧与那些在处理车祸事故中伦理道德感冷漠的人们都是面临着同一个问题：精神通道的堵塞。

孜孜于情感生活中的伦理道德，这也许就是须一瓜区别于她这个年龄段的一批女作家的地方。这批女作家正处她们成熟的年华，也正红火得很。她们的共性就在于她们坦荡的女性意识和专注于情感的表达。须一瓜在情感的表达上同样是细腻的，但她并没有沉湎于情感之中，能够进得去出得来，就在于她找到了一条道德的通道。有时你会觉得她对道德追问得太苛刻，就像一个过于清洁的人容不得半点尘垢。当然这种道德洁癖有时能把问题推到极致，让那些在污浊环境中生活的人们惊醒。须一瓜乐于玩这种推到极致的游戏。比方她在《蛇宫》（载《人民文学》第 2 期）里，让两个美丽的女孩封闭在一个逼仄的玻璃房内，还要与一千多条蛇生活在一起。

在这个狭小的空间里，她们看得见外面热闹缤纷的世界却无法融入其中，只能与那些冰凉的蛇们进行无言的交流。于是她们情感、心理的问题得不到正常渠道的释放，最终精神被挤压得崩溃。这种推向极致的方式无疑使我们对人物的读解更为丰富。另一方面，她也有她的道德原则，她以她的道德原则一遍遍地擦拭着她的小说世界，因此尽管她小说中的人物多半生活在恶浊的环境里，但小说传达出的精神却像是摆在圣坛上的银器铮亮明净的。在《前面是梨树，后面是芭蕉》（载《上海文学》2005年第11期）中，麦芽生活的村子还相当封闭，但这也挡不住千里之外的城市货车跑到这里撞死麦芽的妈妈，从此以后，麦芽的家里就一而再地遭遇厄运。这本应该是来自城市的货车的过错，然而须一瓜并不是要对城市进行谴责，她把读者的视线一下子引到麦芽家里的阁楼，这个阁楼的前面有梨树，后面有芭蕉，直到妈妈死去后，麦芽才发现家里在梨树和芭蕉的遮挡下很暗。暗，这是麦芽内心的感受，它揭示出一种精神愚钝的现实。这种精神愚钝的现实是靠一个习俗揭开的，按照当地习俗，麦芽妈死去不能抬进村子，但麦芽爷爷违反了这个习俗，在这种精神愚钝的现实里，麦芽被一步步推向更为黑暗的深渊。让须一瓜难受的是，可怕的习俗像刀子一点点切割着人们的同情心和怜悯心，于是人们的精神世界失去了光亮。我很欣赏这个小说标题。我们生活在一个"前面是梨树，后面是芭蕉"的环境里，我们不能砍掉梨树和芭蕉，否则我们的生活就变成光秃秃的，但作家唯一能做的事就是为那个阁楼开一个天窗，让更多的阳光照亮人们的精神世界。须一瓜写小说其实就是在做这样一件事情。

　　一位女作家总是去充当一名精神警察，这首先在于她内心充溢着正义感。我们能从须一瓜的小说感受到一种正义感，它使得我们在读小说时也变得严肃起来。当然，须一瓜不应该只有一种身份。比方说，就在她接连发表了几篇反复拷问人的内心的小说的2004年，她还发表了一篇带有明显荒诞性的《梦想：城市亲人》（载《朔方》2004年第10期），包括发表在

2006年的《人民文学》第2期上的短篇小说《提拉米酥》，似乎都是她在当严肃地精神拷问期轻松地放纵游戏一把紧张的神经。当然，放纵中仍然看得出她的认真劲。须一瓜是一位忠于职守的作家，因为她的道德"洁癖"使得她容不下一点点沙子。

鲁敏：离圣洁更近一些

鲁敏从乡下走来，她用小说建构起一个乡村世界——东坝，她所采用的建筑材料应该多是她的家乡记忆和体验。她的家乡在江苏东台。我们阅读鲁敏的小说，仿佛是在她的乡村世界里徜徉，这里充溢着浓郁的日常生活情趣，飘散着乡间的炊烟和雾霭，以及邻里乡亲们的欢声笑语。或许我们可以把鲁敏的小说归类于乡土文学。乡土文学是中国现当代文学最厚重的部分，也是最具传统性的文学题材。在当下，乡村生活仍然是作家重点书写的对象，甚至当下的乡土小说为我们编织出一幅完整的当代乡村生活图景，与乡村完全阻隔起来的城市人就是凭着这幅由作家们描绘的当代乡村生活图景来认识乡村社会的，至少像我，长期关闭在城市的水泥牢笼里，基本上是通过小说去想象当下的乡村情景的。但是，鲁敏笔下的乡村世界明显不同于这幅我们相当熟悉的当代乡村生活图景。在这幅当代乡村生活图景中，扑面而来的是苦难、凋敝、衰老、荒凉，会有类似于愤怒、怨恨、悲悯等情绪敲打我们的心灵。鲁敏所建筑的乡村世界却完全没有参照这幅几乎成为文学范本的乡村生活图景。鲁敏的东坝改变了我们头脑中对于乡村的偏见，这是一个充满精神活力的世界。毫无疑问，我喜爱上了东坝。

也许鲁敏有一支散发香味的魔笔，因为我从鲁敏的小说中闻到了一股淡淡的香气，这似乎有些神奇，但这香气千真万确地存在。这香气不是用鼻子闻到的，而是用心灵闻到的。也就是说，鲁敏的小说会让我联想起与香气有关的事情。它让我想起在民间的节日里，天真的孩子们胸前佩带着的鲜艳的香包，如《纸醉》《思无邪》；也让我想起屈原诗吟中，那些比喻君子贤才高洁品德的香草，如《风月剪》《颠倒的时光》；也让我想起庄严的寺庙里，虔诚的善男信女们手捧着一柱柱轻烟缭绕的香火，如《逝者的恩泽》。我把鲁敏的小说比喻成香包、香草或香火，它们都是与圣洁有关的。"香，离秽之名，"香，让人们远离污秽恶浊，让人们变得身心健康、神清气朗。古代有着许多焚香抚琴之类的雅话，陆游有诗云："剩喜今朝寂无事，焚香闲看玉溪诗"。在古人看来，高雅的艺术是在芬香的氛围中生成的。虽然我不敢断定鲁敏是否有焚香的习惯，但我相信，鲁敏写作的时候，她的内心一定点燃了一支神圣的精神香火，从而为自己创造了一个优雅清净的心境。这大概就是鲁敏小说的特点，她是怀着圣洁的道德感去体察世界的。

中篇小说《逝者的恩泽》突出体现了鲁敏的这一特点。逝者是去西北打工的陈寅冬，他将妻女俩留在了家乡东坝小镇。但他在西北又找了一个女人过日子，当他逝去以后，女人古丽带着儿子来到东坝找他的遗孀红嫂时，按照常规，一场善与恶的交锋就要开始了。但作者让情节悖离常规发展，红嫂不仅收留丈夫的情人，而且两人互相关照互相体贴生活在同一屋檐下。接下来作者不断地打破常规：古丽与红嫂的女儿青青同时爱上一个男人时，红嫂的病与古丽儿子的眼疾都需要一笔钱治疗时，古丽知道了红嫂手中那笔不菲的抚恤金时，看似即将有一场冲突不可避免，却都在最关键的时刻改变了方向。而改变方向的驱动力就是人心之善。因为善，现实中所有看似不可能发生的事情都会发生。鲁敏以近乎宗教般的挚诚去讴歌人世间的善，善引领人们超越世俗和道德伦理的障碍，鲁敏的道德情怀给小说涂上一层金色的神圣之光。

但鲁敏不是死守旧道德的"冬烘先生"，完全不是。她的道德感是建立在人性善良的基础之上的。因此，她要在自己的东坝世界设立一套新的道德规范，一套合乎人性发展的道德规范。比方在《思无邪》中，从东坝人对待痴子兰小和聋哑人来宝的所作所为中我们看到了东坝的淳朴乡风，然而鲁敏对此仍以挑剔的眼光深入追究下去，于是她让来宝和兰小走到了一起，来宝对兰小的精心照顾衬托出人们的道德意识中的一个盲点：大概没有一个正常人会像来宝那样，觉得兰小也应该像正常人一样生活得更舒适更有质量。一个绣花窗帘的细节很能说明这个问题。兰小的妹妹芳小为来宝的房间挂上雪白的绣花窗帘，来宝马上想到兰小的窗户也应该挂上，可是为什么人们就从来没有注意到"兰小的窗户上竟是秃秃的没有帘子呢"？一个痴子，一个聋哑人，他们都不谙世事，因此东坝人不会以正常人的要求去对待他们，但他们却像正常人一样有性的冲动，也会享受性爱的愉悦。当他们两人之间有了性的接触之后，东坝的淳朴乡风才慌张了起来，人们于是急着为两人举办明媒正娶的婚姻，"要给兰小肚里的孩子一个说得过去的背景"。东坝人不想让这两个缺乏精神自卫能力的人遭受到社会舆论的伤害，他们充满善意地为两个人确立道德合法性。我们读到这里会再一次被东坝的淳朴乡风所感动。但是接着看到来宝在兰小死后的一系列情感真挚的表现后，也许我们会领悟到"思无邪"背后的深意。兰小和来宝无疑是"思无邪"的，正因为他们"思无邪"，他们的行为才无所顾忌。至于东坝人的淳朴乡风也好，善良举动也好，并不是因为人们"思无邪"，恰恰是因为人们内心先有一个"思有邪"，然后才用一个"思无邪"的道德外衣将自己约束起来。

质疑现存的道德规范，揭露道德与人性之间的不和谐。这本来是现代小说的流行的主题，是作家认同现代性的一种最恰当的渠道。在这些现代小说中，作家往往采取极端的方式，完全颠覆现有的道德秩序，给人性和欲望提供一个毫无边界的自由，他们在肆意摧毁旧道德的同时，也把道德的神圣性横扫得一干二净。鲁敏所不同的是，她心中始终怀有一种道德的神圣感和圣洁感。因此她在质疑道德的时候是想在道德与人性之间找到融合点。这种融合点毫无疑问是存在的，我们可以把人类的普适价值看作是这种融合点所传达出的信号。以人类的普适价值作参照，就不会拘泥于具体的道德标准，而是着眼于人的道德情怀和精神境界。比如《风月剪》，这是一篇写到同性恋的小说，但它就如同小说开头的比喻，这的确是"挂在脖子上的一块玉，凉而润"，有玉一般的晶莹剔透的品质。作者对裁缝宋师傅的不温不火，既不刻意渲染他的同性恋心态，也不放大他面对道德禁忌时的内心痛苦，而是重点描述了他在处理与小徒弟的关系时所表现出的坦荡而又决绝的道德情怀。他最终用大剪刀剪断了自己的生殖器，就像是一块玉被断然地摔碎了。《取景器》写了一个婚外恋故事。这是一个温文敦厚的婚外恋故事，作者没有简单地将婚姻与爱情放在对立的位置上考量，也不是单纯地从人性的角度去肯定爱的自由。"我"始终在忏悔对婚姻的不忠，但最终让他毅然从情人怀抱中挣出的，并不是道德的"十字架"，而是情人眼里的"取景器"。从这个取景器里，他逐渐看到了爱的真谛，他才会面对衰老的妻子坦言他一生都在学习怎样去爱，但他学得太糟糕，当他真正明白该怎么去爱时，一切都来不及了。鲁敏在这里委婉地质疑了我们对于爱情的浅薄平庸的理解。这种质疑在她对一个关键细节的运用中得到充分的发挥。这就是妻子织毛衣的细节。作家们经常会用织毛衣的细节来表达女人爱情的细微变化，但鲁敏却以织毛衣的细节来表现一个女人爱情的死亡。从不断地织毛衣到晚年不断地拆毛衣，我们仿佛看到了一个打着时代悲剧烙印的女人的封闭的内心世界同样泛着波澜。但为什么"我"就不能从妻子的一针一线中找寻到爱情的路径呢？多少人爱你年轻欢畅的时候／

爱慕你的美丽、假意或真心 / 只有一个人爱你那朝圣者的灵魂 / 爱你衰老了的脸上的痛苦的皱纹……叶芝的诗句或许是给了鲁敏一把打开爱情与婚姻纠结的钥匙，她忍不住摘抄在小说之中。鲁敏与叶芝在追求精神圣洁上是相通的。

鲁敏的小说优雅舒缓，这缘于她有一颗善良宽厚的内心。怀着圣洁的道德感，以东坝的理想境界为蓝图，去剖析人的内心，这似乎是鲁敏小说写作的主要视角。既然如此，就免不了对现实人性和世俗人生进行批判。鲁敏的小说不乏批判，她从来不会因为屈从于现实而降低精神标准。但她的批判充满着善意，她也充分看到事物的复杂性。如《正午的美德》，让我们看到"美德"是如何伤害到一个年轻女孩迷茫而又单纯的心灵。但无论是陷入青春迷茫的圈圈，还是不得不靠开钟点房来为儿子挣学费的凤珍，还是面对女孩的迷茫有些不知所措的程先生，鲁敏都不愿用粗俗的文字去亵渎他们，这构成了整篇小说的优雅基调。鲁敏指责得最重的只是那个居心叵测的老钱，但她不给他足够多的文字，只是让他最后一脚朝门踹上去，而所有的指责都包含在这一踹之中。又如《致邮差的情书》，鲁敏对于生活在巴西原装咖啡豆、五分之一杯红酒与聂鲁达、泰戈尔混合的氛围中的M无疑是带着嘲笑的口吻的，但她并非轻易否定M的"由衷地喜欢那些具有清贫气质的人群与事物"，因此在她的叙述里，M给邮差书写情书的神态是严肃端正的，她不过是优雅地嘲弄了一番一个对生活艰难毫无所知的小布尔乔亚。又如《暗疾》，梅小梅不得不习惯几个长辈难以言说的暗疾，虽然看似生活的细节，却深深影响到梅小梅的心理轨迹。我更感兴趣的是在鲁敏的叙述中所表现出的向欧洲古典小说致敬的倾向，这决定了小说的格调，在这样一种典雅的格调里，作者巧妙地表达了对宽容品性从现实生活中消逝的叹惜。

鲁敏的小说清香弥散，毫无疑问，在清香环绕中的阅读让我们的精神离圣洁更近一些。

罗伟章：吟唱苦涩沉重的教育诗

来自大巴山的罗伟章丝毫也不掩饰他的穷困出身，因为他知道，虽然他在大巴山的日子非常艰难，但大巴山是他的一笔最丰硕的文学财富，他的荣辱，他的尊严，都与大巴山联结在一起。最重要的是，这笔财富是当他离开了大巴山之后，才会显示出价值。所以我们读罗伟章的小说，会感到他几乎每一部作品中都有大巴山的影子。他用文学来证明，他是大巴山最忠实的儿子。

大巴山位于四川东北部，这里生长着连香树、水青树等许多奇特的植物，也活跃着金丝猴、云豹、弥猴等稀珍动物，但生活在大巴山区的农民却是难以从贫困中走出来。二十多年前，四川年轻画家罗中立的一幅油画《父亲》曾震惊了我们，画中那位满脸沟壑沧桑的父亲形象就是画家以一位从来没有走出过大巴山的老农为原型创作的。据说，因为罗中立的油画，这位老农成为了被媒体关注的人物，多年以后，老农的孙子终于也走出了大巴山。但在《父亲》的表情里，我们并不会看到走出来的愿望。《父亲》真正震惊我们的恰是他表情后面的平静、安详，他的忍辱负重。也许只有用山外的眼光来注视山里的人生，我们才会读懂大巴山。罗伟章的意义就在于，他从大巴山走出，但他的内心仍背负着大巴山，他将大巴山的灵魂呈现在世人面前，让人们去了解一个边远大山的丰富内涵。《父亲》中的老农与罗伟章，体现出大巴山两代人的差异。罗伟章不愿像《父亲》中的老农那样完全接受生活所给予的艰辛和苦难，他有一种强烈的愿望，就是走出大巴山，到山外寻找新的命运和理想。对于大巴山人来说，读书是走出去的一条最有效的途径。罗伟章本人就是通过读书走出来的。因此他的作品中经常会出现这样一个年轻的读书人形象。这一形象带有罗伟章自我的影子，溶入他的情感和心理体验。推而广之，其实罗伟章所有以底层生活为素材的小说里，都隐含着一个从大巴山走出来的人物。走出来，是罗伟章内心的隐痛，使他保持着一种追求公平公正的道德情怀。

今天的大巴山虽然仍然很贫穷，但已经不再闭塞了。大巴山人有了一种更简单的走出去的方式，这就是进城打工。越来越多的人走出大巴山，汇入到浩大的城市打工者的队伍之中。罗伟章的目光也很关注城市的农民工，不过在罗伟章的笔下，农民工虽然进了城，却仍然改变不了他们的受侮辱受歧视的身份。只有以读书的方式走进城市的大巴山人才能昂首阔步。因此，在罗伟章的内心里，教育才能真正彻底地改变穷苦人的命运，教育具有非常神圣的位置。在《大嫂谣》中，罗伟章以饱蘸感谢和尊敬之情的笔触讲述大嫂的故事。大嫂是一位普通的农村妇女，在罗伟章看来，她与普通妇女相比却有一点是不一样的，这就是对读书的无比向往。罗伟章把这种愿望看成是大巴山黑暗日子里的一道光。他在小说中说："大嫂的心里有一道光，大哥的心里没有这道光，清溪河流域很多人的心里都没有这道光，这是大嫂与别人不同的地方。"这也就是罗伟章要写一篇讴歌大嫂的小说的缘由。大嫂懂得，只有教育才能改变命运。她从小就渴望读书，但贫穷剥夺了她的受教育机会。大嫂又是一位具备无私美德的乡村妇女，于是她把改变命运的希望寄托在别人的身上。无论是丈夫的弟兄，还是自己的儿子，她都是倾全力支持他们去读书。在大嫂身上闪耀着一种神圣的光芒，这神圣来自对教育和知识的景仰。所以，罗伟章笔下的大嫂是一个比较新的农村妇女形象。

当罗伟章以这种方式走出大巴山后，他就发现，即使是读书，城市和乡村也存在着极大的不公，为此他面对大巴山就有了一种愧疚感，因为他是凭借着许多人的无私奉献才能跨越城乡之间的不公平障碍。这种愧疚感化成了一篇篇浸满情感的小说。《大嫂谣》一方面是作者为了讴歌一位在黑暗生活中始终不灭教育这"一道光"的大嫂，另一方面，也是作者以小说中的"我"——读书读进城了的小叔子的口吻表达了他的愧疚之情。大嫂也曾有读书出去的愿望，她的愿望实现不了，成为别人的妻子后，就含辛茹苦担当起家庭的重担，也要想方设法供两个儿子读书，不仅如此，她还希望自己丈夫的弟兄们也能够通过读书走出去。小说中的"我"很会读书，常常是学校的第一名，但如果没有大嫂无私的帮助，"我"就会被贫穷从学校里拖拽出来。《大嫂谣》无疑让我们为大嫂的冰清玉洁般的品德所感动，也会认同"我"的愧疚感。

带着愧疚感，罗伟章也就对教育上的不公平和不公正，有了更加深刻的认识，他深切地认识到，正是这种不公平和不公正，玷污了教育的神圣性。为此他写了一批以教育为题材的小说，小说的内容多半都是揭露教育战线的问题。在我的印象中，《我们能够拯救谁》《潜伏期》《水往高处流》《最后一课》《奸细》《我们的成长》等，就是在教育题材中十分出色的作品。这固然与他当过教师有关系，其实背后还有着强烈的走出来的心理动机所驱使。因为在他看来，只有通过教育，大巴山的人们才能从贫困中走出来。由此他也强烈感受到教育的不公。从大巴山走出来的罗伟章对山里和山外的级差有着切身的体会。山里山外是两个完全不一样的世界，山外的绝对优势造成了两个世界的不平等，不平等使人在心理上产生级差。罗伟章对此感受尤深，他揭露这种不平等，他质问这种不平等，他为这种不平等所带来的苦难和不公而愤怒。罗伟章小说的闪光点几乎都是由此而生。综观这些作品，我以为这是罗伟章所做的一首苦涩沉重的教育诗。

首先，它们都是教育诗，它们的诗意是由教育的神圣感所凝聚成的。他为那些因为教育而走出大巴山的年轻人而庆幸。这不仅仅是因为他们由此摆脱了贫贱，还因为教育照亮了他们的内心世界，教育使他们的精神变得丰盈充实。教育就像是茂密的绿叶呼出来的新鲜氧气，它改变了人们的精神生态环境，它让人的精神变得坚强而有生机。五十多年前，前苏联伟大的教育家马卡连柯的《教育诗》翻译介绍到中国，我们曾经被这部作品感动得涕泪纵横。在罗伟章的这些作品里，始终流淌着礼赞教育的诗意。可是，教育的不公平导致社会的教育资源完全向城市倾斜，在乡村，教育的新鲜氧气是如此的稀薄，那些希望获取教育的孩子们只能在艰难的环境中喘息。罗伟章对此感受尤深，他痛感在这艰难的环境里，教育的神圣感将会遭到窒息的厄运。在他所有的揭露教育问题的小说里，教育的神圣感几乎成了一股微弱的气息，然而正是这微弱的气息，与触目惊心的教育问题形成了鲜明的对比，更彰显出维护教育神圣性的迫切性。因此，罗伟章表达教育的神圣性，不是单纯地表现一种理想，而是脚踏实地面对大地，他塑造的人物不是顶天立地、力挽狂澜的英雄，也许就在我们的现实生活中能够发现他们的身影，他们带着现实的苦恼和自身的弱点勉为其难地维护着教育的尊严，他们的举动或许只是杯水车薪，但他们表现出的精神甚至比英雄的壮举更能让我们感动。《最后一课》中的王安就是这样一个人物。在南山这个"鬼地方"有一所学校，据说还是清朝末年一个秀才捐资修建的，至今虽然破败不堪，但总算能让这里的孩子们领略到教育的阳光。当教师们一个个逃离这个"鬼地方"的时候，是跛脚的王安独自撑起了这所学校。王安能力有限，但他懂得教育的本质。比方说，他教学生唱歌，但他不选那些凄苦的山歌，而要选一些能长筋骨的歌曲，因为只有这样的歌曲才会给人希望的感觉，"只有希望才是人世间真正宝贵的黄金"。

在王安的教育下，"在南山崎峭广阔的山野间，到处都充满了幻想。"王安很艰苦，甚至还不被村民们理解，只到有一天，上级部门决定取消这所学校时，人们才认识到王安的价值。家长们牵着孩子跟着王安走向即将废弃的学校，王安为孩子们上了最后一课。对于王安这个人物，"北大评刊"称他是一个"单纯的弱者"，而登载该小说的《当代》杂志在导读中则从王安身上"感到了欣慰，因为依然有瘦弱且残疾的身躯，在坚守着最后的师道尊严和坚强的民族脊梁"。这两种评价恰好指出了王安这个人物形象的两层含义，一方面，他在现实中是一个弱者，另一方面，他所坚守的精神是可贵的。

因为教育与现实命运的直接利害关系，教育的神圣感也完全被现实利益所覆盖，受利益的驱动，人性的异化让人匪夷所思。《我们的成长》将这种异化推到了极致。《我们的成长》中的许朝晖最初出现在读者面前时，是一个多么可爱的女孩，她热爱学习，聪明伶俐。她生长在一个教师家庭，父亲还是一所乡村学校的校长，父亲对女儿许朝晖的学习抓得非常紧，对女儿的要求也非常严厉，开始我们还把这种严厉理解为一种"望子成龙"的心理，但随着情节的展开，我们就发现这种严厉的要求简直到了残暴的地步。最终一个可爱的小姑娘就在当校长的父亲的"教育"下，彻底改变了自己的性格，变成了一个堕落的妓女。许朝晖的悲剧是教育的异化所造成的。粗暴的许校长完全从最功利的目的出发来理解教育。而许校长的想法又是建立在教育现实的基础之上的。教育是为了开启人的心智，培养个人的社会化程度的，通过教育，实现人类的文化传递，促使个体的身心发展。因此教育包含着非功利化的色彩。但目前我们的教育体制却在维护教育的非功利性方面变得越来越软弱无力，甚至还在助桀为虐，加剧了教育的功利化。罗伟章在这些小说中所揭露的教育问题，最终都可以归结到这一点。

罗伟章对教育怀着一种景仰之心，他对教育的力量充满期待，这是一种难得的理想。但罗伟章并不是一位理想主义的写作者。所以在他的作品里，更多的是展示这种理想在现实中是怎样受到打压和摧残的，比如上面所提及的《最后一课》。这种打压和摧残还通过人物的反省表现出来。像《我们能够拯救谁》中的"我"——黄开亮、《潜伏期》中的杨同光、《水往高处流》中的孙永安都属于反省式的人物形象。这类人物多半都是通过读书从艰苦的环境中走出来的底层人物，因而对教育怀着感激和回报之情。他们选择了教育事业后，总想张扬和坚守教育的神圣性，但他们的生存环境又是那么的恶劣，他们无力抗拒社会和权力对教育神圣性的亵渎和玷污，更重要的是，他们出于生存现实的需要，自己也会卷入其中，做出违心的事情。这也造成了他们内心的痛苦。如《水往高处流》中的孙永安，就是一个恪守着道德情操的山区教师，有一个细节很能说明这一点，尽管学校有了自来水，但孙永安仍然到清溪河里担水过日子，每天早晨担水是他必做的事情。也许孙永安独自一人还能够清贫度日，但他还有妻儿，当周遭的环境已经被经商的潮水包裹起来时，当看到其他的老师靠开学生食堂解决了生活困难时，他们就难以无动于衷了。首先就是家庭内部有了矛盾，孙永安于是也开起了一个家庭食店。但这样一来，他与学生的关系逐渐发生了变化，过去他与学生之间亲如父子的感情渐渐远去了。孙永安敏感地领略到这种变化，他力图挽回他与学生的纯真关系，但他发现，只要他们之间掺入了钱的因素，就难以达到纯真的境界。孙永安陷入深深的内心痛苦和无奈之中。罗伟章在塑造这类人物时，始终强调了一点，这就是他们内心的教育之光并没有泯灭。也许对于现实主义者的罗伟章来说，现实中还保留着这么一丝微弱的希望就弥足珍贵了。

城乡差距是中国现代化进程中最突出的社会问题，它极大地阻碍了现代化运动从物质的现代化向人的现代化的转变。城乡差距带来教育的不公平和不公正，而教育的不公平和不公正又加剧了城乡的差距。因此，彻底解决教育的不公平和不公正也引起了国家政府的高度重视。胡锦涛总书记最近明确指出，"要把促进教育公平作为国家基本教育政策"。温家宝总理也曾强调，"教育公平是重要的社会公平"。罗伟章所写的教育题材的小说，不能单纯地看成是底层文学，这些作品是在对我们社会的教育不公发出的有力的抨击。孔夫子在两千多年前就提出了"有教无类"的公平思想。这种公平思想涌荡在罗伟章的胸间。他将一篇小说的题目冠之为"水往高处流"。这也许是他内心的公平思想的曲折表达。地势有高有低，水往低处流，这是自然规律，水往高处流是他的理想境界。另一方面，"水往高处流"也是他悲观情绪的自然流露。高处是什么，高处是教育神圣性的理想境界。而现实的教育是如此的恶浊，让现实的教育都达到理想的境界就想让水往高处流一样难以实现。不过，也因为有了这样一个理想的境界，悲观的现实主义者罗伟章才没有陷在揭露和责难之中，他书写的才会是教育诗，尽管这教育诗是苦涩沉重的。

郑小驴：远离时尚元素的"80后"

郑小驴是一名"80后"，"80后"意味着郑小驴正处在青春焕发、大有可为的美好时刻，但难得的是，这么一位才华横溢的年轻人却一点也不骄不躁，一点也不高调狂妄；但越是这样，我觉得越不能小瞧了郑小驴。另一方面，"80后"作为一个专门的文学词语，自然是特指出生于上个世纪八十年代的一批年轻作家的文学写作，郑小驴当然属于这一范围之内，然而如果我们想当然地把郑小驴的小说当成"80后"文学来阅读的话，很可能我们反而读不出小说的独特价值来。因为"80后"这个词语已经被媒体固化为一种时尚化的词语，特指"80后"文学中那些能够引起媒体兴趣的时尚元素，特指"80后"中的被明星化的作家，"80后"文学作为一个特定词语流行了十来年，却也对广大读者误导了十来年，甚至我们一些不认真读书思考的专家学者也跟在媒体的背后走，把"80后"文学当成一种时尚化的文学来研究。事实上，"80后"逐渐成为了当代文学的一支最富生机的力量，他们远不是所流行的"80后"文学那么单调、时尚、浅薄。因此，强调郑小驴是一名"80后"，也是为了校正"80后"文学这个词语在大众中已形成的印象。

疏远时尚，亲近经典。这是郑小驴文学写作的最鲜明的特点，也是他最可贵的精神品格。

"80后"成长在新的时代，整个社会的价值系统和生活方式都发生了根本性的改变，他们多少带有新新人类的特征，他们在崇拜时尚的文化语境中完成他们的成人礼，这决定了他们是追逐时尚的。郑小驴尽管也是"80后"，但他对时尚保持着疏远的姿态。因此他的小说基本上不是许多"80后"所痴迷的青春写作，青春写作是"80后"被时尚化的产物，似乎也培育了庞大的"80后"拥趸。青春写作如今在文学图书市场占有可观的份额，消费对象基本上是"80后"以及更年轻的读者。但充斥在图书市场的青春写作，绝大部分都是浅薄的读物，时尚化的青春写作也许是新世纪的一场文学悲剧，它败坏了一代年轻人的审美口味。郑小驴的内心却驻扎着文学精神，他知道时尚是一道腐蚀剂，因此他疏远时尚，而是对历史和知识感兴趣，对时尚背后的黯淡的现实感兴趣。他所感兴趣的东西恰恰是能够构成文学质地的原材料。

郑小驴又是亲近经典的。他以文学精神为标准，不拒绝中外文学一切有益的养分，从他的作品里，总是能感觉到各种文学经典的影子在他的笔下隐隐地跳动着。显然他读了很多的书，他不像有些"80后"断然以彻底否定的态度对待过去的文学传统和文学经典，因此他的写作与传统以及经典连接上了，他就能够站在一定的文学高度去处理自己的现实经验，从他的小说叙述里，我们可以发现，郑小驴决不像有些作家那样匍匐在地下，陷在现实的泥淖里，他的心是高高在上的，他的精神是飞扬着的。

郑小驴又是一个思想的叛逆者。他亲近经典，但他并不迷信经典；他从经典中吸取养分，但他不被经典牵着鼻子走，因此在"80后"作家群体中，他像一个另类。大多数的"80后"作家并不是时尚写作，事实上，时尚写作有一两个郭敬明就足够了，真正追求文学的"80后"还是会与时尚保持距离，还是会延续文学传统的。郑小驴当然是延续文学传统的，但他在学习和延续的过程中总是让思想上的叛逆保持着张力，他的叛逆精神就像是一张绷紧了的弓，随时都有可能让弦上的箭射将出去。

假如觉得箭的比喻还能成立的话，那么，对于郑小驴来说，就有一个标准目标的问题。他其实一直在寻找文学的目标，他的箭也射中了一些目标。比如苦难，是他小说中的一个重要因素。郑小驴来自湖南乡村，乡村的童年记忆多少都与苦难有关。他用苦难调和出了他的小说底色：阴郁、滞重。但他的青春气息和叛逆精神并没有被苦难压抑住，因此在阴郁和滞重的底色上经常会跳荡出阳光般的亮色。这是郑小驴带给我们的一种对苦难的特别处理。中华民族近一百年来遭受的苦难太多了，因此苦难也就成为中国现当代文学的重要母题。事实上，郑小驴书写苦难不仅是在书写自己的体验，也是在书写他对文学经典的理解。郑小驴处理得很好，他没有跟在前辈作家的后面学步。尤其难得的是，苦难母题自新时期以来，逐渐蜕变成一种道德豁免权的通行证，仿佛只要给人物穿上苦难的外衣，就具备了精神上的优越感，一切行为都可以绿灯放行。而在有些小说中，苦难不过是作家的精神咖啡，他们关于苦难的叙述透出他们品尝咖啡时的精神满足。又比如湖南乡村的神秘文化，是郑小驴瞄准的另一目标，他愿意戴上乡村神秘文化的眼镜去观察世界。但是我们也从中看到一个迷惑不定的郑小驴，他有一篇小说的主人公叫做游离，游离不妨看作是作者的自我写照，他行走在人生的道路上，对自己走向何方还不确定，但他没有停止行走，也没有停止寻找，他在寻找更多的目标，更大的目标。

可以说，郑小驴是一位虔诚的文学探索者，但他还有很多不成熟之处，他也在探索中不断地修正着自己的坐标。这本小说集收入了郑小驴近些年来创作的十余个中短篇小说，我相信读者会在阅读中获得某种惊喜，因为小说中的异质性非常突出，这也有理由使我们对郑小驴的未来充满期待。郑小驴说过这么一段话："写作终究是件漫长的事情，就好比马拉松赛跑，

80后这一代里，是曾有过一批人跑得很快，但是我想文学并不是百米冲刺，拼的是耐力和能否熬得住一万米过程中的寂寞。我想我还在路上，并将永远在路上，而文学，本就是一眼望不到尽头的事。"让我们热情地为郑小驴加油吧。

用头脑行走的史铁生

翻阅《务虚笔记》，才想起作者史铁生逝世已经一年了。史铁生是一位伟大的作家。他同时也是一位失去了行走能力的作家。他只能坐在轮椅上，只能在他的小屋里面对墙壁静思。史铁生在他活着的时候一定非常羡慕我们能够自由地行走。我知道，史铁生生前把世界著名的田径运动员刘易斯当成自己崇拜的偶像，他为刘易斯写过一篇散文《我的梦想》，他多么希望自己也像刘易斯那样迈开双腿飞奔在田径场上。史铁生的这篇散文感动了刘易斯，刘易斯特意到北京来见史铁生，并将一双他穿的耐克跑鞋送给了史铁生。史铁生自我解嘲地说，可惜你的鞋我不能穿。可是，我怎么都觉得史铁生一直在行走，当然他不是用他的双腿行走，而是用他的头脑行走。

史铁生用头脑行走，走过了新时期以来当代文学的三十余年，在许多重要的关口，都留下了他的不可磨灭的足迹。80年代的《我的遥远的清平湾》，为凝重的知青文学注入了一股清新、淡雅的气质，90年代的《我与地坛》开散文写作的新风，而他的长篇小说《务虚笔记》《我的丁一之旅》则在小说叙事越来越形而下的趋势下，引领我们仰望星空，叩开了我们的精神之门。

我说史铁生是用头脑行走的作家，也就是说他的写作是一种思想型的写作。当然，思想型写作并不是只有史铁生一位作家，但史铁生的思想路径有其独特之处。大多数作家的思想型写作是偏重于社会和人生的，这或许吻合中国文化传统，中国文化传统的思想智慧基本上都用在社会和人生上，因此，中国传统哲学基本上是人生哲学，是经世济用的哲学。而史铁生的思想型写作是偏重于生命和存在的，这就决定了他的文学作品蕴含着深厚的生命哲学内涵。从这个角度看，史铁生大大开拓了当代文学的思想空间。

史铁生用头脑行走，走向了一个鸟语花香的精神圣地。在当代作家中，史铁生是少有的一位不掺杂任何世俗功利目的、从而真正进入到人的心灵和浩瀚的宇宙进行搜索与诘问的作家。他以惨痛的个人体验与独特的审美视角叩问个体生存的终极意义，寻求灵魂的超越之路，形成了有着哲理思辨与生命诗意的生存美学。

史铁生虽然失去了行走的能力，但他分明比我们这些健全的人行走得更远。阅读史铁生的作品和人生，我们才明白了什么叫做残疾。史铁生说过，残疾无非是一种局限。比如他想走却不能走是一种局限，而健全的人想飞却不能飞也未尝不是一种局限。史铁生其实是告诉我们，每一个人都会有自身的局限，重要的是我们能不能超越局限，让生命更加精彩。史铁生超越了自身的局限，他"向神秘去寻求解释，向墙壁寻求回答，向无穷的过程寻求救助"，比我们这些腿脚健全的人行走得更远。史铁生留下的文学作品，其实就是他给我们留下的一条神秘的小径，沿着这条神秘的小径走下去，我们也能到达那个鸟语花香的精神圣地。我们必须感谢史铁生给我们留下了一条通往精神圣地的小径。

失去行走能力的作家史铁生，却为我们提供了一个行走的典范。在思想日益被矮化和钝化的当下社会里，看看史铁生在活着的时候是怎么思想的，是怎么写作的，我们可能会惊出一身冷汗。因此，我们千万不要为自己的双腿还能行走而沾沾自喜，我们应该想一想自己的头脑是否也在行走。在史铁生逝世一周年的日子里，我尤其想到了头脑行走的重要性。当头脑行走成为文学的主流时，思想就会变得崇高，精神就会变得丰富。

天高云淡的意境里阅读郭文斌

毛泽东有一句描绘西北景色的诗："天高云淡"，这是一种超越世俗的意境，来自西北的作家郭文斌经常以他恬淡的小说把我们带到这样的意境之中。郭文斌比我要年轻多了，但我惊异于他能够那么沉静地面对纷繁嚣张的社会人生。也许就用"天高云淡"这句诗来概括郭文斌小说的精神追求和风格特点是再贴切不过的了。天高云淡中，一切都是那么澄明，一切都是那么干净。读一读他的短篇小说《吉祥如意》和《点灯时分》吧，它们会让你在一种"天高云淡"的意境中使心灵得到净化。这两篇小说就像是一对双胞胎姊妹，分别写了一家人过端午节和灯节的情景。当现实社会中的民族节日变得越来越庸俗化和物质化时，郭文斌却带我们到一个空气清新、精神爽朗的乡野，与心无杂念的一家人去体悟节日的圣洁。中国的传统节日有着不同的来源。有的是源于原始的祭祀活动，有的是源于宗教活动，有的源于祖先从事的农业生产活动，还有的是为了纪念一些重大的历史伟人和历史事件。传统节日不管是怎么产生的，都凝聚着中华民族的传统文化精粹，体现着传统文化的精神价值，所以我们在纵情欢度传统节日时，也就无形中接受了传统文化精神的洗礼。节日年复一年地进行，就在于人们在节日的仪式活动中得到精神的感召和升华。小说中的爸爸和妈妈对节日表现出的宗教般的虔诚，真的让我感动。面对无比喧嚣的社会，小说描述的世界几乎可以说是一个遥远的童话世界。也许这个遥远的童话世界就在作者的身边，就是作者生活的西北宁夏，那里天高云淡。在天高云淡的宁夏，郭文斌获得了童话般的心灵。他或许就是他小说中的那个聪明可爱的男孩子六月，在那空气中流荡着神圣感的日子里，"六月觉得有无数的秘密和自己擦肩而过"，于是"心里生出一种使命感"。

我去过两次宁夏，每次都得到深深的感动，在这个现代化相对比较滞后的地方，人们谈论文学的态度却显得格外真诚，这里有很多年轻人，生活环境虽然非常艰苦，却以一种虔诚的心追求文学，宁夏的作者可以说是文学的清教徒，到了宁夏我才深刻体会到文学的价值与文学的意义。这种感动一直在我心中。郭文斌就是这样一位文学的清教徒。

当然我们可以说文学是反映现实的，但我觉得文学的本意并不是要反映现实，文学是人的生命精神的一种外化的东西。郭文斌是一个悟透了生活的人。他的小说并不是要为我们提供一面反映现实状况的镜子，他的小说主要是表达他对生活的领悟。比方说《大年》，郭文斌用很纯正的传统叙述为我们保留了"年"的意象，大年其实就是民间的仪式化过程，通过仪式化把"年"的传统意象延伸到今天，渗透在人的心里，于是村里人相互之间有一种暖意维系着亲情。小说虽然是平铺直叙，但它揭示出民间仪式的文化内涵却是很有穿透力的。在有些人看来这样的小说可能过于乡村化，好像沉迷于乡村经验。我觉得这涉及到一个我们如何理解文学的问题。仿佛有这么一种倾向，把都市文学看成是新的，而把乡村文学看成是旧的。如果从时间上说，乡村文学肯定历史更为悠久，而都市文学是伴随着现代化和都市化之后才真正兴起的文学样式，都市文学与乡村文学之间的新与旧仅仅具有时间上的意义。然而人们在谈论都市文学时似乎认同了一种思维逻辑，就觉得我们这个时代在进步，文学也应该伴随着时代同步前进。文学的进步与时代的进步仿佛可以用同一个尺子来衡量。比如说我们现在是都市化了、现代化了，那么文学也应该都市化、现代化。我认为这种思维逻辑是大成问题的，这是一种进化论的思维逻辑，尽管进化论为我们解开了许多自然的奥秘，但进化论并不是一个普适的原则，尤其对于精神领域来说更是这样。因此文学不应该成为进化论的奴仆，它不是用进化论能够解释清楚的。

文学中的有些东西是穿越时空，具有永恒性的。比如说我们在推重都市文学时，绝对不意味着乡村精神就是一个被淘汰的东西。过去我在读宁夏的一些作家的作品时也想这个问题，就是感觉到宁夏有些作家可能由于地域环境的影响而缺乏现代精神的洗礼，因此使得他们的视野不够开阔，使得他们沉迷在乡村的经验里面。以这样的观点来批评宁夏作家的创作，有一定的合理性。宁夏的作家的确需要现代精神的开拓。但这不是唯一的，尤其不能以此来遮蔽乡村精神带给宁夏作家的荣耀。我在读郭文斌的小说的时候，更加坚定了这种看法。就是说作家通过文学所要表达的东西应该是超越世俗的经验的，应该有一种对生命的理解，对哲理的领悟。郭文斌的小说恰恰在这一点上表现得非常突出。即算是写乡村，他也不是仅仅停留在乡村经验上。对于小说来说，生活经验固然非常重要，但是肯定地说，好的小说决不仅仅止于经验。比如说我们谈都市文学，有人说都市文学之所以还没有超过乡村文学，还没有出现令我们叫好的作品，就是因为作家对都市的经验消化得不够。其实也不能说完全就是对都市经验消化得不够，有些作品，比如表现都市情感生活的作品，有些固然是矫情、滥情，但仍有不少作品真实地传达了都市情感生活的经验，不仅相当丰富，而且体会得也相当深刻。可是我们仍对这样的作品感到不满足。为什么？因为我们读小说不是为了学习生活经验的，我们还有其他的诉求。这种诉求隐隐在我们心头，这是一种精神的诉求。郭文斌的小说中就充盈着这样的精神诉求。这首先是说，作为作者，郭文斌本人就有强烈的精神诉求，他把精神诉求看得比经验更重要。比如大家都欣赏《剪刀》，我也觉得这部作品很好，那么你说《剪刀》是写苦难吗？它是在渲染苦难吗？或者它是在将苦难审美化吗？我觉得这样的解释都不准确。有一些小说是用这样的路子去写的，而且也写得不错，这样写显然更多的是依赖于作者对苦难生活经验的体验。《剪刀》虽然主体的内容都关乎苦难，生活的苦难，生命的苦难，但作者并没有陷入苦难，并没有抓住苦难大做文章，因此我们若用前面的解释就不可能真正进入到小说给我们提供的那样一种境界。郭文斌是通过苦难而走向生命本身，他由此而超越了苦难，他在苦难中领悟到了生命的意义和生命的伟大。小说中的女人在最后用一把剪刀亲手结束了自己的生命，这个细节是有震撼力的，它揭示了苦难对人的压迫，但郭文斌有用意不在渲染苦难，因此他把这个重要的细节虚着写，只是给人感觉一种很强大的震撼力，这时候死就不仅仅是一种悲壮两个字可以概括的了。

"死"在郭文斌的小说里面经常会作为一个很重要的主题。像《开花的牙》，就是以非常形象的民俗生活表达了作家对生和死的理解。这个小说虽然非常生活化，好像是写这种乡村的民俗的一些很细节化的东西，但是在阅读中我感觉到里面包含了一种超越世俗化的精神性的东西、哲理性的东西。小说重点写了爷爷的死以及死后亲人们的举动，但在小说的叙述中，"死"完全超脱了世俗层面的意义。通过郭文斌的叙述，我们感觉到，死和生是互相转换的，它并不是说死就是一种非常悲伤的事情，死不过是生命中的一个链条而已。在这样的表达中，我们并没有感到作者是在掩盖苦难，就在于作者跳出了世俗层面，他不是在再现现实，而是带我们进入到一种哲理的境界。《一片荞地》应该是一桩很悲苦的记述。小说写"我"回家守护母亲走完临终大限的一段时光。在这个过程中，"我"回忆起母亲一生中给予人们的爱，回忆起母亲在艰难生存中的坚强和奉献。但作者并不是为了在回忆中渲染悲苦的情感，并不是为了表达对生的留恋和对死的诅咒。

恰恰相反，回忆起母亲一生所做的一切仿佛都是为了迎接"死"这一刻的到来。于是母亲走向死的过程变得十分端庄和神圣。"我"小心谨慎地对待每一个细节，唯恐稍有疏忽而亵渎了如此神圣的大事。就这样，作者一步步从情感层面走向哲理层面，也从悲苦的世俗世界走向神圣的精神世界。

郭文斌的意义就在于他在创作中能够超越世俗层面的东西。读郭文斌的小说，给我一个最强烈的印象，郭文斌是与欲望无关的。当然这并不是说他不去写欲望。小说既然是写人的，就绕不开写人的欲望。理论家经常谈到"怎么写"比"写什么"更重要。而"怎么写"又在很大程度上决定于作者内心怎么想。所以在谈到写欲望时还要考察作家他内心有没有欲望。虽然有些小说不写欲望，虽然作家好像是在表示一种很高尚、很崇高的东西，但是你读这些小说时你却会感觉到那个作家骨子里的欲望是在发酵，发臭，从字里行间你可以闻到这种味道。有一个小故事很好地说明了这个问题，这个小故事正好在郭文斌为其小说集《大年》所写的序言中也被提到。这是苏东坡与佛印和尚的一段小故事。他们都在打坐，打坐完后，苏东坡问佛印说你现在看我是什么状态，佛印说我看你就像一尊佛，佛印问东坡你看我呢，苏东坡说我看你就像一堆大粪。苏东坡很得意，觉得自己赢了，他回去跟妹妹苏小妹一说，妹妹说你输了，佛印看你是一尊佛，那是因为他心中有佛，他看一切都是佛，那么你看他是一堆大粪，说明你是什么人，不用说了。这说明一个很简单又很深刻的道理：我们心中有什么他就会在我们的言行中表现出什么东西来。古人说的"文如其人"其实也是表达了这样一个道理。我感觉郭文斌肯定对于这一点也是领悟得非常深刻的，他在小说《睡在我们杯里的茶》中还复制了与此相似的细节。徐小帆的妹妹要去找大海，徐小帆对妹妹说只要你心中有大海，你在到处都可以看到大海。我想，郭文斌大概始终把这当成自己追求的一种境界吧。

郭文斌不仅写乡村生活，也写城市生活。在他的城市生活作品中也是渗透了他对生命、对世界的一种领悟和理解。尤其是写城市生活更能看出他是如何努力超越欲望层面和世俗层面的，这是他一个很大的特点。《瑜珈》我很喜欢，包括它的结尾。有人觉得结尾写那个在爱情上不负责任的警察在与歹徒搏斗中牺牲是一个败物，我倒不这么看。问题在于我们如何理解这个结尾。小说的重点并不是写那个警察，重点是写警察的妻子陈百合以及谢子长，当他们两人超脱世俗烦恼，进入一种静默境界的时候，他们就有一种幸福感。在一个充满欲望的世俗生活中，想要寻觅到那样一个静默的境界是很不容易的。而当陈百合和谢子长进入到这样一个静默的境界时，他们就与世俗与欲望无关。即使他们身边红尘滚滚，欲浪滔天，也丝毫不会波及到他们身上。小说的结尾正是表达了这样一层意思。他们坐在茶馆里聊天，恰恰就在他们离开茶馆之后马上就发生了一场打斗，他们并不是有意躲开，可他们就是能够躲开。打斗是欲望的大爆炸，他们就是能够与欲望错肩而过。《睡在我们杯里的茶》看上去是在写婚姻爱情关系的，或者是写第三者。但这样去读作品都会感到貌合神离。这就在于作者并没有这些人物关系具体化现实化，他已超越这种具体的伦理问题了。郭文斌的这种境界是非常非常可贵的。这就涉及到一个问题：实际上我们写都市生活也不可能回避乡村精神。乡村精神绝对不是一种被淘汰的东西，乡村精神是一种文明积累，是一种永恒性的精神财富。问题在于我们如何将乡村精神融入到我们都市生活中间，溶入到我们都市生活的经验中间。有一些作家可能会完全从世俗层面去融入，这种世俗层面的融入所营造的是一种强烈的冲突和矛盾。但郭文斌的小说提供了另外一种融入的可能性，这种融入将营造出一种纯净的境界，这种境界将最直接地触及到文学核心的问题、文学本质的问题。从这个角度来说他的小说是很可贵的、很珍贵的。

从二十世纪九十年代以来，整个小说创作有一种越来越形而下、越来越物质主义化、越来越欲望化的趋势，在这样一个背景下来讨论郭文斌的小说是非常有意义的。

清洁的东君

东君的小说像一个谜，你轻易不会知道谜底在哪里。我读他的《子虚先生在乌有之乡》便有这种感觉。后来我读到过几篇对这篇小说的评论，发现评论家猜出的谜底竟大相径庭。有篇文章说，小说中所写的心态犹如陶渊明写《归田园居》的心态，"无适俗"之心是共同的；而另一篇文章则认为，小说写的是资本家的圈地运动。但我总觉得，东君既不像前面那篇文章所想象的那样闲淡出世，也不像后面那篇文章所认定的那样与现实贴得特别紧；东君似乎是以"不即不离，若即若离"的方式来处理现实的。

仍以《子虚先生在乌有之乡》为例，这篇小说看上去现实性很强，写的是一位成功的房地产商姚碧轩，赚得盆满钵盈之后，有了落叶归根的念想，要为家乡做点功德。他首先想到的是将家乡的一座早已破败的寺庙重新翻修，并请出报恩寺的和尚聪辩来做方丈。家乡的梅林禅寺在姚碧轩的资助下整修一新，并且逐渐名声在外。姚碧轩又在聪辩和尚的指点下，改变家乡面貌，将家乡变成了一个新的旅游景点。从故事里我们读到不少现实病象，如和尚在佛教世俗化潮流中公然不守戒规，僧人参与到经济活动之中，而房地产商巧立名目侵占农村土地，农村在城镇化的潮流中的遭遇，等等。但作者真的是在复制生活，或者说是在客观记录现实吗？我以为仅从小说标题来看，显然作者是在提醒读者，小说是与现实保持着距离的。无论是子虚先生，还是乌有之乡，都在说明小说中无论人物还是地方，都是现实中不存在的。也许作者是把小说中的主人公——那位木石居主人、房地产商姚碧轩看成是子虚先生了，而他在家乡建设的如仙境般的福德林不过是一个乌托邦式的乌有之乡。其实这篇小说是充满着玄机的。姚碧轩说是挣钱挣够了想回家乡去做点功德，但他做这件事情时还要请聪辩和尚一起来做。聪辩和尚与他的关系非同一般："聪辩法师还是房地产风水师，姚碧轩相中一块地，先要让聪辩法师勘测风水，做成了之后还要请他给楼盘立向、定向，这样或那样，都是由聪辩法师铁口直断。这些年来，姚碧轩经手的楼盘之所以从未死盘，大半得力于聪辩法师的指点。"也就是说，聪辩是姚碧轩做房地产的"军师"，有"军师"指点，他的房地产才大获成功。这次回家乡，说是做功德之事，却非要把他的房地产"军师"请出山，显然他的真正目的不在功德，而在生意！后来一步步的棋子或许早就在谋划之中，先把家乡的村民迁走，再把家乡的祖坟迁走。这分明是一次房地产的商业行为，却一直被乔装打扮为慈善事业，村民们被姚碧轩从故土迁走了，还要感激地称他为"大善人"。姚碧轩与聪辩的角色身份也是具有玄机的。姚碧轩是一个房地产商，他考虑的应该是经济利益；聪辩是一个佛教人士，他考虑的应该是渡人和精神救赎。但在情节发展中，这两人的角色身份完全颠倒错位了，每走一步，姚碧轩似乎考虑的是精神问题，而聪辩则点出了经济的要害。种种玄机都将小说的叙述从现实层面拉开，让读者在一种若即若离的状态中去体会小说的深意。因此东君不是在做揭露的工作，不是在写问题小说或揭露小说。他通过种种玄机试图进入到人的灵魂。对于聪辩这样的僧人，心中的佛性早已荡然无存，而对于房地产商人姚碧轩来说，赚钱虽然是他的职业目的，但他心中所想的却是要在家乡"创造一个佛陀所悦的净土"。这是一个乌托邦式的念想，乌托邦只能存在于内心，一旦要把乌托邦搬到现实中，只会是破灭的结果。但我以为，真正有着乌托邦念想的还不是小说中的姚碧轩，而是写小说的东君。与其说这篇小说写了姚碧轩凭借财富如何在他的家乡折腾他的乌托邦念想，不如说东君是写他自己的乌托邦如何再一次破灭的。这也是这篇小说思想隐晦复杂的原因之一。为什么说是"再一次破灭"？因为他经常在他的小说中倾诉他的乌托邦念想，甚至他也是在以小说的方式来实现自己的乌托邦。其实他的一些小说完全可以看成是乌托邦小说，如《子虚先生在乌有之乡》这一篇，又如他的第一部长篇小说《树巢》。

　　东君会用多种思想材料来构建自己的乌托邦，用得较多的是老庄思想，佛教思想也是很重要的材料，偶尔他也会用上一些西方的资源，比如塞万提斯式的天真。乌托邦只能存在于内心，但每一个有着乌托邦念想的人又何尝不会去努力在现实中实现乌托邦之梦，东君找到了小说这种方式。所以在东君的小说中经常会出现寺庙的场景。因为寺庙是沟通出世和入世的最具广泛性的中介处。特别是当代佛教极力推崇人间佛教之后，寺庙的中介特点就更加明显了，进入到寺庙，在烟雾缭绕中人们就会有一种"不即不离，若即若离"的感觉，其实这也正是人间佛教处理佛教与现实之间关系的基本态度，东君对佛教的兴趣或许与此有关，他因此也是把寺庙仅仅当成一个中介处来对待。《黑白业》中的竹清寺完全就是一个世俗场所："寺庙里新近订了各色报刊、装了闭路电视，过得跟世俗生活一般无二。和尚子们也不清净，一个个都想在这里赚足了钱，再还俗讨个齐整媳妇。"到后来，竹清寺几乎都成了黑社会组织，僧人们都不是吃素的。但是，企图摆脱世俗烦恼的人还得到这里来。洗耳更是竹清寺里难得的一位能够守住佛性的和尚，东君很心疼地写洗耳在业障里挣扎，他存有渡人的念头，却又发现这业障太强大，因此他求苦瓜和尚也把他带走。最后是他招呼着黄狗一块上路了，他会去哪里，是一个谜。或许这正是东君所困惑的地方，他不知道这个世界上哪里还能留下一块佛性之地。除了寺庙，东君小说中还有一个同样具有象征意味的场景，这就是文人的书房。书房大概在东君的眼里是沟通出世和入世的另一个中介处。书房应该是人们修身养性的场所，在东君的小说里，书房养的不是佛性，而是老庄精神。这也是东君对于文人的一种期盼，他期盼文人能够肩负起社会的担当，但要做到这一点，文人自己首先要做到淡泊名利、超脱世俗。但东君对于当下的文人更多的是失望，在金钱和物欲面前，文人照样难以坚持操守。这类小说比较典型的有《苏静安教授晚年谈话录》《风月谈》等。《苏静安教授晚年谈话录》中有一个叫"梅竹双清阁"的书房，书房里摆了记录世界各个地方时间的闹钟，"顾盼之间，可以轻而易举地看到世界每一个角落：一抬腿就可以横跨欧亚大陆，一伸手就可以触摸古希腊文明的源头。"《风月谈》中的书房没说叫什么名，只是告诉读者"曾更换过几个很雅的斋名"了，东君特意写到一个细节："书桌上有一个白瓷碗，里面盛着清水，不是用来喝，也不是用来洗笔砚。这一钵清水，关乎心境。心烦意躁的时候，他常常会注视着它，让心底里的杂质慢慢地沉淀下去。"但在这样的书房里，出入的文人要么精神错乱，要么虚伪十足。东君在书写僧人和文人时似乎更多带有蔑视的态度，因为这两类人都是担当精神的职责，而在当下精神的缺失和精神的沦落是最大的问题，东君对他们的失望也是在情理之中的事情了。但东君并不是一味地以贬责人物为快，他最终是要探讨如何保持精神的清洁这样一个人生哲理的问题。东君的小说似乎始终在纠结于身体和心灵、物质和精神、形式与内容之间的关系，这种关系在东君的笔下变得特别复杂。比如他所写的和尚，真正能够保持佛性的，恰是那些无视清规戒律的和尚，也是那些在寺庙里无法容身的和尚。这也说明，东君并不是一个悲观主义者，他认为，在越来越恶化的现实中，坚守精神的神圣和洁净还是有可能的。

东君是位讲究清洁的作家，当然我指的是精神的清洁。因为要保持精神的清洁，他才对现实采取若即若离的态度，他唯恐现实的龌龊和污秽亵渎了精神的神圣感。我最初读到他的《听洪素手弹琴》时就对东君的清洁感有着突出的印象，我以为他在小说中始终小心翼翼地呵护着他所钟爱的人物，唯恐社会的污秽玷污了他们。洪素手显然是他精心呵护的一位在红尘滚滚的当下仍然保持着清高和洁净的姑娘，洪素手身边虽然没有寺庙，但东君让她为自己搭建了一座无形的寺庙。这座无形的寺庙搭建在洪素手的内心，她的内心是一湾清澈见底的泉水，是那样的虔诚与平静，因此她弹出的琴音也是淡定平和的。我读这篇小说时，甚至认为东君的清洁感都偏执到了洁癖的程度，洁癖则会对自己钟爱的人物过度呵护，就像这篇小说中，东君非得要洪素手这位高洁素女与民工小瞿结为夫妻，多少就显得呵护过度了。

东君的清洁感还表现在他对语言的讲究上。他的语言是洁净的，追求语言的优美和典雅，因此他的叙述既不芜杂，也不拖沓。他尤其注意从文言文中获取语言的灵感，如他写人物，就神似《世说新语》的笔法，聊聊数语，精神凸显。东君在语言上的清洁感很有现实意义。因为小说语言从来是一个不太被人们重视的问题，即使重视，也主要是重视语言的风格和特色，作家愿意在语言的生动性上下工夫，而对于语言的提炼则不甚感兴趣。我曾提出过，应该建立起现代汉语文学的优雅语言。我们的文学语言之所以不优雅，很大程度上是与我们长期对待文言文的冷淡态度有关系的。现代汉语文学是在与文言文彻底决裂的姿态下诞生的，这就使得文言文经过一千多年反复锤炼而积累的语言精华难以顺畅地承继到当代的文学语言之中。我在一篇谈语言的文章中说："语言问题并不是一个形式问题，建立起优雅的文学语言，也许是中国当代文学得以发展和突破的关键"。就因为这个缘故，我特别欣赏东君在语言上的讲究，特别欣赏他对文言文的自觉借鉴。清洁是一个好习惯，不仅指生活中，也指文学写作中。清洁的东君一定会给人们留下愉悦的印象。

劳马的哲学小说

劳马是学哲学的，他应该去做哲学家。但是，哲学家现在不吃香了，在一个唯利是图的时代，在一个物质至上的时代，抽象思维没有了用武之地。哲学曾经是很吃香的。如今我们都在批判文革，说文革搞阶级斗争为纲，斗来斗去，把人性都斗没了。但不要忘记，那个时候，哲学常常是被作为斗争武器的，当人们以哲学作为斗争武器时，斗争一下子就变得神圣伟大起来。当然这也与领袖的提倡有关。领袖是一个浪漫主义的思想者，这使得他采取与众不同的方式去进行政治斗争，所以他发动全体人民都来学哲学，"卑贱者最聪明，高贵者最愚蠢"，人人都觉得自己聪明起来，那些玄奥的哲学用语从人们的口中吐出就像是说日常用语一样自然便当，领袖指挥着一场哲学的人民战争，让他的任何一个敌手都不知如何应对，这些敌手以往都能非常成功地运用各种政治手段去对付政治的风云变幻，但是在哲学面前他们都傻了眼，慌了神，最终乖乖缴了械。哲学真是威力无穷呀。难怪那时候人们会说好好学哲学吧，学好了哲学就能当官做干部。后来听劳马谈自己的求学经历，竟发现正是这样的社会舆论才促成了劳马成为一位哲学家。文革过去没多久，哲学的"香味"犹存，劳马参加高考，他考了全地区的第一名，在志愿表上踌躇满志地添上了"北京大学中文系"，校长二话没说，将他填的表揉搓成一团，给他一张新表，让他填上"人民大学哲学系"，校长说，这是我梦寐以求的专业，从这个专业毕业的学生，至少是个县长。于是劳马学上了哲学。不过他学哲学并没有为中国政坛增加一个县长，倒是为他的文学情结增加了哲学的元素。

劳马主要写的是微型小说，每篇多则上千字，少则一二百字。最近他的作品结集出版，三大本其中有两本是微型小说，另有一本是中篇小说集，尽管是中篇小说，但已经不同于平时我们所熟悉的中篇小说了，不妨看作是微型小说化的中篇小说，这一点我将在后面详细分析。现在我想讨论的是，劳马选择微型小说这种文体是否与他学哲学有关系。劳马的作品我很早就看过，但毕竟只是偶尔从刊物上读到他的一两篇微型小说，当时觉得很特别，很新鲜而已。直到这一次集中将劳马的作品读一遍，才感觉到劳马的分量和意义。这种分量和意义恰恰是哲学带来的，而这种哲学的意蕴非常适宜于以微型小说这种精炼短小的文体表达出来。如果采用太长的篇幅，也可能这种还显得有些柔弱的哲学意蕴会在故事性和形象性等文学要素的挤压下逃逸消弥。因此前面那个问题的答案自然就出来了，劳马选择微型小说与他学哲学有很大的关系，甚至可以说，微型小说这种样式就是专门为像劳马这样学哲学的人准备的。

我更倾向于把劳马的小说称之为一种哲学小说。当然提到哲学小说，我们很容易地就想到法国作家狄德罗的《拉摩的侄儿》，这位法国启蒙时代"百科全书派"的代表性人物大胆地采用小说文体来阐释他的哲学观点，宣扬他的政治主张。尽管这部小说被恩格斯称赞为"辩证法的杰作"，尽管黑格尔被其中的辩证谈吐所折服，但这样一种以小说的形象瓶子盛哲学的抽象浓汤的做法并没有流行开来。在后来的一百来年里，萨特大概是唯一的一位向狄德罗看齐的法国作家，他的《恶心》可以说是在用小说的形式上哲学课，但由于萨特首先是一位存在主义哲学家，其次才是一位作家，因此《恶心》给人的感觉是哲学与小说处于貌合神离、同床异梦的状态。它后来也就遭到昆德拉的讽刺，昆德拉说《恶心》带来的后果是"哲学与小说的新婚之夜在相互的烦恼中度过"。不过追溯近代以来哲学小说的历史，我们仍要佩服狄德罗的创新之举，他的举动提醒我们，哲学对于文学的重要性。虽然哲学小说一直并没有形成阵势，但现代小说的发展趋势之一便是小说不断地向哲学靠近，例如卡夫卡、贡布罗维茨、布洛赫、穆齐尔等作家，在他们的小说中哲学意蕴非常突出，他们以哲学的方式进行思考，接纳可被思考的一切，拓宽了小说的主题，使小说与哲学相接近。即使嘲讽过《恶心》的昆德拉也并不遮掩他对哲学的兴趣，他的小说处处闪烁着哲学的睿智。中国当代小说在二十世纪八十年代有一次向西方现代文学靠拢的高潮期，在这个高潮期，当代的作家也尝试着开启哲学的思路。这典型地体现在"寻根文学"上面。很可惜，到九十年代以后，在物质主义和欲望化潮流的冲击下，作家们疯狂地奔向形而下，刚刚开启的哲学思路就这么中止了。而我是在这个意义上将劳马的小说称之为哲学小说的。也就是说，它呼应着西方现代小说的发展趋势，从哲学的门径进入小说，重新点燃了中国当代小说的哲学火炬，使八十年代在"寻根文学"中表现出的哲学智慧重新焕发出光彩，让我们看到了小说摆脱形而下泥淖的希望。因此尽管劳马的小说不能说是严格意义上的哲学小说，但他的小说对于中国当下小说的现实意义却在于哲学，他的小说提醒我们，中国当下小说最缺失的是哲学。从这个意义上看，我们完全应该把劳马的小说称之为哲学小说。

　　放在当下普遍形而下倾向的小说语境中看，劳马的小说完全是一种另类，而且是一种很有价值的另类，这种价值就在于它给我们提供了一种哲学拯救小说的可能性。因此，首先我们要记住，劳马是一位哲学家。哲学家写小说也可以像一般的作家那样写小说，写我们所熟悉的小说。但劳马的可贵之处就在于，他不是写一般的小说，他写的是表达哲学思维的小说，他的小说包含着很深刻的哲学意义。比如说,《制服》这篇小说的故事很简单,写一个人从小到大,穿着不同的制服,不同的制服意味着他在干不同的事,作者通过制服这一社会符号,揭示出我们都是"组织"中的人,我们受到"组织"的约束,劳马就以一个很形象的社会符号,表达了生活当中人们被"体制化"的这样一种哲学思考,很简短的小东西就表达了哲学中很深刻的意义。马克思曾经说过:"人的本质是一切社会关系的总和"。这是历史唯物主义的理论基点,人的本质是由社会关系的总和所决定的,反过来说,社会关系的总和也将约束着人的本质的发展,导致人的本质的异化。《制服》就非常简练而又形象地揭示了这一哲学命题。这不是一般的小说家所能做到的事情。所以我这样来概括劳马的"另类"小说:劳马的小说就是把一个哲学家的哲学思想进行了很形象化的展开。

劳马的哲学小说集中表现了哲学在物质主义盛行的当代的尴尬处境。《哲学》写一位放牛娃上了大学,学的是哲学,但他根本无法接受哲学的抽象思维,被哲学逼进了精神病院,在精神病院里却大彻大悟,从此迷上哲学,成为一名哲学教授。可是社会发生了巨变,"不知是哲学出了问题,还是现代人的脑袋让脚踩了,杜教授为了哲学事业后继有人,几乎把尊严、人格都豁出去了,可效果一直不明显,几乎所有的人都对哲学无动于衷。"这分明是一部最简洁的现代化社会以来的哲学尴尬史。最有意思的是结尾,杜教授退休后,养了一条狗,每天与狗一起散步,"杜教授特别逗,把那条狗取名为'哲学'。"这既可以理解为对哲学的当代处境进行辛辣的讽刺,也可以理解为哲学家充满自信的调侃。这个结尾与大哲学家叔本华的一件轶闻有着异曲同工之妙。叔本华终身未娶,看似很孤单,但他养了一只小狗,与小狗相依为命。他给小狗取了一个名字,叫"宇宙精神"。无论是劳马养的"哲学",还是叔本华养的"宇宙精神",其实都是哲学家的一种自得其乐的精神"宠物",我们这些缺乏哲学涵养的局外人大概是难以领会到其中的深意的。因此这种自嘲只能存在于洋溢着哲学精神的小说里,而在劳马的哲学小说里这种对哲学的自嘲俯拾即是。如《疑问》，将"什么是哲学"设置为一个永恒的问题，这大概恰是哲学的玄机，因此当"我"愤怒地质问学校为什么连哲学都没有搞清楚还招收学生学哲学，甚至要求学校赔偿损失时，哲学系老师给"我"的结论就是"你永远是个差等生"。又如《万能》，"我"作为村里唯一读过大学的人，被村里人当成是一个万能者，连老母猪病了也要来找"我"治疗。"我"在村里人的偶像地位最终被老母猪给毁了，从此"读书无用论"的思潮在村里越演越烈。于是"我"决心去学习兽医，要在乡亲们面前证明：学哲学的也能给猪治病！在这些自嘲里，透露出当代哲学面对世俗社会的孤独感和自视清高。但我很喜欢这种孤独感和自视清高，因为它让我感到了精神的高贵和精神的力量。

劳马的哲学小说又是将哲学世俗化的一种方式。劳马是学哲学的，但他并没有成为关在书斋里专门与抽象概念、玄妙理论打交道的学者。这里没有贬低书斋学者的意思，相反我们倒是缺少了这样的学者，不过劳马没有成为这样的学者或许是一桩幸事，至少对于文学来说是一桩幸事。因为没有关在书斋里的劳马必须面对纷纭复杂的世俗世界，必须学会处理人生俗事。但劳马在面对世俗世界时还没有放弃哲学的心境和哲学的思维，所以在他的哲学世界里更多的是人生哲学。这也是他能够轻易地将哲学带入到小说中的重要条件。我不得不再一次提到文革中毛主席的语录。毛主席说："让哲学从哲学家的课堂上和书本里解放出来，变为群众手里的尖锐武器。"这句话曾经具有极大的鼓动性，但不可否认，这句话包含着重要的方法论。我以为，劳马的哲学小说在某种程度上是实践了这种方法论。劳马的哲学小说包括着好几个系列，其中如"官场系列"、"出国系列"等就典型地体现了哲学世俗化的特点。比如"官场系列"中的《会议记录》《批示》《看山》《某种意义》《述职》《新局长》《汇报》《脾气》等，截取官场上的不同嘴脸，集中精力揭露了官僚体制所造成的虚伪文化、文牍主义；"出国系列"中的《一顿饭》《便宜》《单人间》《丢人》《丢钱》《讨个说法》

《时差》《西餐》《一问三不知》等，是以大学教授在出国访问中所出的洋相为素材的，其笔力所及将中国知识分子的劣根性毫不留情地加以嘲弄。

劳马主要写的是微型小说，很简短的篇幅里表达思想的片断。但劳马的思想并不是碎片似的，他的思想具有整体性的建构。当我们连续读完他的作品后，就能发现他的思想的一贯性。这种一贯性突出表现在，他的小说的哲学寓意是建立在反思"现代性"的基础上的。他的很多小说都是从体现"现代性"特点或是现代生活中的某一个小细节入手，直接触摸到现代性的症结。比方说《一卡通》，现代生活中有各种各样的卡，信用卡，交通卡，"一卡通"看似给人们的生活带来了便利，但劳马以一种反讽的方式写出"卡"如何让一个人的行为变得疯狂，揭示出"现代性"使人异化的现象。劳马哲学化的文本，决定了他的作品具有极强的深邃性，看上去似乎是一个简短的细节，其实包含了很深邃的思想。

劳马将哲学带入小说，使文学具有哲学意蕴。哲学意蕴可以说是精神内涵的深沉表情，作为一种表情，它当然具备一种审美的风格特征。那么，劳马小说的风格特征是什么呢，在我看来，劳马小说最大的风格特征是"幽默"。这是将一种高度抽象化的哲学思想进行形象化展开的最恰当的风格形式。因为"幽默"是不同于"滑稽"，也不同于"喜剧"，幽默包含了哲学，幽默是哲学的一张笑脸。很多大的哲学家都是非常幽默的人。比方苏格拉底，有一个关于他怕老婆的最典型的笑话，说他的老婆将苏格拉底大声斥骂了一通之后犹不解恨，又将一盆水迎头泼了下来，这时候苏格拉底说："雷霆之后必有甘霖"。像《诗人》就典型地体现了哲学家式的幽默。一个人在日常生活中与其他人总是格格不入，引起了公愤，一群人狠狠揍他，但当人们听说他是一位诗人时，马上"嘻嘻哈哈地原谅了他"他们说："诗人？你怎么不早说呢，我们还以为他是流氓呢！要早知道他是诗人，我们就不跟他一般见识了。"这分明是哲学在"嘻嘻哈哈"地善待这个世界。但我注意到劳马本人对待幽默这个词的态度，他说他不太喜欢"幽默"这个概念，他更愿意使用"笑"这个字。但即使是以笑作为替代词，也不能掩盖他的小说中幽默的审美特性。那么他为什么要拒绝幽默这个词语，而要强调用"笑"来替代"幽默"呢？先看看他是怎么解释"笑"这个字的，他说：笑"既是世界观人生观价值观，同时也是方法论。它是属于民间的，属于普通人的。"劳马强调了笑的方法论意义。因此我以为，劳马之所以不愿意用幽默而要用笑，就在于他对哲学采取了一种开放的方式，让哲学直接面对世俗世界，他尽量回避幽默因为远离世俗的高雅。毫无疑问，他的这种努力就使得幽默更加民间化、平民化。

劳马主要写微型小说，微型小说典型地体现了劳马的独特性。与此同时，劳马还写了一些中篇小说，他的中篇小说也是别具一格的，这种别具一格同样也是由他的哲学带来的。这种别具一格突出体现在文体上。他的中篇小说带有文体革命的意义，他是以微型小说的方式写中篇小说的，因此小说的结构方式与我们平常读到的中篇小说并不完全一样。一般的中篇小说大致上是以故事逻辑或生活逻辑作为小说结构的时序列的，但劳马的中篇小说看上去像是一篇篇微型小说串连起来的，作者遵循的不是故事逻辑或生活逻辑，而是哲学逻辑，所以我觉得我们不应该以我们惯常熟悉的一种方法来解读劳马的小说，他的内涵和意义是一种哲学思想。最明显就是《傻笑》，每一段都可以单独拿出来阅读，而它又是一个整体。

劳马主要写微型小说，从接受的层面来看劳马具有很大的不利，因为微型小说单独发表时，每一篇只是一滴水花，体现不出他的哲学思维的广博性和深邃性。这也就决定了劳马的小说尽管具有极其独特的价值，却一直没有引起文坛的足够重视。现在将他的小说结集出版，我们就能了解到他的思想的一贯性和整体性，就能发现他的价值所在。当代小说越来越注重故事，注重生活原生态，使得小说变得轻飘飘的。哲学是沉甸甸的钢，将哲学浇铸进文学里，文学就有了分量。劳马的小说起到了这么一种浇铸的作用。因为劳马的努力，我们的文学终于和哲学产生了关联，我也期望劳马能继续写下去，继续为文学进行钢铁般的哲学浇铸。

周瑄璞的城市生活形态小说

初次读周瑄璞的小说，就觉得有些特别，特别在哪里，一时竟说不清，因为它不是那种表面非常炫耀的"特别"。它并没有特别的情节，特别的人物，也没有强烈的戏剧冲突或是陌生的故事场景。说到故事，小说自然是离不开故事，但若用严格的标尺来衡量的话，周瑄璞的小说里并没有完整的故事，与其说她是在讲故事，不如说她是在描述一些我们在日常生活中寻常看见却熟视无睹的人与事——对，我发现这正是周瑄璞的特别之处。她感兴趣的并不是一个又一个具体的人物，她更乐于去归纳众多人物身上最具共性的东西，这似乎有些与我们一般所说的小说写法相悖，因为理论家告诉我们，小说家要从共性中发现个性，塑造出一个个独特的典型形象，而小说家最成功的时候就是他写出了"这一个"。周瑄璞似乎并不把精力放在塑造"这一个"上，比如她的《来访者》和《病了》，分别是写一个上出版社寻求出版书稿的来访者和一个到医院就诊的病人，这两个人物显然具备了"这一个"的基本元素，但周瑄璞似乎有意忽略了这些元素，她像《来访者》中的那位心不在焉的女编辑一样，尽管面对着一位经历丰富的来访者，却不关注来访者的细节，只是绕有兴趣地揣摸来访者的不可避免的行动和心理："她也没必要问她，你从哪个国家回来的？她只知道，她是个失败者，这就够了，我们需要询问一个失败者那么多没用的细节吗？我们宁可关注成功者的鸡毛蒜皮而不愿去过问失败者的惊涛骇浪。"也就是说，周瑄璞并不是要写一个独特的来访者，她是要给我们归纳出一类人，她把这类人命名为"来访者"，虽然每一个来访者的经历各异，但她们处理生活的方式却有着相似之处，正是这种相似之处吸引了周瑄璞的眼光，她描述这种相似之处，为我们展示出一类人物的生活形态。可以说，周瑄璞不是在小说中给我们讲故事，而是给我们描述各种生活形态。更准确地说，她在小说中不是在进行描述，而是在进行剖析，她是在对她所感兴趣的生活形态进行剖析。这是我读了她的《来访者》和《病了》之后，得到的最初印象，我愿意把这两篇小说称之为"生活形态小说"。

生活形态是指特定群体的、明显有别于其他群体的特定的生活习惯、消费习性以及一切相关的行为模式。城市的营销学看重生活形态的分析，因为通过了解不同群体的生活形态，就能对人们的消费行为和消费倾向作出准确的把握和预测。这其实也为作家们提供了一种观察城市的极佳途径。如《来访者》是通过一个来访者来展示一种特定的生活形态的，关于这个来访者，我们只知道她出过国，又回国了，她把她的经历写下来，期待出版社接受她的书稿，至于她出国到了哪里，是什么原因出国的，在国外有什么挫折或遭遇，她个人所有的细节都被作者省略了，甚至连她的姓名都没留下。对于来访者的个人特征，作者也尽量以模糊的方式处理之，比如说到她"太苍老了"，并不具体描绘她的苍老模样，而只是将苍老作为这种生活形态中必不可少的要素，因此作者强调的是："她老得焦灼老得凄惨老得痛心疾首老得千言万语无从说起，挫折清苦孤寂像沙化土地攻占她，大老远瞅一眼你就知道她有多失败。"仔细读下来，我们就发现，《来访者》所提供的一种生活形态，是失败者的生活形态，他们尽管是失败者，但他们并不承认自己的失败，相反他们会把自己的失败经历看得非常重要，"他的经历就是一本书，现在就剩下他自己拨冗坐下，把它们变成文字，也就是说，一部伟大的作品，万事俱备，只欠动手。"所以他们要写书，要把自己的经历写出来，而且既然是一部"伟大的作品"，出版社也没有理由不出版。这类失败者沉浸于过去岁月的回忆，却不敢正视失败的现实，因此尽管他们对自己的作品充满信心，认定了会"一炮打响"，但这并没有给他们带来生活的勇气。你看他们走进出版社一点儿也没有理直气壮的感觉，反而显得过分地谦卑，让那些不屑一顾的编辑们就想把他们"五分钟打发走"。《病了》的主人公同样被处理成一个面目模糊的形象，我们不知道她的姓名、籍贯、年龄、职业以及家庭状况，等等，只知道她是一名中年女性，她觉得自己病了，"把自己从上到下、从外到内梳理一遍，发现哪里都出问题了，要看的病真多呀。"于是决定去医院看一次病。其实她也说不好自己到底得了什么病，但她乐于冒着大雨"把自己像颗迟钝的钉子锲进密集的病人中，成为她们的一员，"去医院折腾一番。这位中年女性的看病经历可以说是一种典型的城市生活形态。生活在城市里的许多人，就像这位中年女性一样，患有一种"病了"的焦虑，在焦虑中"你和自己内心进行一场持久战，战得你内分泌都失调了"，他们把"病了"当成一种撒娇或矫情的方式。

周瑄璞的这两篇小说中的人物虽然给人感觉是扁平化和符号化，但小说同样提供了个性鲜明的人物，这个人物其实就是作者本人。她是在写一种主观性非常强的小说。正是作者的主观性，才使得小说对于生活形态的描述具有思想的意义。周瑄璞由生活形态的描述进入到对生活形态进行社会分析和心理分析，因此这两篇小说又有些像是心理分析小说。在《来访者》中，那位接待来访者的女编辑可以看成是作者的化身，她面对来访者，敷衍着，客套着，而实际上在看穿来访者的内心，对来访者的言行暗自进行着评判，"她审视对面的女人，像医生观察他的病人，展开望闻问切。"

事实上，在这两篇小说中，周瑄璞都是在充当这样一位望闻问切的医生，毫无疑问，她对"病人"们的生活形态的诊断也会让我们眼睛一亮。这恰是她的这类生活形态小说最闪光的地方。比如《来访者》中，周瑄璞是这样评判那些出国寻求幸福的轻率者："出国好像是一个赌气，破釜沉舟，做给谁人看。国外男人都是傻子，在国内遭了难遭了弃的女人，一怒之下跺脚出国去，找了外国男人，气死中国男人。"话是说得尖锐些，却是一针见血。她对这些人把"大人物"当成实现梦想的救命稻草的做法，则不掩饰其嘲讽的情绪："他们一厢情愿，怀着恋爱般的感动与新奇复述他们跟大人物通话或见面时的每一句对话，描述大人物的表情装束、言谈举止，尤其对她的肯定和关爱。"在《病了》中，周瑄璞的主体退隐到了背后，她却以隐身人的姿态不动声色地为描述的对象"望闻问切"，她对那些患有疾病焦虑症的人刻画得入木三分："所有来的人，都携着自己出了问题的器官，带着各种各样的毒素，涌流而来，不是为了看望医生，不是来请医生一起去郊游去吃饭，也不是来给医生谈文学谈艺术谈投资，在这里他们从不谈自己愉快的事，而只是向医生展示自己的病痛，将身心的麻烦连带陈芝麻烂谷子一股脑堆在医生面前：您看着办吧，我就这样了。""那些美好的破败的得意的失落的光明的晦暗的撕裂的愈合的，都曾以同一个肉身为舞台轮番演出，在同一颗心灵上过滤，烘焙，煎烤。"

《来访者》和《病了》虽然写了两类人的生活形态，但他们都涉及到城市的一个共同问题：孤独感。城市中的道路越来越拥挤，人口越来越稠密，然而人与人之间隔膜越来越大，孤独成为了最为流行的"呼吸道感染"，仿佛一个人只要张嘴呼吸，就不可避免地遭到孤独这一病毒的侵扰。孤独，是现代性带给城市最大的顽疾，对现代性极为敏感的思想大师叔本华曾经写过《论孤独》的文章，在他所处的时代，孤独也许还没有像现在这么流行和漫延，但他凭着他的敏感，预知孤独即将占领整个精神世界，他为此而欢呼，他告诫人们"要么是孤独，要么就是庸俗"。周瑄璞对孤独同样充满了敏感，但她并没有像叔本华那样傲视人群，特立独行，而是把触觉伸向滚滚的人流之中，对孤独者怀着深深的同情之心。无论是《来访者》中的来访者，还是《病了》中的中年女性，她们都是城市的孤独者，她们向社会和他人求助，虽然她们并没有遭到粗暴的拒绝，但她们所得到的不过是虚伪的热情、呆板的笑脸和没有实质内容的许诺。周瑄璞极其精准地写到女编辑的"看似热情实则冷漠的笑容"："她说什么，女编辑都点头，跟着她的讲述，合乎节拍地微笑吃惊感动，表示理解她，信任她，配合她，可在这一切表情之上，罩着一层似有若无、稀薄缥缈的笑，看起来对她笑，其实却与她无关"。这里与其说是一种客观叙述，不如说是作者阐释她对生活的发现。我以为，这种细节式的阐释甚至比一段理论阐释更有力量。这种细节式阐释正是小说的闪光点，而这种细节式阐释在小说中接踵而至，从而让我们读来感觉到光芒闪耀。《来访者》也花了很多笔墨写女编辑，我在前面曾说到，女编辑这个形象的设置使得作者的主体从后台走到了前台，就像是作者本人的化身。因此，从女编辑的身上我们也可以读到作者的一种自我反省。事实上，孤独感的流行跟我们每一个人都有关系，因为我们都是病毒携带者，如果我们能够对别人敞开心灵，主动拆除心与心之间的隔阂，也许就会减轻别人的孤独症状。于是，周瑄璞写女编辑在审视来访者的同时也在审视自己，通过审视自己女编辑逐渐走近了来访者，最后的细节颇有深意。女编辑与来访者在大街上准备告别时，"两人面对面站着，对终将来到的告别突然都有点不好意思，好像那是一个不可逾越的沟坎，需要两人一起勇敢面对。两人张开口，几乎是同时说，今天见你，真好。又都一起笑了。只是想互相拍拍对方胳膊了事，可两人同时伸出臂膀，竟然虚虚地拥抱了一下，又都为这个意外的动作有点吃惊，有点害羞，赶快转身走了。"也许在现实生活中要战胜孤独也就是这么简单，当然它需要我们来"一起勇敢面对"。

说到底，周瑄璞不会成为叔本华式的孤傲的思想家，因为她有着温润的善良之心，所以她关注孤独，却不会像叔本华那样高蹈远举般地以赞美孤独的方式来抗拒世俗。她知道孤独是城市的一道顽症，但她最终能从孤独者的生活形态里发现可贵的东西。比如《来访者》中，她一再肯定来访者不言放弃的精神，当来访者说出"可能开始会艰难一点"这句话时，阴郁的叙述一下子就变得云开雾散、雨过天晴，周瑄璞情不自禁地用充满诗意的文字来歌赞来访者的"开始"："'开始'两个字，像一个音符从她嘴里跳出来，在桌面上舞蹈，轻快地跃上对方肩头，变成花喜鹊，停驻在那里，长长的尾巴扑闪扑闪，拍打女编辑。"同样，在《病了》中，周瑄璞虽然写了一个中年女性失败的看病经历，但她并没有给我们留一个悲惨兮兮的结局。她写中年女性在社区医院候病的时刻，被一位患者对医生的倾诉所吸引，表情也与患者相呼应，"表达患者与患者之间的同病相怜"，于是她"挺直腰板坐好"。从这里，我们就发现，这位正在诅咒"环视同类，没有人能够真正理解你，匹配你"的中年女性，其实在内心深处还存留着某种柔软的东西。就在写文章之际，读到一篇周瑄璞谈阅读经典的文章，她说她从经典中所获得的"不是阴谋仇恨，不是攻击诋毁，不是将对手打倒再踢上一脚，而是同情、忏悔、尊严、爱与宽容。"大概这也就是周瑄璞的写作理念，因此即使是书写城市的生活形态，她也在表达"同情、忏悔、尊严、爱与宽容"。

葛水平印象：暖暖地气中的灵性

多年以前，我第一次读到葛水平的小说，是发表在《黄河》杂志上的《地气》，小说写的是一个缺水没电的贫瘠山村，但作者诗意般的叙述给作品铺就了暖暖的理想色调，仿佛让这贫瘠的土地上绽发出了新绿，小说读得我的心里有一丝暖暖的感动，于是我记下了葛水平这个名字。我记得刊物上还配有葛水平的一张照片。我是在读完作品后才去注意观察那张印制得并不很清晰的照片的，她穿着中式服装，一副很文静也很坚定的表情，一张微启的嘴唇，仿佛里面有许多句子正憋着要蹦出来似的。我很为我的这种感觉而自嘲地笑了。但后来发现我的这种感觉其实颇有预测未来的意思，我预测到葛水平还会有更多的好作品问世。果不其然，以后又一连读到了葛水平好几篇新作，我惊异于这位新人，她的嘴唇真的就像一口新开的油井，藏在嘴唇里面的句子就像那蕴藏丰厚的原油从井口使劲地往外喷。

也许真正让我惊异的还不是她的"井喷"，而是我看到了葛水平不同的表情。第一次读《地气》时我会生出"文如其人"的感想，这种感想是从小说旁边的那张照片得出的，照片上文静的葛水平与《地气》的调子很吻合。小说写道："宽厚松软的土里透出一股隐秘诱人的地气，那地气是女人的气息。"所以我断定从葛水平微启的嘴唇里蹦出的句子，应该饱含着这隐秘诱人的地气，应该给人一种宽厚松软的感觉。后来又读到了她的《狗狗狗》，才发现葛水平在她宽厚松软的背后还有刚烈倔强的一面。这似乎与她的文静的小女子形象不太谐调，但我到了葛水平的家乡长治之后我就理解了她的刚烈倔强。长治是一座美丽整洁的城市，它坐落在太行山下。太行山虽然我从来没有去过，但自小在革命历史的熏陶中就熏陶出一个太行山的深刻印象，因为许多重大的革命历史事件都与太行山有关。那是一座英雄的山，一座在战火中挺立的山，一座经受着风雨雷电仍岿然不动的山，"看吧，千山万壑，铁壁铜墙，抗日的烽火燃烧在太行山上，气焰千万丈"，"我们在太行山上，我们在太行山上，山高林又密，兵强马又壮，敌人在哪里进攻就让他在哪里灭亡"。葛水平带我走进太行山，我们去的地方是八路军兵工厂旧址黄崖洞，刚刚走近黄崖洞峡的入口，两边陡峭的岩壁拔地而起，直指云端，说它是铁壁铜墙一点也不夸张；而岩壁铁锈般的红色，多像梵高恣情的画布，大块大块的红色扑面而来，晃动的视觉自然会让我联想起燃烧着的抗日烽火。太行山的巍峨陡峭的气势让我肃然起敬，它与我心中长久想象的太行山完全重合。回头看一眼葛水平，我突然明白，葛水平就是太行山的女儿。葛水平的写作也与太行山有着密不可分的关系，大山的灵气灌注在她的小说里，其实也灌注在她的内心。

"一方水土养一方人家"，这句话总是被人们用来解释作家与家乡的关系，尽管都被用滥了，我仍要用这句话来形容葛水平的文学写作。家乡的山和水是她的文学写作的基本元素。山，是太行山；水，是沁河水。严格说来，长治算不得葛水平的家乡，她的家乡在太行山脉里的沁水县，一条清澈的沁河水绵绵从山脉间流过。葛水平是在山和水的拥抱中长大的。也许要真正理解葛水平作品中的家乡元素，就应该到那山水相拥的沁水县看看。可惜我没有机会去她的家乡，但从她的作品中我完全可以感觉到她家乡的山水真的滋养人。

她作品里的刚烈是山，她作品里的温柔是水。她的温柔主要体现为一种乡村的温柔，一种女性的温柔。尤其是她写乡村女子时，她的温柔就像是跳跃的阳光把她笔下的女性形象照耀得容光焕发。她的刚烈主要体现为一种生命的刚烈。这种生命的刚烈有时会成为一种生命的主调。如在一些表现民族危亡的抗日的题材中，在表现煤矿工人的题材中，这种刚烈就作为一种主调，在表现乡村题材时，温柔就又作为主调了。最重要的是她能将这二者融为一体。让我们感觉到她的柔中含刚，刚中有柔。这两种风格融为一体就构成了她的独特的风格。《浮生》典型地体现出这种刚柔相济的风格。那个山上的西白兔村没有水，长在地里的麦苗看上去绿茸茸的，根却旱死了。这样一个缺水的地方，却因为男人的挺拔伟岸而吸引了山下的女人，山下的女人嫁到西白兔村，于是缺水的西白兔村因为有了女人也就有了水一般的温柔。这篇小说同样充满了刚烈，面对那样一种残酷的生存环境，一个有着人文情怀的作家不可能不刚烈起来。但这种刚烈并不是惨烈，不是尖利的嚎叫，不是声嘶力竭的怒吼。比如小说的结尾，刚刚死去丈夫的水仙披着孝服，奶着孩子，她反问一声来采访的记者："人都死了，来问啥？"这位看上去总是逆来顺受的女子要说有多刚烈就有多刚烈。这种刚烈包裹在温柔下面，我们也许要慢慢地才能感受到它的力度。这或许可以说是一种艺术风格：刚柔相济，水火交融。这种艺术风格我曾在闻一多的诗歌中领略过。闻一多说："我只觉得自己是座没有爆发的火山，火烧得我痛，却始终没有能力（就是技巧）炸开那禁锢我的地壳，放射出光和热来。只有少数跟我很久的朋友（如梦家）才知道我有火，并且就在《死水》里感觉出我的火来"，死水中包含着一座火山的光和热，这就是闻一多的伟大之处。

葛水平既写家乡的历史，也写家乡的现实。这同样也能看出山和水的不同。现实生活是环绕在她身边的流淌着的河水，因而总是新鲜的，总是不停顿的。现实生活既然像水一般，所以她写现实生活的小说往往也带有水的温柔。如《地气》如《喊山》。历史传说则是凝固起来的岁月，成为了大山的一部分，也和山中的岩石一样经受着风吹雨打，而风雨的剥蚀会把它们的骨骼打造得更加坚硬。历史既然像山一般，所以她写历史的小说往往也带有山的刚烈。如《黑雪球》如《狗狗狗》。

但是，葛水平把更多的温柔给予了乡村，给予了土地，给予了女性。将温柔给予女性，这一点想必人们都非常理解。女性，尤其是乡村的女子，她们承受太多生活的磨难，需要更多的关爱。作为一名女性作家也许对这一点体会得更加深刻。至于将温柔给予乡村和土地，则让我们看到了乡村精神在葛水平内心中的分量。葛水平曾说道："我是一个蜗居在城里的乡下女人。我常为一辈子蜗居在城里而恼怒，但我却无能与城市决绝，这是我骨子里透出的软弱"。从这坦率、严厉的自责声背后是对乡村和家乡的彻底的爱，当然从这自责声里我们也能感觉到葛水平的刚烈。但我想，葛水平是呆在城市还是呆在乡村也许并不是特别重要的事情，重要的是，她的心与乡村相通。这就决定了她在文学上的价值取向。或许可以说，葛水平是乡村精神的守护神。她像一只在田园上飞翔的夜莺，不断地为乡村的芬芳而歌唱。但她有时又像是一只啼血的杜鹃，为了乡村正常的时秩而奔走呼号。在她的精神世界里，充溢着乡村田园的诗意，这不是传统士大夫的诗意，而是生活在乡村土地上的一位女孩在她的想象飞升起来后而获得的诗意，所以她写当下农村生活的小说，既直视着裸露着苦难的现实，又体会着农民丰富的精神想象，她的情感与乡村处在一种无障碍的沟通之中。葛水平的乡村小说在面对现实冲突时表现出一种旺盛的生命力，这和那种表现乡村溃败的小说是不一样的。在那种类型的乡村小说中，我们感觉到乡村文化好像完全溃败了。好像完全变成一种弱势了，好像完全是一种被怜悯、被哀悼的对象。而在葛水平的乡村小说里表现出了一种乡村文化仍然葆有的那种旺盛的生命力，有一种积极进取的姿态，而不是退守的姿态或者是像那种自我满足的姿态。这就带来一种对美好理想的一种向往。我认为《地气》就可以代表她的这种姿态和情态。小说中的乡村教师王福顺，因为正义，就要受校长欺负，校长把他派到十里岭教书。十里岭只有两户人家，两户人家只有一个孩子上学。但王福顺要争一口气，一个学生也要认真教好。他不仅教二宝考了个全区第一，还让山上的两家人走近了闪亮的灯火。这位清瘦的王福顺倒有几分刚烈之气，更重要的是，一直受到排挤而心情沮丧的王福顺在这个缺水无电的十里岭找到了幸福感和尊严感，因为他在这里吸收到暖暖的"地气"，地气也就是正气，也就是人气。"大地微微暖气吹"，毛泽东的诗意在葛水平的小说里得到了崭新的诠释。《喊山》中那些生活在山梁上的农户，物质生活无疑是匮乏的，但作者透过他们日常生活中的喜怒哀乐，发现他们的质朴的心灵在艰难生活的磨砺下闪耀出金子般的光泽。这显然与有些作家对苦难乡村投入的怜悯和同情不一样，它具有更难得的民主精神。

在葛水平的小说中有三种精神交替着，一种是乡村精神，一种是民族精神，一种是现实的批判精神。这三种精神相互交替、冲突，于是给她的小说境界带来一个新的层面。同样是写现实的乡村生活，葛水平就有可能区别于别的乡村小说。如她最近发表的中篇小说《比风来得早》，虽然也是乡村的场景，主人公却由普通百姓换成了一个不得志的官员。这使得她的叙述也发生了变化。作者从骨子里是看不起那些在官场上丧失自我的逐利者的，她无法将她在乡村叙述中的诗意注入到吴玉亭这个萎琐的小官员身上，但她仍然同情吴玉亭，因为吴玉亭几十年小心翼翼地在官阶上攀爬，始终也断不了他与家乡的情缘。所以作者把吴玉亭写成一个诗人，他为了当官放弃了写诗，这种放弃是得是失，也许站在不同的立场会有不同的结论，但从"比风来得早"这带有谶语式的诗句里，我们仍能感到葛水平的文化立场和文化情怀。葛水平以乡村精神为肌里，以现实的批判精神为骨骼，精心塑造了吴玉亭这一小官员形象。他与乡村文化有着千丝万缕的联系，他的心理行为都由乡村伦理牵绊着；但他毕竟离开了乡土，他的身份发生了变化，他的生活志向要不断地拉开他与乡村的距离。这就造成了他内心的矛盾，常常使他的人格处于分裂的状态。他的身躯也许迟早还会回到乡村，因为只有乡村才能让他的身躯感到安全，但他的灵魂恐怕很难真正回到乡村了。就是这样一个人物，让我们发现他身上丰富的文化信息。

葛水平的《喊山》获得这一届的鲁迅文学奖，若以我个人的偏爱，我更喜欢《地气》。重要的是，葛水平的写作是接着地气的，暖暖的地气让她的写作充满了灵性。依葛水平的性格，她是不会爬到文坛的山顶上去"喊山"的，而地气才是她的命根子。

我读畀愚：迷蒙柔性的反讽以及哲学家的品格

畀愚的小说叙事很有特点，而且很有个性，最难得的就是他的小说是很难跟别人的小说合并同类项的。当然也有人把他的小说合并到写小人物的小说这个同类项中，的确，畀愚基本上写的都是小人物，但是不是写小人物并不重要，重要的是一个作家如何写小人物，畀愚写小人物的方式完全与别人不一样。他是采用一种特别的叙事方式来写小人物的，我把他的这种特别的叙事方式称作为不动声色的冷叙述，这种不动声色的冷叙事透露出一种很有意思的反讽。比如说《通往天堂之路》这篇小说，写要在孙家浜这个村子建火葬场，开始大家都反对，后来才发现火葬场给村民带来了赚钱的机会，大家都来做丧葬生意，这是通往天堂的路的第一层含义，因为大家都赚钱了嘛。但有的人更聪明，把生意垄断起来，赚的钱更多，谁知道赚钱多了，麻烦也来了，他家里的人一个一个都死了，仿佛都到天堂去了。这是通往天堂之路的又一层含义。但小说还没完，畀愚继续写到老头按民俗习惯要给他的儿子找一个冥婚。好不容易为儿子找到冥婚的对象，但这个对象是一个即将死去的女孩，躺在医院的病床上。老头就守在病床边，照看着这个女孩，老头照看女孩自然是盼着她尽快死去，可是如果女孩不会死又有什么结果呢，这是不是暗示我们，老头将有另外一条通往天堂之路？小说的反讽意味是很明显的，但反讽背后的作者态度却是隐晦的。这正是畀愚的叙事特点。也就是说，他写小人物，写底层人物，但他对待底层人物是采取的一种貌合神离的态度。现在底层小说写作是很热门的创作潮流，但底层小说一般来说首先会有一个道德的定位，也就是说，底层小说是一种道德化的小说，无论是书写苦难，还是表现温暖，也无论是揭露社会，还是批判国民性，作家首先要确立自己的道德立场，这是底层小说最突出的特点。但畀愚面对底层人物，却故意模糊了自己的道德立场，他看似与底层人物站在一起，但仔细考量，就发现他其实是与底层人物貌合神离，这是一种既非明粹主义也非精英主义的立场。所以他在小说中间从来不施舍非常廉价的同情和怜悯，但他也不会把自己当成救世主地进行批判和指点。他从骨子里说是一个怀疑主义者，所以读他的小说你就会感觉到在观念表达上，在决断上往往是犹疑不决，模棱两可，似是而非的。但这种状况也就呈现出事实的复杂性，畀愚是让读者面对这种复杂性自己拿主意。所以畀愚的小说充满着反讽，但他的反讽是与怀疑主义结合起来的反讽，从而构成一种特别的审美效果，这是一种迷蒙的、柔性的反讽。

我就想，是不是应该给畀愚一些建议。比方说也有批评家认为畀愚应该有一些阳光，有一些温暖。但是我觉得畀愚小说的特点恰恰是他的阴冷的刺激，仿佛是在阴霾的天空下，你站在旷野，在寒风的吹拂下，你会头脑非常清醒。如果这个时候来一点阳光来一点清醒，反而不会有这种清醒的效果了。我的意思是说畀愚的风格已经形成自己的独特性，他下一步要做的是如何更加发扬他的独特性。我由此想到一个比喻：百花园。在文学这块百花园里，畀愚应该是一株充满个性的花，是一株品种稀有的花，丝毫不必向别的花看齐。但必须承认百花园各种花的待遇不一样，有的被命名为"国花"，会摆在最显眼的位置，有的是很大众化的花，到处开放着。有的是被赋予象征意义的花，会重点培植。畀愚作为一株品种稀有的花，丝毫不逊色于其他的名花。他不被重视，并非是他做得不好，而只是因为他没有合乎潮流，也没有被赋予象征意义。我倒是希望畀愚就做自己这样一株很独特的花，不必朝着象征意义的方面走。对于畀愚来说，思想智慧也许比情感更加重要。他不必用情感去感动读者，而应该用思想去敲打读者，所以他应该多一点点哲学家的品格。

麦家的密码意象和密码思维

我猜想，麦家有一段时间肯定是对密码到了走火入魔的程度，这才会有了《解密》《暗算》等几本诡奇玄妙的小说。不管麦家以后是不是还会写有关密码的小说，这几本小说已经构成了麦家写作生涯中的一个独具意义的阶段。这个阶段无疑与密码有关。这似乎是在说题材取胜，是在以题材决定论来评价作品。非也。因为即使我们把密码看成是一个题材领域，也不是谁进入到这个领域就会有所收获的，在这里，题材丝毫起不到决定的作用。这就像我们在麦家小说中所读到的情景一样。701所里哪怕聚集了众多的能人专家，面对在渺渺环宇飘荡的超高级密码"紫密"、"黑密"，他们却像是面对天书一般，一个个束手无策。只有像容金珍这样的旷世天才，才能破解密码中藏匿的信息。因此麦家进入到密码领域，不是这个题材带给他写作的成就，而是他给这个题材带来了显赫的声誉。他解开了密码所携带的有关文学的秘密信息。当我反复阅读《解密》《暗算》这两部小说时，慢慢地才发现小说中暗藏着玄机。在麦家的这两本书中，除了有我们正常读小说时所读到的人物和故事之外，还有一种神秘的符码以不规则的频率向我们暗送秋波。

我想说的是，我们不要仅仅把麦家的这几本关于密码的小说当成小说来读。当然，这是地道的小说，而且是很好看的小说，充满了曲折生动的故事性，也不缺少富有个性的人物形象。但这些并不构成麦家的独特性，因为有很多故事性很强的小说以及小说中栩栩如生的人物形象，并不比麦家的这几部小说逊色。当然，我们也可以说，是麦家给我们打开了一个神秘的大门，这就是小说中的 701 所，一个专门破译密码的机构。麦家并不是第一个写到破译密码的作家，所不同的是，虽然有些作家也写到了密码，但那顶多是引我们站在"701 所"的门外，透着门缝朝你窥视了两眼而已。我记得小时候读柯南·道尔的《跳舞的人》时，曾对福尔摩斯破解跳舞人形密码的智慧赞叹不已。现在就知道，书中所描写的密码只算得非常低级的水平，福尔摩斯运用的方式可以叫频率统计法，在密码破译上大概也是最不伤神的方式吧。因此密码在这里顶多是为柯南·道尔写侦探小说增加了一些神秘性，还谈不上进入到了密码本身。吴宇森导演的《风语者》（WindTalkers）也讲述了密码，它大概算得上是给我们打开了一条比较大的门缝。电影反映的是二次世界大战期间，美国利用印第安纳瓦霍土著语言作密码的故事，纳瓦霍语言在二战期间为美国立下奇功，以该语言编制的密码是唯一没有被日军破译的密码，这段尘封的辉煌历史只是在近半个世纪后因为《风语者》这部电影才为世人所知晓。尽管如此，密码在吴宇森的眼中只是一个故事元素，只有麦家才真正为我们推开了密码这扇大门，从而让我们走进去上上下下地查看个遍。更准确地说，应该是我们对此一无所知，完全是由麦家引领着，我们所看到的只不过是麦家所认可的。那么，麦家对于密码的个性化的解读就是最值得我们关注的问题。

对于密码，麦家的解释是"由几个简单的阿拉伯数字演绎的秘密"，正是这种秘密造就了"男子汉的最最高级的厮杀和搏斗"，正是这该死的密码，把一个个甚至一代代天才埋葬掉，因此麦家说破译密码的事业是"人类最残酷的事业"。就我有限的知识积累，就发现这种人类最残酷的事业却有着非常悠久的历史，也许是伴随着人类文明的诞生就开始了。我从史书上读到，早在公元前5世纪，古希腊人用一条带子缠绕在一根木棍上，沿木棍纵轴方向写好明文，解下来的带子上就只有杂乱无章的字母。这大概就是最早的密码之一了。解密者需要找到相同直径的木棍，再把带子缠上去，沿木棍纵轴方向即可读出有意义的明文。为什么最早的密码会选择了木棍作为工具？是不是用木棍猛击人的头部，可以让人闷闷地倒下去？麦家的小说中写到一个叫"紫密"的密码，我知道历史上是真有"紫密"的，历史上的紫密的确是要人命的。二战期间，日本鬼子的"九七式"密码就叫做"紫密"，美国人将这个紫密破解后，准确无误地炸死了日本舰队总司令山本五十六，总算报了偷袭珍珠港的仇。因此也可以说，山本五十六是死于"紫密"的。麦家用残酷二字来形容密码是再贴切不过的了。密码是用于人际间的交流信息的，可是交流信息却偏偏要放弃最常用的交流语言，这就说明在交流中有些信息是不能让所有的人知道的。信息的保密在于人类社会的争斗，人类社会的争斗又无不是由利益和欲望而引起的。因此我以为密码的根缘还在于人性之恶。密码随着人类文明的发展不断地升级，它集聚了人类文明的智慧，然而这智慧之果却是在为人性之恶服务的。这就是残酷的根本所在。好了，麦家发现了这个根本。他要做的是来颠覆这个根本。他要在残酷的地方找到美好的东西。所以他又给密码下了另一个结论：密码是反科学的科学。其实，沿着麦家的这一思维，我以为对密码可以有着多种的破译：密码是反智力的智力，也是反人性的人性，也是反世俗的世俗，也是反常识的常识。在这些结论里包含着一个常数，这就是在对立的境遇里返求自身。麦家在《暗算》中借陈二湖的课堂对此作了更形象的解说："在密码世界里，没有肉眼看得到的东西，眼睛看到是什么，结果往往肯定不是什么，你肯定不是你，我肯定不是我，桌子肯定不是桌子，黑板肯定不是黑板，今天肯定不是今天，阳光肯定不是阳光。世上的东西就是这样，最复杂的往往就是最简单的。"我将这看作是麦家通过小说为我们揭示出的一种"密码思维"，以这种密码思维让我们对世界和人生有了别一番体认。

"密码思维"带有极大的神秘性，这使我想起了博尔赫斯的"迷宫思维"。迷宫是博尔赫斯最钟爱的意象，迷宫也是博尔赫斯认知世界的表征，所以他说："写小说和造迷宫是一回事。"我不知道博尔赫斯的迷宫是否引起过麦家的兴趣，但在某一点上麦家是与博尔赫斯相似的，麦家的内心在说："写小说和制造密码、破译密码是一回事。"他写的《解密》《暗算》或许是他制造的"紫密"和"黑密"，他写完后或许觉得自己就是那位制造密码的高手希伊斯，或许他在等着看有没有一个容金珍似的天才破译了他的密码。而迷宫与密码都具有反常性和神秘性，麦家应该明白这二者的内在一致性。他在小说里曾提到过迷宫，他把下棋比做"走迷宫"一样。会破译密码的容金珍也会"走迷宫"，他特别善于出其不意地在棋盘上走出一条新路，抵达迷宫的深幽之处。希伊斯特别愿意与容金珍一起下棋，与其说他是要同容金珍比棋艺，还不如说他是要在棋盘上窥探出容金珍破译密码的思路。在这里，麦家无意中将密码思路与迷宫思路对接起来了。毫无疑问，当我们读到下棋的这段故事时，自然而然地会将下棋与密码联系起来。下棋实际上就是双方在互相制造密码又在破译对方的密码："出招拆招，拆招应招，明的暗的，近的远的，云里雾里的。"麦家这一段对下棋所发的议论，我看更像是议论制造密码和破译密码。麦家在《解密》中不断地暗示我们，现实世界里充斥着各种密码。下棋是其中的一种。小说的开头看上去是要给我们讲一个家族的故事，但回过头一想，那位被噩梦折磨的老奶奶不就是被密码所折磨吗？梦其实就是上天发送给我们人类的密码，所以老奶奶必须把自己最喜欢的小孙子容自来送到海外去学习释梦之术。释梦之术就是对梦的"解密"。容自来没有去学释梦之术，却学了另一套破译密码的方法——数学。数字，多么简单的符号。但麦家在叙述中分明暗示我们，也许正是一连串简单的数字，代表了一个玄而又玄的密码。那个遭人歧视的大头虫正是凭着对数字的痴迷，后来成为了破译密码的高手。他对数字的痴迷在于他对数字传递的密码信息有一种天生的领悟。比如他未曾在学校接受正规的数学教育时，就能以一套自己的办法计算出他的老爹爹的寿命。我以为麦家在书中的这一段对于数字的饶有兴趣的叙述，是在为我们演示一遍解密的神秘过程。

最困扰我们人类的密码还是人自身。这大概是麦家最终要完成的一个主题。人性的善恶，人的情感，人的命运，它们的真实信息多半都以密码的方式在我们耳边回响。如果我们也能像《捕风者》中的那位瞎子阿炳捕捉到声音的点滴差异，也许我们人与人之间就不会有了那么多的猜疑、误解、怨恨和暗算了。人与人之间的交往，其实就是在相互间破解密码。破译人的密码，也就是揭开一个人的真相，有时候真相一旦揭开，也许我们反而失去了生存的勇气。同样是那位瞎子阿炳，他天生一对顺风耳，虽然眼睛瞎了，却比那些明眼人对身边的事物更能明察秋毫，就是因为明眼人看到的只是事物的表象，真相隐藏在"密码"里面，而阿炳尽管看不到事物的表象，却能从对声音的分辨中找到解开密码的钥匙，为此他成为了701所的大功臣。但人世间有太多的密码，他能破译在天上像风一样无影无踪的密码，却不能破译身边的密码，他不谙人情，不识人心，而一旦获得一点生活的真相时，他就只好自杀了。而在《陈二湖的影子》里，我们看到了真相的另一种状态。魔鬼密码的诡秘性只能让陈二湖在梦呓中寻觅到破解的路径，也许正因为这一原因，他对完全不存在着诡秘性的"那件事"的真相始终也不敢相信是真的，他只能以诡秘性的思路去处理一切，他也只能生活在诡秘性的情境之中，一旦离开了诡秘性情境的"红墙"内，他的记忆就发生故障，他就无法正常生活。

破解人的密码，耗费了我们毕生的智力。因此，麦家也是在暗示我们，作家要做的事其实就是在不断地破译人——这个最玄幻的密码。而人的密码玄机全部藏在人的大脑里，是由人的智力所控制的。我们不妨将《解密》看成是麦家对容金珍这个密码的破译过程。麦家破译的这个密码是一个绝世天才的密码。容金珍把《世界密码史》神奇地搬进了自己的房间，他对历史了如指掌，什么复杂诡异的密码都难不倒他，然而他终于在黑密面前倒下了，不是黑密多复杂，恰恰是黑密根本没有上锁。复杂和简单这一对立的元素就这样在性质上发生了颠覆。在颠覆中麦家也完成了对容金珍的破译。这样一个智力非凡的天才，面对最棘手的难题都有着坚韧的意志，但他无法解决生活中最简单的事情。一个普通小偷一次最拙劣的偷窃行为，就导致了容金珍的精神彻底崩溃。在麦家的眼里，容金珍也许就是一个没有上锁的黑密，因此他虽然智力非凡，意志坚定，目标明确，但他的精神并没有"上锁"，从本质上说是脆弱的。精神没有"上锁"，可以从多方面去理解，而在小说中所表现来的最重要的一点就是容金珍对于世俗社会丝毫没有设防。容金珍的悲剧在于，当他把全部智力投入到抽象的数字世界时，他就对具象的现实世界懵懂无知。

最后，我还想回到麦家的密码思维和博尔赫斯的迷宫思维的比较之中。迷宫思维构建起博尔赫斯的世界观，从而将文学意象升格为哲学意象。他将写小说当成是造迷宫，他的想象力被迷宫激活，他的思想则在迷宫的行走中不断遭遇"交叉小径"的选择，所以他说他对任何哲学问题都没有得出结论，甚至他觉得在迷宫中他已走失，他怀疑正在写作中的博尔赫斯是另一个博尔赫斯，由此他写了《博尔赫斯和我》以及《我和博尔赫斯》，他对读者说："我不知道在我俩之中是谁写下了这一页"。这一切就使得博尔赫斯迷宫一般的小说有了更大的诱惑力，它让我们在其中可以不断地走下去。麦家的密码思维也有这样的趋势，但他似乎没有紧紧抓住，传奇性、故事性分散了他的精力。还有最重要的一点，麦家完全有可能将密码的意象拓展开去，而不是仅仅在破译密码的具体情境中进行密码思维。也就是说，走出 701 所这个具体的场景，麦家还可以把写小说当成制造密码和破译密码的事情来做，用他自己的密码思维来解开世界的神秘性和未知数。

麦买提明·吾守尔告诉我们：每一个维吾尔人都是阿凡提

麦买提明·吾守尔是一位维吾尔作家。还在少年时代我就喜爱上了维吾尔民族，因为维吾尔民族有一位机智幽默的阿凡提，那时候我读阿凡提的故事都到了如醉如痴的地步，每一个故事都深深印记在脑海中，闭着眼睛想起阿凡提，打心眼里都会笑出声来。后来，我发现，每一个维吾尔人都是阿凡提！毫无疑问，当我读到麦买提明·吾守尔的小说集《燃烧的河流》时，我以为我再一次遇到了阿凡提。阿凡提的性格也就是麦买提明·吾守尔小说的风格。或者说，麦买提明·吾守尔就是那位聪明机智的阿凡提，他写小说不过是把自己乔装打扮一番，忽而化身为中学生穆哈特尔，痴痴地竟把自个儿赶的驴车上的脖套卖掉，还以为干了一桩神不知鬼不觉的事情（《脖套》）；忽而化身为用棱角玻璃杯喝酒的"英雄"，巧妙地教训了一帮沉溺在酒精中的"傻子"（《棱角玻璃杯》）。

有人说麦买提明·吾守尔的小说是讽刺小说。的确，他的许多小说带有讽刺性。但他的讽刺是一种充满快意和友善的讽刺，就像是中医里的针灸虽然一针扎下去会有一种刺痛感，但随后来的是身体的舒适。比方说他的《流浪者酒家》，虽然对某些远离现实的诗人给予了毫不留情的讽刺，但他在字里行间充满了友善，甚至让"我"也与这位诗人一起遭到被人们轰出酒家的惩罚。

有人说麦买提明·吾守尔的小说是黑色幽默小说，的确，他的小说充满了幽默，但并不黑色。黑色幽默是西方现代派文学中的一个重要流派，它兴起于 20 世纪 60 年代的美国，代表作有《第二十二条军规》《万有引力之虹》等，这些作品表现了现代社会的荒诞感和个人与社会之间的冲突，在滑稽可笑中包含着沉重和苦闷，有的批评家因此也把"黑色幽默"称为"绞刑架下的幽默"或"大难临头的幽默"。但是，麦买提明·吾守尔的幽默尽管也有荒诞感，却丝毫不会让人感到沉重和苦闷，与其说他的小说是"黑色幽默"，还不如说是"金色幽默"。所谓"金色幽默"，是以一种乐观和豁达的态度去处理生活的荒诞，以一种充满自信的语调去批判和责难社会的丑恶。比方说他的《镶金牙的狗》，辛辣地嘲讽了当今社会愈演愈烈的金钱至上现象。那位医生贪婪成性，连镶在狗嘴里的金牙也不放过，我们无疑会对这样的"医生"心生厌恶，也会被他的不择手段的敛财激起义愤。但作者在结尾时，特意刻画了医生夫妇俩像狗一样龇牙咧嘴的丑态，人们不禁开心大笑，在笑声中人们也许就体会到了正义的力量。

我发现，许多现代手法在麦买提明·吾守尔的小说中都有自如的运用。莫非麦买提明·吾守尔是一位酷爱现代派文学的作家。但细细读来就发现，麦买提明·吾守尔并不是在模仿西方现代派，而是他的文学天性中所固有的，也就是说，在维吾尔民族的文化性格中，那些荒诞、夸张、变形以及意识流，是一种自然而然的表达方式。为什么这些表达方式又与西方现代派有所不同呢？关键还在于生活态度和看世界的基本立场。麦买提明·吾守尔在他的小说中为我们展示了维吾尔民族是如何以积极、乐观和自然的姿态去看待世界的。这种看待世界的姿态也就带来了麦买提明·吾守尔不一样的艺术特色。

首先，他的小说是简洁明快的。因为我们的世界变得越来越复杂，越来越诡秘，因此现代小说的叙述也变得复杂诡秘起来。但是麦买提明·吾守尔不是这样，他以一种洞穿的眼睛去看世界，他才不想把自己的心思变得那么纠结，因此他的叙述总是简洁明快的。他所看准的事情，就非常果断地表达出来，从来不犹疑不决，模棱两可。读他的小说就有一种酣畅淋漓的感觉。第二，他的小说富有浪漫色彩。第三，他的小说充满了自由想象。

麦买提明·吾守尔是用维吾尔语写作的作家，他从 1965 年起就开始发表小说，至今已出版了七本中短篇小说集和一部长篇小说。我不懂维吾尔语，只能通过汉译本读到他的小说，感谢有不少翻译家，忠实地传达了麦买提明·吾守尔的小说风格。因此尽管我只能读到他的小说译文，但仍能感受到他的小说魅力。维吾尔语是麦买提明·吾守尔的母语，小说的魅力说到底就是语言的魅力。语言真是一个神奇的东西，因为语言，人类才成其为人类。我们怎么高估语言的力量都不为过。特别是在当今全球化的趋势下，我们更应该重视语言对人类文明发展的不可替代的作用。全球化的代名词就是趋同化，它在一点点抹平世界文化的多样性，今天的世界，不仅物种在大量地灭绝，而且更可怕的是，许多特质的文化也在消失。面对全球化的大潮，仿佛任何一种文化都难以抵挡它的同质化、格式化的企图。这个时候我就发现，也许唯有语言和文字是一道最坚强的堡垒，让多样化的文化得以保存下来。因此我对文学也有了一种庆幸感，庆幸文学的语言不是世界共通的语言，否则全世界的文学都变成了同质化的文学，世界文化的千姿百态也就消失了。麦买提明·吾守尔是用维吾尔语写小说，因此他的小说才具有鲜明的阿凡提性格。这个道理很简单，因为阿凡提说的就是维吾尔语，说着维吾尔语的阿凡提是不朽的艺术形象。

"文学湘军五少将"的硬汉精神

　　66文学湘军五少将"指的是湖南省近几年来崭露头角的五位 70 年代出生的作家，他们分别是谢宗玉、马笑泉、孙念、田耳和于怀岸。这个称号非常有气魄，让我们感到千军万马就在身后。拿破仑说，不当将军的士兵不是好士兵，但湖南的作家更加豪迈，一上来就要当将军，就自信我们就是将军的料。我以为这就是湖南人的性格。不过我对这个称号也有一些不满足，因为这个称号尽管让我们看到文学湘军的自信心，尽管证明了文学湘军的后继有人，但还不能够体现出这五位年轻作家在文学上的新质。在阅读他们的作品中，尽管感到每位作家的风格和个性有很大的区别，但仍觉得他们具有一些共同性，这些共同性从某种意义上说带有文学新质的特点，丰富了当代文学的表现力。因此他们的写作不仅仅具有湖南的地域意义，也具有当代文学的整体意义。

　　从他们的文学新质出发，我愿意将他们命名为"70 年代出生的文学硬汉"。

　　他们都出生于 70 年代，带有这个时代的鲜明印记。但是我们对 70 年代出生的作家缺乏准确的、全面的认识。曾经，70 年代出生成为文学界热烈关注的词汇，但这种热烈关注是由棉棉、卫慧以及所谓美女作家引起的。美女作家实在是太炫目了，以致遮蔽了我们的视线，因此当我们谈起 70 年代出生的作家时，就想到了美女，想到了酒吧、咖啡，想到了调情、矫情。有人就把 70 年代出生的文学写作称之为中产阶级写作，白领写作，都市化写作，等等。显然这只是 70 年代出生作家写作的一部分，现在看来，这一部分正在萎缩、衰退。但我们从湖南的五位年轻作家的写作中，丝毫看不到白领的影子，看不到中产阶级趣味，看不到都市的幻觉。他们提供了 70 年代出生作家的另一层面的内容。从一定意义上说，他们在为 70 年代出生的作家正名。

当然，70 年代出生的作家为我们塑造的文学世界是丰富多彩的，有不少风格独特的作家，远远不是美女作家、白领写作这样的词汇可以概括的，并不是只有湖南湘军的五少将提供了 70 年代生人的独特性，比如：陈家桥、李修文、刘玉栋，即使所谓美女作家，像魏微、戴来、朱文颖等都表现出自己的独特性。那么，湖南这五位 70 年代出生的作家有什么独特性呢？

硬汉性格，也许可以说就是他们写作的独特性。他们的叙述硬朗、冷峻，他们笔下的人物往往具有意志刚强的性格，外表冷酷却内心热烈，处事果敢，责任心强，既有铁面无情的一面，又有柔情似水的一面。这样一种硬汉形象让我想起了日本电影中高仓健所塑造的形象。也许由于 70 年代出生的作家成长经历的缘故，使得高仓健与他们今天在文学写作中所表现出的硬汉性格有某种关联。他们的童年和少年时期正是文革结束后一切都在拨乱反正的时期。在文革的长期政治打压下，中国的社会变得紧张禁闭，男子汉精神丧失得干干净净、彻彻底底。孩子在成长中需要从父辈那里找到楷模，特别是对于男孩子来说，他们内心的荷尔蒙种子迫切需要得到阳刚和昂场精神的浇灌，但当时普遍是一种萎靡不振、小心谨慎、提心吊胆

的父亲形象。恰好在这时候，高仓健来了，弥补了这一精神的缺失，在他
们的少年记忆里留下深刻的印象。当然，更重要的还是与他们的生活经验
有着最直接的关系。在他们的心理断乳期，正遇上拨乱反正的社会秩序大
变动时期，曾被压抑的个人主义得到无节制的释放，于是他们这一代人在
集体无意识中选择了硬汉形象作为自己的人生偶像。当我多年前第一次读
到马笑泉的小说时，就感到了作者内心的冷峻和刚强。他的小说以 70 年代
生人的成长为主要素材，塑造的人物也主要是敢于对抗社会的少年形象，
他们具有强烈的反叛、造反、抗争的行为和言论，体现出湖南人的刚烈性
格，他们的冷酷、疾恶如仇显然又与他们在成长时期缺少爱的浇灌有很大
关系，我曾以"后文革征象的冷叙述"来概括我读马笑泉小说的印象。比
如在他《愤怒青年》《打铁打铁》等小说中的少年主人公，让我们想起了塞
林格的《麦田里的守望者》中的经典的坏孩子形象。坏孩子形象往往有一
种刚强的品格，他们的坏不过是对恶浊社会的叛逆，骨子里却保留着孩子
最可贵的纯真。像马笑泉笔下的坏孩子之所以是成功的，就在于他们同样
不失"童心"，如《愤怒青年》中的楚小龙可以凶狠地杀人，却对知识和他
所崇拜的英雄怀有敬畏之心。这就给冷叙述中添加进了热血的温度，这也
恰恰是硬汉形象不可或缺的内容。沈念也是一种冷叙述，透着对硬汉精神
的追求，但他的冷叙述中有一种轻盈的东西，这与他的精神价值有关。如
《断指》中的"我"将自己的手指与剽让的手指绑在一起，一刀砍了下去，
一个硬汉形象就站立起来了，重要的是在这个细节中不仅体现出好汉做事
好汉当的气魄，而且捍卫着精神价值的尊严。

荒诞感是这几位 70 年代出生作家的另一明显特征。荒诞感可以说是时
代留给 70 年代出生作家的印记。"80 后"是没有荒诞感的，他们更多的是
一种游戏精神，一种不屑的态度。荒诞是现代主义最重要的审美特征，为
什么会在 70 年代人身上表现突出呢？因为荒诞感来自人的荒诞意识，荒诞
意识表达的是人类生存终极目的的困惑。人类一直是很自信的生物，自古

希腊以来，开始了对万事万物的终极追问，对一切作出了明确的解释，并由此建立起理性的体系。但自二十世纪现代主义兴起以来，以尼采宣布"上帝死了"为标志，过去建立起来的理性体系——遭到怀疑，但现代主义并没有放弃终极追问，只不过终极追问悬置在那里，没有结果，于是就产生了荒诞意识。所以有的学者认为，荒诞意识的诞生有两个前提：一是对生存的终极目的的终极追问，二是人对自己的终极追问既不能给出肯定的回答，也不能做出否定性的结论，而只能采取暧昧的悬搁态度。为什么说"80后"缺乏荒诞感，因为他们是在弥漫着后现代的文化环境中长大的，后现代培育了他们对一切都不屑一顾的习惯，他们已经对终极追问不感兴趣了。而对于湖南的这五位70年代出生的作家来说，他们不满足于对形而下的书写，不满足于对生活的直接呈现，他们都有一种终极追问的倾向，他们要问：生存的目的是什么，生命的意义是什么。但他们没有现成的答案，因为他们并不认同过去的价值判断，于是他们内心就有一种困惑，一种暧昧的悬搁态度，这就带来了他们写作中的荒诞感。所以他们也很容易地与卡夫卡等现代作家产生共鸣。像于怀岸的《你认识小麻子吗》，就有明显的卡夫卡味道。于怀岸的小说多写现实底层的生活，但在非常质朴的、写实性的叙述中透出一丝荒诞感。而这种荒诞感源于他面对底层社会种种反常现象的疑惑，对生活中价值失范的疑惑。他们不是彻底的荒诞派，荒诞感就像淡淡的乡愁一样从他们日常生活的叙述中流露出来。但正是这种类似于淡淡乡愁的东西，最贴切地传达出他们的精神追求和精神境界。比如田耳的《衣钵》写一个大学生回到家乡跟着父亲学做道士，以此作为自己的实习，并决定毕业后就回来做一个乡村道士，这本身就是一件看似很荒诞的事情，作者却写得很正常，很平静。小说弥散着的是典型的乡愁，但乡愁中又包含着作者对传统精神边缘化的无奈。

我们在谈论这几位作家的荒诞感时，决不要忽略了他们的荒诞感的思想动力来自他们内心的终极追问。他们在寻找着当今世界的精神价值，所以他们的写作中包含着一种宏大叙事的企图。毫无疑问，过去的宏大叙事他们是不认同的，他们和这个时代的大多数作家一样消解了旧的宏大叙事，但他们并没有沿着后现代的思路走下去，以彻底的消解和颠覆来构建自己的文学叙述。所以他们有一种建设新的宏大叙事的企图。无论是在他们挚爱的硬汉形象的精神内涵中，还是在他们荒诞感背后的终极追问，我们都能感觉到他们对意义的重视，但意义在他们的思考中是不确定的。不确定既带来他们的惶惑，也促使他们继续寻找下去。谢宗玉的散文集《遍地药香》可以说是代表了他们在精神价值上的追求。《遍地药香》以田头山野可以入药的植物为题，书写乡村记忆和情感。叶梦说这是"与世隔绝的乌托邦"，所谓乌托邦，其实就是作者为自己建造的一座精神价值的大厦，这不就是一种宏大叙事吗？湖南的这几位年轻作家都来自乡村，乡村精神，包括民间的道德精神，农业文化传统，是他们重要的精神资源。他们把乡村精神带入到 70 年代出生作家的写作之中，区别于那些目光仅仅关注城市的所谓小资写作、白领写作或美女写作。他们同样面对城市，但他们不是站在乡村文明与城市文明截然对立的立场上面对城市，不是以一种仇恨、对抗城市文明的姿态出现，他们有一种自信心，自信能够在城市文明中获得发展。这应该是他们建立自己的新的宏大叙事的基础。

我们现在热衷于以年代为作家命名，继"60 年代"之后，我们相继遭遇了"70 年代"、"80 后"，如今"90 后"这个新词又浮出了水面。以年代命名的举动可以看作是文学批评面对复杂的文学局面缺乏思想和智慧的表现，但另一方面，也说明了在这个信息爆炸的时代，代际更迭的频率越来越快，不到十年的功夫，社会的文化时尚、审美倾向乃至人生价值取向就发生了剧烈的变化，这种变化通过一代又一代的新人带到了当代文学的进程之中。以年代为作家命名其实也包含着对新的审美特征的关注。70 年代出生的作家已经处在"知天命"的黄金阶段，他们正在挑起当代文学的大梁。所以对 70 年代出生的作家多作一些客观公正的分析，是很有必要的。

虽然过去我们对 70 年代的讨论也不少，但不说含有一些偏见的话，至少也主要是看到 70 年代出生作家的"轻"的一面，比如说在都市文学中的小资情调。事实上，70 年代出生的作家还有"重"的一面，湖南的文学五少将所表现出的硬汉精神就是突出的证明。

隐喻的私生女

艾伟的小说《风和日丽》是以一个私生女作为主角的，这本身就很耐人寻味，私生女并不是一个给人带来愉悦的词，杨小翼第一次知道自己是一个私生女时，她那单纯高傲的心无疑受到了极大的打击："这是个难听的词，这个词就像随意掷在街头的垃圾。有一种肮脏的气味。"但这种"肮脏的气味"可能就会引起人们对小说的极大兴趣。无论是私生女还是私生子，这样一种特别的身份似乎必然包藏着很多的故事，他们会勾起人们的窥视欲望，作家们也愿意去挖掘他们的隐秘信息，故而小说中经常会出现私生子或私生女的形象。比如艾伟小说中所提到的《牛虻》，主人公亚瑟就是一个私生子。但艾伟决定以私生女作为小说的主人公，并不是看重私生女背后的隐秘故事和她对于读者的诱惑。他说："我觉得私生女这个角度虽然很小，但却像一把匕首，可以刺破被革命修辞术叙述出来的华美的历史图景。"从艾伟的话中，我觉察到，他所写的这个私生女具有一种隐喻的功能。这是一个隐喻的私生女。

杨小翼是一个将军的私生女。她的出场就意味着她的父母经历过一段浪漫的情事。这段浪漫的情事发生在革命战争的年代。年轻的军人尹泽桂在战斗中负伤，被悄悄地送到上海一所同情共产党的教会医院里治疗，在这里他遇见了年轻美丽的小护士杨泸，他们相爱了。但军人尹泽桂必须返回战场，他到了延安后，与组织安排的对象结了婚。杨泸怀上了将军的孩子却只能作为私生女抚养大。最重要的是，这个革命加浪漫的故事不是一个轻率的、欲望化的故事，这是两个年轻人的真诚的相爱。这恰是艾伟要追问的症结所在。也就是说，艾伟讲述的这个故事与我们听得比较多的同类型故事有了一个根本的不同，常常有作家讲述革命者的风流故事，但这种风流故事多半只是革命者在伟大革命行动中的一个插曲而已，留下的也多半是一个轻率的革命者和一个悲剧性的痴情女。艾伟很不理解，为什么这么真诚的爱情却会戛然断裂，为什么当革命胜利了，一切障碍清除了之后，这段革命加浪漫的情事仍然讳莫如深。于是他与私生女杨小翼一起走上了寻父和审父的道路。

杨小翼寻找父亲的过程虽然非常艰难，但更艰难的却是得到父亲的承认。所以当杨小翼看到父亲却又被迫离开北京后，她就开始了一个审父的过程。直到她成为了革命历史研究所的研究人员，她最感兴趣的研究题目就是研究革命者的遗孤及其私生子问题。她在接触了成百上千个革命者的遗孤及私生子后发现，私生子的处境要比遗孤艰难得多，这些私生子是"因为伦理的原因和某种革命意识形态的纯洁性要求，而被抛弃在外，流落民间，其血统成为一个问题"。血统，是艾伟用私生女这把匕首刺破革命历史图景后的所得到的真相。血统不仅是生理意义上的，而且更是文化意义上的，当我们从文化意义上进入到血统这个词时，我们就发现了私生女的隐喻义。

将军显然是革命文化的象征，革命对于小资产阶级情调采取了决断的姿态，但小资产阶级的魅力依然存在，在小说中将军与杨泸的恋爱虽然着墨不多，但我们能够感觉到这是一对心心相印的恋人，这是一个纯洁高尚的爱情。艾伟在这里暗示我们，革命与小资产阶级情调结合将是一件非常美妙的事情。然而这样一件美妙的事情却只能埋藏在革命的隐蔽处，不能赋予其合法的位置。而以后的一系列悲剧都与它的不合法有关。如果我们继续追溯杨泸的文化血统，她的身上深深留下了贵族文化精神的印记。反思中国革命进程，正是对贵族文化精神暧昧态度，给新社会的文化精神建设埋下了祸种。贵族阶级作为革命的对象无疑是要被打倒的，但贵族精神积淀了人类文明的精华，却应该传承下来。事实上，当革命成功之后，必然要通过吸收贵族精神中的精英文化来建立新的秩序的。但是，革命始终不愿给精英文化一个合法的身份。就像将军那样，即使他非常喜爱他的女儿杨小翼，但一旦杨小翼公开自己的身份，要认他做父亲时，他就毫不留情地将杨小翼赶出了家门。杨小翼的隐喻义就在于，革命需要与精英文化的结合，这样才能建立起新的文化秩序，让革命的蓝图落到实处。但是，在革命成功后，精英文化却始终戴着不合法的枷锁，像一个私生女一样小心翼翼地生活着。艾伟以一种非常冷静客观的叙述，再现了精英文化被视为私生女的历史事实。

否定精英文化是以革命的名义进行的，它是那么的理直气壮。夏津博作为杨小翼的同龄人，也在进行着审父。但因为夏津博的文化身份不同，他的视角也不一样。他的父母都是参加革命的知识分子，他们身上保留着坚实的精英文化。因此夏津博说"不要看我父母有点儿小资产阶级情调，他们挺会生活的，会苦中作乐"。但这些只能说是他父母的精英文化的不自觉的流露，在思想上他们是非常自觉地摒弃精英文化意识的。夏津博发现了他的父母的革命意志坚如磐石，为此他都感到害羞。精英文化就这样变成了一个没有合法身份的、却又不得不在新的文化秩序里担当起自己的一份职责的东西。它的历史结果便是建立起来的新的文化秩序变得非常脆弱，缺乏有效的保护。于是那些暴力文化、粗鄙文化、造反文化就可以尽情的生长。吕维宁这个出身贫苦农民家庭的大学生就是一个有力的反证。他的堕落并不在于他身上的荷尔蒙太旺盛，而在于他接受了精英文化的教育，却从来没有以敬仰之心去理会精英文化的实质，而是将亵渎精英文化当成正道。他轻蔑地说班上同学"这帮少爷，懂什么，满身都是资产阶级幼稚病。"他就这样纵容着自己身上的文化恶习，直到彻底堕落。伍思岷是一个根正苗红的革命后代，他的悲剧就在于，他清楚地看到了新文化秩序中的精英文化不过是没有合法身份的"私生女"，他挑战新的文化秩序就变得名正言顺。更重要的是，当精英文化只能以一种"私生女"的身份进入到新的文化秩序中时，这种新的文化秩序的成长就难以在阳光下得到健康的发育。杨小翼在干部子弟学校上学时，因为穿了一双皮鞋，会在课堂上被刘世晨悄悄脱下，并被训斥为资产阶级小姐。这个细节具有极丰富的象征意味。

经历了巨大的历史磨难，将军也在反省，也在调整自己的思路。将军后来对杨小翼的儿子宠爱有加，又是一个重要的暗示。它暗示着革命开始从绝对的二元对立思维中走出，能够正视精英文化的建设性，将军在天安的墓前刻下自己当年在巴黎写的诗句，就明显有这层含义。但尽管如此，将军仍然不愿公开认杨小翼为自己的女儿。我们与其将这看成是历史的悲剧，不如看成是历史与革命交汇时的瓶颈。而这一点，只有始终在寻父和审父途中的杨小翼理解到了，因此，当将军的儿子尹南方对杨小翼说将军对不起她和她的母亲时，她告诉尹南方，事情比你想的要复杂得多。艾伟让我敬佩之处就在于，他不仅洞穿历史之核心，而且有一种历史的勇气，他要把这复杂得多的事情告诉人们，在这样一个历史与革命交汇的瓶颈处，他要为革命的"私生女"争取到合法的身份。

这棵巍峨的大树依然郁郁葱葱

怀着一种肃穆的感情读完了《思念依然无尽：回忆父亲胡耀邦》，这是胡耀邦的女儿满妹眼中的父亲形象，北京出版社为纪念胡耀邦诞生 90 周年而出版了这本书，从情理上说，从人民的意愿上说，也许这本书早就应该出版，但即使延至今天才出版，我以为仍不为迟，今天，建设政治民主和政治文明显得越来越迫切，在这样的背景下，这本书会给我们很多有益的启示。

中国改革开放的历史少不了胡耀邦的身影，包括中国当代文学。那是二十世纪八十年代初期，粉碎"四人帮"后迎来了一个"文艺的春天"，当年我刚刚大学毕业分配到文艺报社工作，就我的感受而言，在这个"文艺的春天"里仍然充满了料峭的寒意。为驱赶这料峭的寒意，胡耀邦同志做了大量的工作。因在文艺报社的缘故，我能直接得到这方面的讯息，常常为胡耀邦同志的一个决定一次讲话而欣喜，也由衷佩服他的政治智慧和勇气。这部回忆录让我对胡耀邦有了更深一层的了解。当然，最重要的是，我们通过这部回忆录决不仅仅是了解一个人，因为这个人的生命已经不完全属于他自己，他因其自己特殊的身份将个人的生命与国计民生结合在一起，与民族命运结合在一起，与人民疾苦结合在一起。

按照一般流行的分类方式，这部回忆录应该归入到"传记文学"一类中去。当我准备为这部作品写一篇评论文章时，首先对自己的身份定位表示了质疑。我是写文学评论的，既然这是一部传记文学作品，那么我为其写一篇评论似乎合情合理。但我感到，面对这么一部关涉到当代中国政治命运发展的著作，让一个文学评论家来发言非常不合适。这时候，我们需要让思想家来发言，特别是要让有着社会良心的公共知识分子来发言。在我们的文学观中，总爱把文学的疆土无限地扩大，这其实不是看重文学，而是降低了文学的尊严。反过来说，一定要以文学的标准去要求《思念依然无尽：回忆父亲胡耀邦》这部纪实性作品，就会因文学而遮蔽了思想的光芒。西方从来不把传记作品与文学作品混淆在一起，传记就是传记——biography，文学就是文学——literature，biography 决不需要附上 literature 作后缀才会变得高贵起来。我这样说的意思是想强调，《思念依然无尽：回忆父亲胡耀邦》这部传记作品之所以感动着我们，吸引着我们，让我们思考许多问题，让我们感到沉重，也让我们得到启迪，这些都不是文学带给我们的，而是传主的思想和人格力量，以及作者浸透在文字中的深沉情感带给我们的。

这部传记从胡耀邦的沉默写起。胡耀邦 1987 年辞去总书记之后就一直保持沉默，满妹写道，父亲沉默了两年，直到他与世长辞。读到这里，我们这些活着的人真应该反躬自问。我们面对沉默的胡耀邦是否也在保持着沉默，而且我们一下就沉默了十七八年。读到这本书时，如果我们还在沉默的话，真应该深感惭愧。这也是我为什么觉得应该像一位思想家来发言的理由。胡耀邦当年从中央最高领导岗位上退下来，并不是他没有能力担当这一重要职务，那些年他做了大量工作，人民有目共睹，但他不得不辞职，这反映了当时的政治斗争的复杂性和尖锐性。显然，他的一些做法一些观点在党的领导层内是与另外一些人相佐的。我指出这一现象，并不是要对当时的斗争做一个是非判断。是非判断不过是历史老人的职责范围。我想到的是另一个问题。胡耀邦的经历和政治沉浮说明了我们党在探索中国特色社会主义道路的过程中是存在着分歧的，是有不同意见的。但我们一贯强调思想统一，仿佛我们的政治始终都是统一思想统一步调的，仿佛有了不同意见就会影响我们前进的步伐。恰恰相反，因为长期固守于统一思想的观念，才使得我们的政治缺乏活力，才阻碍了我们政治改革的步伐。毛主席曾经说过，党外有党，党内有派，一万年如此。毛主席的话启示我们应该如何正确对待党内的不同声音。如果我们能够建立起一个保护不同声音的政治机制，允许不同思想观点的存在，让不同的思想观点在一个正常的渠道内展开讨论，我们的政治决策将更加科学民主。这也许是我们建设社会主义政治民主的一条切实可行的途径。胡耀邦是政治民主的先行者，先行者往往是为未来作铺垫的，他为此作出了很大的牺牲。

从这部书中我才知道，曾经非常流行的一首歌《好大一棵树》，是词作者在听到胡耀邦逝世的消息后感慨万端而写的。这首歌献给胡耀邦总书记恰如其分。他虽然没有高大的身躯，但他的精神和人格就是一棵巍峨的大树。胡耀邦逝世已有近十八年，十八年后的今天，我们读到《思念依然无尽：回忆父亲胡耀邦》这本书时，就会发现原来这棵巍峨的大树依然郁郁葱葱。

中国古代战争的《史记》

中国是一个热爱历史的国度，历史也成为文学经久不衰的写作资源。中国自古以来就说文史不分家，历史往往就藏在文学之中，历史也借助文学传承下去。最典型的例子莫过于《三国演义》，人们宁愿相信《三国演义》中的"桃园三结义"就是历史事实，也不去追究真正的历史典籍《三国志》是怎么记载的了。古人还说过盛世修史。现在似乎又到了应该修史的大好时机。这大概就是近些年来历史题材写作热度不减的缘故吧。文学家对历史的兴趣似乎都超过了史学家，无论是非虚构的散文，还是虚构的小说，作家们都摆开了阵势为我们讲述往昔的峥嵘。通过文学去学习历史，这种方式很好。最近连续读到两部写历史上的战争的作品，就大有收益。一部是杨志军的《西藏的战争》（人民文学出版社 2012年出版），这是一部小说。作者描写的是一百多年前英国殖民者发起的侵藏战争，战争的结局可想而知，英国殖民者凭借着洋枪洋炮，终于一直打进了拉萨，逼着当时的噶厦政府签订不公平的"拉萨条约"。但作者杨志军要告诉我们的是，藏族人民是如何以他们顽强的意志对抗洋枪洋炮的，他们虽然失败了，但他们在侵略者面前始终高昂着头，让趾高气扬的胜利者却在拉萨寸步难行。还有一部就是朱增泉的《战争史笔记》（人民文学出版社 2011 年 10 月出版），这可是煌煌五大卷，它以王朝更迭为脉络，五卷分别为《上古－秦汉》、《三国－隋唐》、《五代－宋辽金夏》、《元－明》、《清》，上溯上古时代的炎黄之战，下至八国联军侵华战争。作者以生动的散文叙述，将五千年的战争风云尽展读者眼前。我愿意将其称为中国古代战争的《史记》。

韩愈评价《史记》的风格是"雄深雅健"，这四个字用到朱增泉的《战争史笔记》上也非常贴切。"雄"，是指《战争史笔记》在结构上的气势恢宏，在思路上的视野开阔。作者放眼望去，五千年战争风云尽览胸中，他在作品中就涉及到中国历史上大大小小的一千余场战争，通过这些战争串连起中国文明发展的大历史，宛如一支由金戈铁马谱写的雄浑交响曲。"深"，是指《战争史笔记》并不单纯记述战争史，而是以史带论，表现出作者深邃的历史见解和战争谋略。中华民族追求统一，而中华民族的统一又是在"分久必合，合久必分"的循环往复中完成的，在这个过程中战争的功能便凸显了出来。朱增泉将中国历史上的战争分为几种不同类型，不同类型的战争在历史发展中的作用不尽相同。其中有一类是"为统一中国固有疆域的战争"，他对这类战争作了重点叙述，并对"中国历史上每一位开创大一统局面的历史英雄"表达了崇敬之情，在作者的叙述中，可以看到：统一始终是中国历史上主导性的大趋势。"雅"，是指《战争史笔记》的优雅文字和文学情怀。朱增泉以散文写作著称，他的这部《战争史笔记》同样采用的散文笔法，以生动流畅的叙述把本来枯燥的战事变得更加具有可感性；把本来充满专业性的战略战役变得通俗易懂。"健"，是指《战争史笔记》站在时代高度所表达的思想主题和所秉持的和平立场。为什么要写一部战争史，朱增泉的目的很明确："是为中国的长治久安、进步发展、人民福祉祷告和平，而不是鼓吹战争。"朱增泉并不是一般性地站在和平立场上谴责战争，他强调他所持有的和平立场是身处盛世的和平立场。身处盛世的人讴歌和平很容易，但朱增泉说："怕就怕，在这样的时代背景下，年轻人再没有人关注战争，再没有人钻研军事。"所以他要写一部中国的战争史，用以告诫人们："世界并不太平，千万不要忘记战争。忘战必危，千古真理。"因此这是一本让人们的精神更加康健的书。

　　说到底，《战争史笔记》是一位文学家的历史叙事。文学家的情怀和文学家的文采，使得沉睡在史籍中的历史重新焕发出青春。岁月使历史变得越来越晦涩，文学却给历史换上一副亲近可感的表情。如果说，盛世修史，如今是大好时机的话，那么我倒希望有更多的作家以文学的方式来修史。

向生命伦理中的善良和美好致意

年代被历史叙述赋予了意义，比如建立新中国于一九四九年，反右派于一九五七年，大跃进于一九五八年，文化大革命于一九六六年，粉碎四人帮于一九七六年……于是历史就由一系列意义化的年代串连起来，当我们回顾历史时，意义化的年代成为醒目的坐标，让我们不致于偏离历史的轨迹。那些胸怀史诗意识的作家很自然地就会抓住意义化的年代不放，抓住了意义化的年代就仿佛站在了历史的制高点上，可以俯瞰历史。我记得尤凤伟就写过一部《中国一九五七》，毫无疑问，这样的视角，这样的坐标点，就具有一种宏大的气魄，我们还没有读作品，就会被这个标题的气魄所慑服。林白的记忆穿越了文化大革命这一段历史，可是她却是在向一九七五年致意。赶紧翻检历史叙述的词典，根本找不着有关"一九七五年"的词条。显然林白当她举手向历史致意时，就注定了要偏离我们已熟知的历史轨迹。因此，林白致一九七五年实在是一个挑战现成历史的大胆举动。于是林白就在历史空白处开始了她的自由翱翔。而且随着林白的自由翱翔，我们一路就发现，这个未曾被赋予历史意义的一九七五年竟是这样的色彩炫丽、血肉丰满。

当然也不能说一九七五年没有意义，但这个意义首先来自林白个人。一九七五年，林白——即小说中的"我"李飘扬，下乡当了一名知识青年。因此，一九七五年在林白的笔下是一个充满个人化的年代。这本来就是林白的写作特点。林白的写作带有很强的自传性，但她过去更多是把写作当成是一种精神自恋的方式，以此来捍卫女性世界的纯洁性。所以过去她的叙述多半是自语式的。现在她写《致一九七五》仍然带有明显的自传性，但她的叙述却不再是自语式的了，而有了些对话的倾向，又不完全是对话，有点像"晒客"，愿意把自己的记忆放在阳光下晾晒，这跟过去的自恋式叙述大不一样了，自恋式叙述是把自己封闭在自己的房间里，现在是打开了房门，把东西搬了出来，她绕有兴味地看着别人怎么欣赏。这个变化对于林白来说很重要。它表明林白在世界观上变得更有自信心。过去她是以封闭的方式来护卫自我的心灵，如今她敞开心灵，自信不会被现实世界所污染。于是非常个人化的一九七五就向着那些意义化的年代渗透、蔓延。因此，说到底，《致一九七五》是林白以自己的世界观去回望历史。但是，我们通过林白非常个人化的一九七五年，看到了在平时的历史版图未曾看到过的历史。

我们以往的历史叙述采取的是一种大历史的世界观。这种大历史的世界观是与那个政治时代相吻合的，我们对历史的阐释也主要立足于政治的层面。经历过那个政治时代的人都清楚，我们身边的一切仿佛都要在政治的池子里浸泡过之后才有了社会意义，但在政治的过度阐释下，很多事物很多人也就变得面目全非。当我们从政治的过度阐释中走出来，进入到一个后政治的时代，为什么就不能换一种回望历史的方式呢？我们从林白的《致一九七五》中得到了一个肯定的答复。她以自己的世界观回望历史，她的世界观也许只能说是小历史的世界观，但小历史不见得就比大历史弱小。林白在《致一九七五》里回忆的是她在南流小镇里普通的日常生活和少男少女们日常的喜怒哀乐。但这种日常性就像是川流不息的水，看似柔弱，其实最强大。这个观点是伟大的老子提出来的，他说："天下莫柔弱于水，而攻坚强者莫之能胜"。其实，林白的世界观里就包含着这一层意思。因此林白的《致一九七五》并非以小历史否定大历史，并非以日常性否定政治性。相反，我们从林白的叙述里可以发现在那个政治时代，政治是如何强悍地侵入到人们的日常生活之中。但是我们也发现，日常生活又是如何以一种以柔克刚的方式消化了、兼容了政治的。日常生活就是作品中的那座粪屋。在李飘扬下乡的生产队有一座粪屋，它一会儿成为政治夜校，一会儿成为幼儿班，一会儿成为养鸡场，林白将它命名为"政治粪屋"，但不管它变成什么，都是人们狂欢的地方。这就是日常生活消化政治的方式："革命时代的政治夜校是这样的，不管是粪屋还是春房，只要贴上了毛主席像和对联，就成了政治夜校。"

如果说大历史遵循的是政治法则的话，林白的小历史遵循的就是生命伦理的法则。政治法则虽然可以逞一时之威，但生命伦理的法则有一种永恒的力量，像水一样，以柔弱之躯"攻坚强者莫之能胜"。作品一开始写孙向明就很精彩，孙向明给女生们带来了一道亮光。这道亮光来自人对爱的追求的永恒天性。每一个时代的少女都有性爱的觉醒阶段，这对人来说是一个普遍性的心理问题和生理问题，但在文革时期的表现是怎样的呢，是与梅花党联在一起的，是与下放的大学生联在一起的。在这里，小历史的生命伦理法则是多么惬意地消化了大历史的政治。这样的叙述在作品中比比皆是。比如我很喜欢读林白对笑的描写。中学的女生是最爱笑的，过去是这样，现在和将来，也都会是这样。豆蔻年华，忍不住就要笑的，没有可笑的事也要笑上半天呢。在那个荒诞的、秩序混乱的年代里，孩子们的笑，就是生命能量的释放。

从生命伦理法则出发，记忆中的时光就不断闪烁出光芒。这就决定了林白的叙述是跳跃性的，是一个细节接着一个细节浮出水面。每个细节都带着那个时代肌肤的质感。比如她写茶麸，茶麸对于今天的年轻人来说就像是出土的文物一样陌生而又遥远，但在林白的笔下它变得那么的亲切："它渐行渐远，它的身影又圆又黑，它的片状弯而长，带着菜刀、烟和茶油的气味，亲切、遥远，令人难以置信。在上个世纪七十年代我们抛弃了它，直到本世纪，三十年过去，我们意识到，茶麸这种东西，正是纯天然的洗发水，与我们的头皮、头发、毛孔，我们的嗅觉皮肤最亲和。但它已经没有了。"这里其实就定下了小说的基调，对逝去岁月中最日常化的情感和细节的怀念。这仍然涉及到大历史和小历史。大历史注重社会利益，而小历史关乎一个生命的完成，小历史中的每一个细节都是生命过程中的一个音符。生命从本质上说不是政治的，而应该是自然的，是生是死，是开花结果，是繁衍后代。一个人的生命与一棵树、一株草没有两样。从生命伦理法则出发，林白就能把张二梅带着几个小妹妹过家家的事情写得有声有色，她然后断言："雄才大略的人就是张二梅"。说得多好。我们判断雄才大略的标准从来都是政治，但跳出政治，才发现生命中的雄才大略是多么的丰富。

　　林白的回忆尽管一再地用生活的真实性做铺垫，但主观性才是这部作品最大的特点。或许我可以将这样的叙述称之为主观的现实主义。事实上，林白写这部作品是在完成她"隐秘的梦想"。她和安凤美分别骑着一匹红马和一匹白马去杀富济贫，"如果我们知道张志新就好了，或者知道林昭，我们一定会赶去救她们，在夜晚，一红一白两匹马，一白一红两个人，从六感的机耕路上腾空而起"。于是我们就发现，生命伦理法则才是最有力量的政治，林白的向一九七五致意其实是在向充溢着自然和社会间的所有生命致意，向生命伦理中的善良和美好致意。

盲人形象的正常性及其意义

每一部小说其实都是作家在表达自己对世界的体验，如果承认这一点的话，那么从体验世界的方式来说，大概可以把作家分为两种类型，一种是向外辐射式的作家，一种是向内收敛式的作家。所谓向外辐射式，是指作家将自己的感知向外辐射，力图进入到所感知对象的内部，毫不走样地传达出感知对象的信息。所谓向内收敛式，是指作家将自己的感知收敛到内心。向内收敛式的作家多半都是自我为主体的叙述，即使是非常客观写实的作品，我们总能从貌似客观的叙述后面感觉到一个强大的作者自我的影子，作家不过是把个人的经验以各种艺术的方式投射到叙述对象身上。像十多年前兴起的充满自恋情结的个人化写作就是最为典型的向内收敛式的叙述。当然，向外辐射式也好，向内收敛式也好，只是作家不同的表达的方式，因为不同的表达方式，也就构成了不同的小说风格。于是，我们可以与两种不同类型的作家相对应，将小说风格也分为两大类型，借用美学大师王国维的观点，这两大类型可以称之为"有我之境"和"无我之境"。这两种风格按说应该没有高下之分，但如果我们强调小说艺术是一门虚构的艺术，强调小说的伟大之处就在于想象一个来自生活却又高于生活的艺术世界，那么我们就有理由更看重向外辐射式的小说叙述，因为向外辐射式的小说叙述是一种"无我"的艺术境界，作家必须摆脱个人经验的约束，完全以"他者"的感知方式来构建世界。

　　绕这么远来讨论毕飞宇的新作《推拿》，是想强调毕飞宇在叙述上的独特性，《推拿》则把这种独特性推向了极致。毕飞宇是一位很讲究叙述的作家，其实在我看来，讲究的背后仍然是一个体验世界的方式问题，毕飞宇始终是以向外辐射的方式去表达自己对世界的认知的。毕飞宇的向外辐射式体验还有一个非常重要的特点，这就是他力图处在一种"无我"的思想状态中去体贴入微地揣摸叙述对象的精神和心理。既然要彻底避免"我"的干扰，无疑毕飞宇去写与自我相去越远的对象越能达到他所要追求的艺术目的。比方说，他写异性就获得了巨大的成功，他因此还被赞誉为"写女性心理最好的男作家"，其实这样的赞语还不足以显示他写女性的成功，更让我们体会到这一点的应该是女性对他的评价。我曾读到一位女性读者是这样来评价毕飞宇的："他对异性的揣度和想象让生为女人的我为之汗颜"。毕飞宇所塑造的女性形象能得到女性读者如此高的认同，足以证明他的体贴"他（她）者"的超凡能力。《推拿》则是毕飞宇为我们讲述盲人的故事，盲人这一形象对于毕飞宇来说也许比女性具有更大的差异性，因此盲人这一形象注定了应该由毕飞宇来写，在这部小说里，毕飞宇充分发挥了他的向外辐射的"体贴"，为我们真正打开了盲人的精神世界。

　　盲人在人们的心目中显然属于一个特殊的群体，因为他们与健全人相比缺少了一项最重要的功能——视觉的功能。我们在感知的基础上建构起一个客观世界，而支撑这个客观世界的主要元素就是视觉。盲人心目中的客观世界显然缺乏了视觉的元素，我们因此很难想象盲人是怎么建构这个客观世界的。但是，我们若想打开盲人的精神世界，首先就必须了解他们所建构的客观世界是怎么样的状况。我想，这大概就是毕飞宇为什么选择了一个盲人推拿中心作为小说的基本场景的原因吧。《推拿》的故事多半就发生在"沙宗琪推拿中心"这狭小的空间里，而这个空间完全是盲人们的天下。毕飞宇带着我们走进这个盲人的天下，并认识了一群盲人。他们虽然眼睛看不见，可是这似乎并不妨碍他们感受世界的细微变化。他们其实时刻都在"看"身边的人和事物，甚至他们比我们这些有眼睛的人"看"得更加透彻。他们是用心，用敏感的听觉、触觉，乃至用他们的第六感觉来"看"世界的。毕飞宇写出了盲人们感知世界的特殊性。对于这种特殊性有时候我们这些明眼人可能会觉得很好笑，比方徐泰来"看"到金嫣的美貌是怎样的印象呢，他告诉金嫣，你比红烧肉还要好看。也许我们能够用通感的审美特性来解答红烧肉与美貌之间的关系，但对于有着正常视力的人来说，失去了颜色、线条、明暗等要素就基本失去了判断美的依据，是很难在红烧肉与美貌之间找到一条相通的情感线的。虽然我不敢保证毕飞宇一定能够体会到红烧肉的美貌是多么的美貌，但勿庸置疑的是，他对盲人的体验充满了理解，当他这么去理解盲人时，实际上是在尽量摒除自我的干扰，达到一种"无我"的境界，也就是王国维所说的"无我之境"。因此我们读《推拿》，首先感觉的是一种新鲜，因为盲人的世界我们并不了解，我们平时只是用明眼人的思维去揣度身边的盲人，想象着他们的内心是一片黑暗。然而毕飞宇告诉我们，盲人的内心同样丰富多彩。我们读着读着，甚至忘记了在眼前活跃着的人物一个个都是盲人。比方说，平时沉稳老实的王大夫，在面对几个前来逼赌债的流氓时，竟会做出用刀砍自己胸部的激烈之举；又比方说，沙复明与张宗琪这两位合作者的关系因为人员去留背后的利益纠葛而产生的微妙的变化；又比方说，金嫣在听到一个痴情的故事后便爱上故事的主人公，毅然离家去寻找心中的恋人，他们的喜怒哀乐，他们的处事方式，他们演绎出来的轰轰烈烈或平平淡淡的故事，与我们平常在其他小说中所读到的没有什么两样。但通过很多很多的细节，毕飞宇又在不断地提醒我们，他们是一群与健全人有差异的盲人，他们需要手牵着手走回自己的宿舍，他们需要凭听觉去感知对方的表情。正是因为没有看似很平常的"一瞥"，都红扶在门框上的手指被关闭的门压断，一个缺少眼睛关照的细末之处马上就改变了心气高傲的都红的生活轨迹。读到这些细节时，我就有一种强烈的真实感，相信小说提供的这一切都是最真实的。

实际上，小说中的"沙宗琪推拿中心"比我们在生活中看到的任何一个盲人推拿中心都要真实，因为在生活中看到的推拿中心是我们带着自己的眼睛去"看"的，我们将色彩、明暗涂抹在我们所看到的盲人身上，然而盲人的世界并没有色彩和明暗，因此，这种"看"是看不到盲人的真实心境的。这也就是我所强调的"无我之境"要比"有我之境"更有难度的原因。有学者分析了王国维这两种艺术境界是来自中国古代哲学思想中的体物观，有我之境是"以我观物"，而无我之境是"以物观物"。北宋思想家邵雍认为观物有以目观、以心观、以理观三个层次，但以心观和以理观才算得上真正的观物，然而他又认为这两种观物方法也有深浅之别，观之以心，不免失之于"有我"，即局限于一己之见；观之以理，即以天下普遍之理体验万物，便能跳出"有我"（一己）之局限而获"天下之真知"。这种所谓"观之以理"的观物方法，他称为"以物观物"。"以物观物"达到了一种"无我"的至高境界："我亦人也，人亦我也，我与人皆物也。此所以能用天下之目为己之目，其目无所不观矣；用天下之耳为己之耳，其耳无所不听矣；用天下之口为己之口，其口无所不言矣；用天下之心为己之心，其心无所不谋矣。"也就是说，有我之境所表现的内容只是以一己之见观物、以凡人之心观物而获得的体验，这是一种有限之观物的体验。而无我之境所表现的内容是以万物之理观物、以道心观物所获得的体验，这种体验是无限之观物的体验。两种观物方法的主体都是人，都可以说是"我"，但前者一己之我没有彻底超越，是为"有我"，后者一己之我彻底超越而与物合一，"自我"消失，是为"无我"。在《推拿》中，毕飞宇已经消失，或者说他也转化为一位盲人，他以盲人之"道"去观察世界，因而获取了盲人才能感受到的体验。毕飞宇说他写不出来的时候就闭上眼睛，我相信即使闭上眼睛也进入不了盲人的思维路径，因为闭上眼睛虽然与盲人的状态相似，但我们闭上眼睛后仍然有着一个睁开眼又能看见光明的期待，而盲人是没有对于光明的期待的，他们没有了这种期待，也就会使自己的思维更加纯粹地朝着一个方向奔去。毕飞宇却能够触及到盲人之道，这功力是他睁开眼睛的时候练就的。毕飞宇曾在特殊教育学校当教师，那时候就接触过不少盲人学生，也许那时候他就开始修练这种功力了，后来他又结识了许多盲人朋友，盲人推拿中心是他经常光顾的处所。这似乎是在为深入生活的理论提供又一条证据，但我以为，《推拿》的成功不是简单地用深入生活的道理可以解释清楚的。事实上，不少作家也有关于与盲人交往的生活经验，作家在小说中也写过不少盲人形象，但那些盲人形象多半都是以健全人的视角获取的形象，健全人首先看到的是盲人的不健全，在健全人看来，不健全的人就是不正常的人。

《推拿》最伟大之处就在于，作者毕飞宇将盲人作为正常人来写。他改变了千年来几乎固定不变的成见。这个成见就是认为盲人是非正常人。这个成见也基本上左右着文学中的盲人形象的塑造，盲人形象往往成为一个符号或象征，盲人作为正常人的资格长期被剥夺了。

因为人们把眼睛看得非常重要，人们不能想象失去眼睛以后还怎么正常生活。但盲人不仅生活在健全人的周围，而且他们以其超常的第六感觉去体验世界，甚至"看见"了人们用眼睛也无法看见的内容，这让人们非常吃惊，于是便将盲人神秘化，这似乎是东西方文化共同的现象，无论是先秦的中国，还是西方的古希腊时代，盲人往往充当了卜算命运、预言未来的巫师类的角色。在古希腊的文学经典中最著名的盲人巫师就是忒瑞西阿斯，在索福克勒斯的悲剧《俄狄浦斯》中，只有"瞎眼的先知忒瑞西阿斯"看清了所有的阴谋和灾难，他敢于向公众宣布："忒瑞西阿斯不是瞎子，忒瑞西阿斯是个眼睛明亮的人。"但中国古代神话传说中缺少一位忒瑞西阿斯式的先知人物，盲人却是以反面形象登场，传说中的舜的父亲就是一位盲人，称之为瞽叟。瞽叟作为中国最早的圣贤君王之一舜的父亲，却是一个生性顽劣、凶残狠毒的人，他为了讨后妻的欢心，几次三番要杀死自己的亲生儿子舜。两种盲人形象多少也透出东西方文化对待盲人的不同态度，但尽管有不同的态度，在将盲人看成是特别的人群这一点上则是一致的。因此在文学作品中出现的盲人形象多半都被赋予特别的象征意义，这种象征意义一般来说体现为两种极端，一种是将盲人作为承载着上帝旨意的具有高尚品格的正面形象，他们的失明是由于他们伟大的承载而付出的代价。歌德在《浮士德》中所塑造的浮士德便是这样一位典型形象，他为了追求崇高的事业而自强不息乃至失明，而失明后的浮士德终于抵达造福于人类的最高思想境界，于是上帝派天使将他的灵魂接到了天国。另一种就是将盲瞽看成是上帝对人类邪恶的惩罚，瞎眼对应着内心的歹毒。中国传说中的舜父瞽叟即是这一类型。文学赋予盲人太多的意义，他们因此在文学的世界里反而失去了自我。基督教最初的教义就以盲人形象来比附未受神示的人仍处在愚昧无知的状态，西方文学的盲人形象往往成为了基督教的释义者，由盲人喻意人生的盲目感。这一点恰好与现代主义者对社会人生的困惑和悲观相吻合，因此，在现代派的文学中不断出现盲人形象来暗示这个世界的不可知。如贝克特的《等待戈多》中日复一日等待的结果是等来了瞎子波佐，品特的《生日宴会》中众人在黑暗里玩"摸瞎子"的游戏，艾略特在《空心人》中描写一群瞎眼的"空心人""聚在混浊的河岸旁，一起瞎摸，互不说话。"梅特林克的《盲人》中干脆出现十二个陷入茫茫森林的瞎子，等待着已经死去的教士来搭救。这些都是通过盲人形象极写了现代人浑浑噩噩、麻木不仁的生存状况和找不到出路的绝望情绪。

西方文学的盲人形象自然影响到中国现代小说的创作，但中国传统文化对于盲人象征意义的处理态度使中国作家在塑造盲人形象时取另外一种途径。如曹禺早期的创作尽管明显受西方现代戏剧的影响，但他在《原野》中塑造了一个典型的中国式的盲人形象焦母，焦母被设计为瞎子形象，固然有出于戏剧效果的形式考虑，但我以为也不排除传统文化思维习惯使然。在这个复仇故事里，焦母代表着邪恶的一方，她是剧中每一个角色的统治者，她是焦大星的母亲，是金子的婆婆，也是复仇者仇虎的干妈。曹禺充分表现了焦母内心阴毒的一面，身为瞎子的焦母甚至承认瞎子的心眼就是狠毒的，她咒骂金子心眼毒辣时，就说："你真毒，你要做婆婆，比瞎子心眼还狠。"这恰恰是焦母形象中所包含的社会文化认同，这就是认为盲人因为看不见，所以心眼会更狠毒。当代文学中也有成功的盲人形象，如史铁生的《命若琴弦》，如余华的《世事如烟》，不过在这两篇作品里，盲人仍然担当的是一种象征和寓意的角色功能。《命若琴弦》是一篇典型的"有我之境"的小说，老瞎子与小瞎子共同与命运拼搏，哪怕知道了改变他们命运的药方不过是白纸一张时，仍绷紧那根命运的琴弦。而在《世事如烟》这篇表现死亡和神秘主题的小说中，那个坐在湿漉漉街道上的沉默的瞎子是一个引导读者通向思想深处的关键人物。当然我们可以举出航鹰在上个世纪八十年代创作的小说《明姑娘》，这是一篇完全写实性的小说，主人公是一位心地善良、品格高尚的盲人姑娘，作者并没有将盲人形象当成象征性的符号。不过，作者采用的是英雄叙事的方式，她看到的是盲人的非凡性一面，是通过盲人的眼睛失明更加凸显其"心明"的英雄品质。这类盲人形象还可以举出雨果的《笑面人》，小说中的盲女蒂纯洁美丽，只有她才爱了面目奇丑的笑面人。蒂并不在乎她的眼睛看不见，因为她觉得看见就是把真相隐藏起来，而她能够看见笑面人的灵魂，发现笑面人"道德的神秘容貌"。也许我们可以武断地说，非正常的视角基本上统领了以往文学作品中的盲人形象塑造。这些盲人形象或者具有神性，或者具有魔性，或者具有非凡性。却缺少了盲人正常的人性和盲人的日常性。

《推拿》是关于盲人的日常生活叙事。而要走近盲人的日常生活和日常心理，并不是一件容易的事情。毕飞宇发挥了他的体贴他人的长处，于是他有很多发现，比如他说："盲人的不安全感是会咬人的，咬到什么程度，只有盲人自己能知道。"比如他说："看起来盲人最大的障碍不是视力，而是勇气，是过当的自尊所导致的弱不禁风。"毕飞宇以他体贴入微的理解在提醒我们，盲人有着与我们一样的情感和欲望，有着与我们一样的思想和人性。我们应该尊重他们的生活方式和情感表达方式。但是真正要做到这一点又是很不容易的。因为健全人与盲人各自以不同的感知方式构建两个不同的客观世界，这两个客观世界往往很难通约。事实上，在盲人的日常生活中，始终存在着一个健全人的阴影。盲人的日常生活也就多了一项内容，这就是如何摆脱健全人阴影的干扰。这种干扰是如此的强大，无处不在，又无所不能。毕飞宇对此理解得特别透彻。有时健全人无意的、甚至好意的举动都会给盲人的日常心理造成伤害和破坏。如一群拍电视剧的艺术家惊叹都红的美貌，就在无意中将一个美的意象植根于沙复明的心中，让沙复明陷入无穷无尽的苦恼之中，改变了他的生活态度。对于沙复明来说，毕飞宇写道："'美'是灾难。它降临了，轻柔而又缓慢。"又如都红凭着自己的音乐天赋，很快学会了弹钢琴，在一次慈善晚会的演出上，女主持人也许是出于真心的对都红表达的怜悯和赞美，却深深刺伤了都红的心，"都红知道了，她到底是一个盲人，永远是一个盲人。她这样的人来到这个世界只为了一件事，供健全人宽容，供健全人同情。她这样的人能把钢琴弹出声音来就已经很了不起了。"都红因此决绝地放弃了弹钢琴。再比如，沙宗琪推拿中心还有几位健全人，她们的眼睛看得见，也正是因为她们的"看得见"，才挑起了一场比较饭盒里羊肉块多寡的风波，这场风波把几乎所有的盲人都卷进了一场矛盾纠葛之中，使推拿中心弥漫着不信任感，直到最后沙复明患病到医院抢救，人们才在共同感悟生命珍贵的情绪里弥合了相互间的缝隙。

　　"无我之境"就是纯粹客观的叙述吗？不是。从根本上说，任何写作都不可能做到纯粹客观的再现，都有一个主体性的问题，因此"无我之境"并非真正的"无我"，它只是超越了一己的小我，而让"小我"与"大我"重合在一起，这种"大我"可以看作是对"道"的把握。在《推拿》中，毕飞宇的"道"既是盲人之"道"，也是民主平等的人道主义之"道"。在这部小说中，毕飞宇将其集中体现在"尊严"这个词上，也就是他在序言中所说的："我很欣慰尊严没有方位感，它不分南方的尊严与北方的尊严，也不分东方的尊严与西方的尊严。它没有性别，也没有年龄。"当然，小说让我们感受到的远远不是尊严的问题。也许我们从来就没有以正常的心态对待过盲人。从这个角度看，毕飞宇对于盲人的日常生活叙事，其意义就非同小可。其实，面对盲人们的正常的生活，大有令我们这些健全人反思的地方。比方说，毕飞宇对"自食其力"这个词的一番议论，就很耐人寻味："'自食其力'，这是一个多么荒谬、多么傲慢、多么自以为是的说法。可健全人就是对残疾人这样说的。在残疾人的这一头，他们对健全人还有一个称呼，'正常人'。正常人其实是不正常的，无论是当了教师还是做了官员，他们永远都会对残疾人说，你们要'自食其力'。自我感觉好极了。就好像只有残疾人才需要'自食其力'，而他们则不需要，他们都有现成的，只等着他们去动筷子；就好像残疾就只要'自食其力'就行了，都没饿死，都没冻死，很了不起了。去你妈的'自食其力'。健全人永远也不知道盲人的心脏会具有怎样彪悍的马力。"读完毕飞宇的《推拿》，对比沙宗琪推拿中心的一群盲人，我会想到一个问题，在我们健全人与盲人之间，到底谁正常谁不正常，还真说不准呢。

一段被湮没的现代化

铁路是新世纪以来中国发展最为迅速的一项事业，从火车提速，到京沪高铁，一次次让人们把惊喜的目光投向铁路，但我在读了范稳的《碧色寨》后，才知道中国在上个世纪初也曾因为铁路而引起世界的震撼，这就是修建穿越云南边境的滇越铁路。当时这条滇越铁路与苏伊士运河、巴拿马运河并列誉为世界三大工程。

碧色寨是滇越铁路沿钱的一个重要车站，在范稳的描述中，可以想见当年这个车站是非常的繁华，也充满了异国的风情，生活在这里的法国人都有身处巴黎的感觉。当然这个名称对于今天的读者来说实在是太陌生了，我对它同样也是陌生的，在未读书前，我还以为范稳要给我们讲述的是乡村的故事哩。但是读完这部小说后，我忽然对这种陌生感有了一种警惕。喜新厌旧似乎是人的天性，我们为京沪高铁上的风驰电掣而欢欣雀跃时，大概谁也不会联想起滇越铁路上曾经的辉煌吧。这二者之间相隔了太长的时间，人们不可能不把前者遗忘。所以我们可以将责任推给时间，时间是助长人们喜新厌旧的帮凶。范稳在小说中告诉我们，时间其实是铁路带给我们的概念。在铁路到来之前，碧色寨的人们只有季节的概念，因此那位彝族最聪明的毕摩独鲁憎恨铁路，他留恋在季节中的生活，"季节让我们在一年中悠闲地安排自己的生活，时间则让我们像猴子一样在大地上忙来窜去"。毕摩独鲁始终在与铁路作战，但人们都被铁路带来的新生活所俘虏，所以这是毕摩独鲁一个人的战争。毕摩独鲁的战争显然会以失败告终，今天的中国大地上铁路如星罗棋布，然而，范稳却提醒人们，铁路上曾经发生过一场一个人的战争。或许我们即使坐在京沪高铁舒适的车厢里，也应该怀念这位曾与铁路作战的失败者毕摩独鲁，因为二者之间有着微妙的关联。而今天普遍存在的对曾经作为世界三大工程之一的滇越铁路的陌生感，其危险性就在这里。范稳意识到了这种危险性，所以他坚持要以"碧色寨"为书名，他并非不知道这个书名丝毫没有市场的号召力，但他仍要努力以这个陌生的名字去唤醒人们的历史记忆。

铁路是一种很耐人寻味的寓意。我们常把中国的现代化比喻为中国道路，中国道路又何曾不是从铁路开始的呢？但铁路就像《碧色寨》所描写的那样，最初是由外国人强制性地建设起来的。小说一开始侧重讲述修建铁路的艰苦和血腥，这既是由于云南险峻的环境决定的，也是由修建铁路的性质所决定的。它的性质在于，这是一条由殖民者带着扩张的愿望而修建的铁路，它其实揭示了一个历史事实：中国的现代化最初是由殖民化所启动的。正像碧色寨车站的站长弗朗索瓦对铁路的评价："因为有了这条伟大的铁路，这里的生活如果不是全殖民化的，至少也是半殖民化的了。"当然范稳并不是一位守旧者，他并不赞同完全站在前现代的立场来批判现代化的弊端。他始终是一位文化融合论者，在这一点上，他的《碧色寨》与他的"藏地三部曲"保持着内在的一致性。也许正是这一点，才会使得一条几近完全被湮埋的铁路勾起了范稳的写作冲动。因为这条铁路的修建和通车，构成了一个巨大的文化落差。自然界的瀑布是由地理落差形成的，落差越大，瀑布就越是壮观，范稳则在碧色寨发现了曾经有过的壮观的文化"瀑布"。也许可以说,《碧色寨》就是范稳用文字再现了这个文化"瀑布"的场景。铁路是西方现代工业文明的庞然大物,而它的延伸之处则是还处在刀耕火种的蛮荒时代,仿佛是滚滚的河水突然跌落到幽幽深谷,掀起了巨大的浪花。从第三章"四脚蛇年"开始,法国人在碧色寨为铁路修建了特等大站,作者才为我们端上了正餐。"在碧色寨车站的洋人们开香槟庆祝时,寨子里的人彻夜未眠,每当他们要进入梦乡时,远处驶来的火车又将他们无情地赶出来"。在彝族人的眼里,火车就是地上的恶龙。但也正是在这样巨大的文化落差前面,我们才更清楚地发现,文化融合是如何在历史进程中起作用的。最先改变了对这条恶龙态度的应该是彝族的土司普田虎,因为火车带给他的财富暴增。拥有铁路的法国人无疑带着文化的优越感,但事实上他们的灵魂也在异族文化的熏陶下悄悄发生了改变。因此,范稳更感兴趣是法国人在跟随铁路进入到碧色寨后所发生的变异。大卡洛斯是一个典型的殖民者强盗形象,他相信靠手棍和手枪说话就能解决问题。弗朗索瓦比大卡洛斯多了一层文明的外衣,因此尽管他与大卡洛斯怀着同一个征服的目的,但他认识到了"我们依靠强大的文明,很容易改变他们的生活方式,但可能很难征服他们的灵魂"。弗朗索瓦也许自以为找到了征服彝族人灵魂的途径,因为他将毕摩独鲁的儿子阿凸改变成了火车上的一位机长。他甚至因此而颇有了成就感。毕摩独鲁也是这个原因最恨弗朗索瓦,在他看来,是弗朗索瓦先迷惑了他儿子的灵魂,再夺走他儿子的命,即使弗朗索瓦救过他的命,也不能抵消他的恨,他最后亲手杀死了弗朗索瓦。连那位始终怀着真诚心愿去了解彝族文化的露易丝医生也无法明白这场悲剧为什么会发生。倒是那位崇尚武力的大卡洛斯认清了这片土地:"火车也好,西方的生活方式也罢,或许可以给它带来某些改变,但这就像落在土地上的雨水,浸湿了它的表面,可能会催生出一些植物,太阳一出来,还是从前那个模样。"

　　我的思路仍然要回到"时间"上,因为这是当代作家普遍感兴趣的话题。无独有偶，范稳和阎连科在他们的小说中各自采用了特殊的纪年方式作为小说叙述的时间形式。范稳以彝族的纪年串联起小说的章节，而阎连科在《受活》中则以中国传统农历的天干地支年来记载小说中的历史事件。这两种纪年都是循环性的时间观，反映了中国文化的自然哲学精神。彝族人的"教父"毕摩独鲁把彝族人的时间观解释为季节，"人们只按太阳在天上行走的道路划分四季，制定历算"，周而复始，循环往返，生命轮回。这样一种时间观是与现代性相悖的，就像铁路修到碧色寨，碧色寨必须采用西元的时间形式，毕摩独鲁深为时间形式的改变而恐慌，因为他发现，人们"被站台上的那个法国时钟里的两根棍子（指分针和时针），不断像被鞭子抽打着那样满地乱跑，连自己的爹娘叫什么都忘记了。"对于像中国这样被迫进行现代化的国家来说，现代性从一开始就带来了时间的恐慌，梁启超是中国最早觉悟到必须改革的知识精英之一，他就意识到了时间形式的改变将对中国文化造成的冲击，他说过："以中国民族固守国粹之性质，欲强使改用耶稣纪年，终属空言耳。"现代性的时间观是一种递进的单行线，它指向未来，一去而不回头。现代性的时间观也是一种进步观，相信时间带来的是进步和发展，时间淘汰了落后与愚昧。法国人把火车开进碧色寨时，坚定地相信这一点，包括那位心地善良的露易丝医生。铁路修到碧色寨后，把碧色寨变成了一个巴黎式的乐园，但是时间更像是一个魔术师，它使得"碧色寨的季节被打乱，时间被腰斩，人间的爱情结出错误的果实"，然后又让"大地重新归于宁静，万物依然按季节轮替、莺飞草长、春华秋实，错乱的时间重新归于有序"。也许这一切不过是时间上的错误。弗朗索瓦曾得意地对普田虎土司说：我们要给重新安排时间。但弗朗索瓦大概没想到他最终被时间算计了！

范稳在云南边地碧色寨发现了一段被湮没的铁路，这也是一段被湮没的现代化，它让我们认识到，中国现代化进程是何等的艰巨和曲折。在我写这篇文章的时候，电视上正在播放甬温线上重大铁路交通事故的新闻，我突然有了这样一种联想：今天的高速铁路与范稳所描写的这段被湮没的滇越铁路是接轨的，虽然二者之间相距数十年，但时间仿佛停顿了数十年，这多像是范稳在小说结尾描写的一个场景：当最后一列火车即将从碧色寨驶出时，"空留下高傲的三面钟孤独地守望着早已流逝的时间"。尽管高速铁路成为今天现代化高速度的象征，但高铁上的追尾突然让飞速的时间停顿了下来，我们有必要回到碧色寨，去看看那段湮没的铁路，它会告诉我们，现代化不是一种线性的时间观。在我们的时间形式中，有循环，有扭曲，有停顿，但它永远不会让我们回到从前。我们要感谢范稳，他再一次把碧色寨车站的汽笛拉响，让人们对那段被湮没的现代化不再陌生。甚至我想，如果甬温线上的高速列车在出发前听到了碧色寨车站的汽笛声，也许就不会发生追尾的灾难。

传统女性的最后葬礼

孙惠芬是当代文坛极具特色的女性作家，她最大的特点是以女性的视角关注着乡村女性在现代化背景下的命运，她在小说中所塑造的乡村女性形象在当代文学中具有独创性和典型性。她的长篇小说《歇马山庄》、《上塘书》和《吉宽的马车》出版后都得到了好评。这几部小说中最成功的还是乡村女性形象，同时也贯穿着她对乡村女性命运的思考。《秉德女人》可以说是孙惠芬对乡村女性命运思考的集大成之作，无论在思考的深度上还是在人物塑造上都要比她的前三部小说更显成熟。小说通过秉德女人这样一个与乡村生活和乡村文化有着须臾不可分离的乡村女性的生存史和命运史，表达了她对中国乡村女性的同情和对她们的命运悲剧的反思。

秉德女人无疑是一个具有典型意义的文学形象，她有着强大的生命力，寓意着中国乡村女性对土地与乡村文化的养育关系，秉德女人不同于以往的乡村女性形象，还在于她不仅集中了中国传统女性的品格，而且她还维系着中国现代化进程的历史，也就是说，秉德女人只能诞生在清末以后中国开始不得不面对西方世界的时代，孙惠芬的家乡在辽南海边，她说她的家乡很早就与朝鲜、上海、烟台等外面世界有着贸易往来，大量的粮食、土特产、日用品在这里输进输出，使这里的商业自十七世纪起就开始繁荣，使这里很早就注入了外来文明。镇内建有教堂、剧院、妓院，税捐局，商会和学校，商店比比皆是。因为这里很早就有着开放的气象，祖辈们的生活很早就受到外界的冲击。秉德女人的故事在很大程度上就是奶奶这一代女人的故事。于是我们就在小说中读到，秉德女人在她少女年华，遇到了一位牧师的孩子，从他那里看到了一张世界地图，知道了在大海远方还有更神奇的地方，世界地图就像一颗种子，种在了她的心中，长出另外一株生命之树，这是一株向往着远方的生命之树，一株周游世界的生命之树，这是中国传统女人不曾有过的生命之树。因此，秉德女人是两种文化碰撞下的新的女性，与传统女性所不同的是，她向往着海洋，她是众多困顿在土地上面的乡村女性中难得的一位"仰望天空中的星星"的女性，这是孙惠芬写这个人物的主要动机。我读这部小说时对这样一位新的乡村女性充满了期待，我想她应该有着与别的乡村女性不一样的人生命运，因为她的内心生长着一株周游世界的生命之树。但我发现，秉德女人尽管一生都怀揣着她的梦想，一生都在挣扎和努力，无论时代如何变化，世事如何艰难，她都没有放弃自己的努力，但最终她还是没有走出大地，她的命运是悲剧性的，她的悲剧性与传统的乡村女性并没有什么区别。我一边读一边怀疑起孙惠芬的写作动机，她为什么写着写着又让她的不一样的秉德女人回到了她曾写过的女人身上去了呢。但我终于明白了，她内心的现实主义精神使她无法以浪漫主义的方式去改变人物的现实命运。尽管秉德女人是强悍的，也是执着的，但面对文化秩序，面对社会形态，她只是一个弱者，作为个体，她无论有多强悍，也无法改变整个社会，甚至也无力改变他人。于是她不得不听任命运的调遣。秉德女人最后坠落到井水中，井底倒映出的星星仿佛在召唤着她，星星或许就是埋藏在她内心的那个走出去的愿望。问题是星星本来在天上，把天上的星星作为愿望，这样的愿望应该引导一个人向上飞翔。但此刻秉德女人的愿望是倒错的，她的愿望不在天上，而是倒映在井底，这分明寓意着中国女性的悲剧在于她们只能将一种倒错的镜象当成自己的愿望，因而她们永远也飞翔不起来。毫无疑问，孙惠芬对中国乡村女性的悲剧命运有着深切的体会，但孙惠芬本人的思想也是困惑的，她缺乏一种现代性精神的烛照，她回答不了中国乡村女性的真正出路在哪里，于是她只能守望着乡村，然而守望乡村的最后归宿却是一口水井，这口水井可以看作是秉德女人的内心，她能够坚守的只是她的内心，她内心的水仍然是那么的清澈，但井中的水无法流向大海。

　　小说叙述有着孙惠芬惯有的特点：细腻、体贴，细节生动，对人物内心活动的把握很到位。小说的结构方式比较传统，但也与小说的写实性叙述比较吻合。在孙惠芬的《秉德女人》中，既有《白鹿原》式的深沉和积淀，也有《丰乳肥臀》式的妖娆和野性，但是，《秉德女人》也印证了，上个世纪初的海洋季风也曾撩开了中国传统女性的心窗，从而让我们感受到开放的辽南海边小镇女人的存在感和生命观。

　　但我想得更多的则是，秉德女人能否走进当代人的生活之中。相对于秉德女人生活的时代，今天的文化生态已经发生了根本性的变化，一个乡村女人即使怀着周游世界的愿望也并非不能实现。年轻的女性在现代精神的感染下有了更加确定的自我觉醒，她们不遗余力地争取自我的解放和自由。在这样的背景下，秉德女人是否能成为她们的楷模？我发现在现实生活中，秉德女人身上的顽强、坚韧，特别是她的自我牺牲精神和忍辱负重的方式，在当代女性的心理认同中占有越来越少的比重。看起来，开放的现代性与传统的美德很难在女性身上兼容。如此说来，孙惠芬书写《秉德女人》，就是在为传统女性举行最后的葬礼呵。

沉默是诗歌对抗现实的一种方式

宁肯的《沉默之门》曾被人评论为是一本奇特的书，我在读它的时候的确感到这本书的写法非常奇特。它的奇特就在于，这不是一位真正的小说家写的小说。或者说，宁肯写这部小说时并没有抱着写小说的姿态。我知道，宁肯曾经写过诗，可能他现在还在写诗。但诗人写小说的多着去了，许多诗人写的小说都带着诗人的气质，我们常常会用"诗化"、"诗意"这样的词语来评论他们的小说，所以说诗人写小说并没有什么新奇的，同样，我丝毫也不是要把《沉默之门》看作是诗化的或充满诗意的小说。但我觉得，宁肯在写这部小说时心头绝对萦绕着诗歌。而诗歌对宁肯来说是一个历史问题，是宁肯难以忘怀的一段记忆。在这一段记忆中，有北岛、海子，有一个又一个西方现代派诗人的新奇的意象，有一群年轻诗人的青春的喷射和狂欢。这大体上也是二十世纪八十年代中期以后的中国诗坛状况。阅读《沉默之门》的过程中我仿佛窥见到宁肯的历史，他一定是在八九十年代之交卷入到了那场诗歌的狂欢之中，他崇拜着诗歌，迷恋着诗歌，诗歌也为他垒起了一个独立的精神世界。

这段美好的记忆在小说第二章"唐漓"中间得到了淋漓尽致的呈现。而宁肯把关于诗歌的记忆扼要地归结到美国诗人斯蒂文斯的一首诗中，这首诗就是《观察乌鸦的十三种方式》，宁肯一再地向我们暗示，这种诗人的特殊的观察方式是放之四海而皆准的，因此小说中的主人公李慢在面对自己的第一场爱情时，他急切地要在恋人唐漓面前采用这种观察方式，他把诗中的乌鸦置换为唐漓，而且他相信这样的结果是非常美的。我从这种急切的、不顾对象的表现中感觉到作者宁肯的思绪对这段关于诗歌历史的依赖，但也许是一个突然的事件，比如说是火车从横卧在铁轨上的海子身上碾过，使得宁肯的这段关于诗歌的历史戛然而止，于是他的思绪也就滞留在这段关于诗歌的历史里。这样我也就悟到了"沉默之门"这个标题的深层含义。这就是说，诗人的心声只能对着诗歌垒起的精神世界倾诉，一旦面对纷繁的社会，他不知道如何发言，他只有沉默无声。在诗歌的精神世界与世俗社会之间，宁肯立起了一张"沉默之门"。所以从第二章出来以后，主人公李慢就变得缄口不言，要么他被人当成精神病患者说些正常人听不懂的话（如第三章），要么他陷入世俗社会之中像一个呆傻者人云亦云（如第四章），要么他就适应了世俗社会，沉浸在世俗的幸福之中（如第五章）。从某种意义上说，这是一部成长小说，小说从李慢的少年生活写起，他在图书馆的启蒙，大学后的求职，他的没有结局的爱情，他的精神病院的诊疗，他的昏昏噩噩的编辑生活，最后他鬼使神差般地与精神病院的医生杜眉结了婚。小说展示了一个人完整的成长历程，但是，我们的作家宁肯却让李慢的心智成长止步于第二章。第二章里是一个风华正茂的李慢，一个被诗歌的阳光温暖着的李慢，但他又是多么的脆弱，当他似乎窥见到恋人唐漓的真实身份时他便变得精神错乱。宁肯在这里是否想告诉人们，诗歌虽然能够充实我们的精神世界，但诗歌在强大的现实面前又是非常脆弱的。那么，从另一个角度来读这部小说，我觉得完全可以把它理解为，一个以诗歌垒起自己精神世界的李慢，是如何顽强地在强大的现实面前挣扎和对抗的。也许在某种情况下，沉默是诗歌对抗现实时不得不采取的一种方式。

小说中的老人倪先生是一个伟大的人物。他是李慢的思想启蒙者，更重要的是，他是知识、文明和精神的化身。如果诗歌就是上帝的话，那么，倪先生就是传达上帝旨意的传教士。但问题在于，我们今天的现实是一个不需要上帝的现实，于是倪先生可以帮助李慢垒起精神世界，却无法帮助李慢应对种种现实问题。倪先生本人采取的策略是逃避，他在逃避中坚守了自己的信念。可是你怎么能让一个年轻人也采取逃避现实的方式？这也是作者宁肯在写作中绕不开的矛盾。他的思绪停留在诗歌的精神世界中，但他必须让李慢走向现实社会，而走向现实社会只能是屡屡碰壁，屡遭挫折。当然，一个读者从阅读期待上说，他希望看到李慢的不断成长，他会觉得很奇怪，为什么到了第三章，李慢反而变得愚钝了呢？这的确是作者宁肯的一个责任。这就回到文章开头我所说的，因为宁肯他没有以小说家的姿态来写这部小说，他不过是在清点自己的一段诗歌记忆。所以他丝毫不理会时间上的常识，尽管李慢在长大，李慢的思想却停止在某一时间段。不过对于一位诗人来说，这应该是允许的，所以宁肯会站出来申辩："爱因斯坦有自己的时间理论"。我非常赞同宁肯的说法，因此他这么处理小说的人物完全没有错，甚至他这么安排小说的情节，还包含着另一种时间理论，关于时间的并列关系。我觉得宁肯对于探索时间的并列关系是非常感兴趣的，但如果宁肯真的把时间的并列关系想得很清楚的话，他或许会让一段诗歌记忆更好地嵌入到李慢的故事中。

超越天使与妖女的"奇观"

陈继明在《堕落诗》中塑造了一个非常独特的女性形象巴兰兰，她是一个复合体，我很难将其归类到已有的女性形象之中，她是一个荡妇，还是一个"祸水"；抑或她是一个妖女，还是一个女强人？这使我想起了美国著名的舞蹈家邓肯在写自传时流露出的困惑，既然是写自传，只需要把自己的经历如实写出来，自己对自己的经历应该是最了解的了，但邓肯却感到她不知道该把自己"写成圣母玛丽亚，还是放荡的密萨琳娜；从良的妓女玛达琳，还是附庸风雅的女文人？"其实，邓肯困惑的背后所表达的是对女性评价标准的不信任，因为在一个男权中心的社会里，制定女性评价标准的权力并不掌握在女性自己手中。但这并没有妨碍邓肯的写作，因为她完全无视男性的评价标准，她对自己的人生选择充满着自信，所以她的自传给我们留下了一个追求自由的新女性形象。当我读完《权欲无间》，面对巴兰兰这个形象时，也产生了与邓肯一样的困惑，因为如果按照当下流行的女性评价标准，我不知该将巴兰兰归入好女人行列还是归入坏女人行列。也许这正是陈继明的思想深刻之处，他作为一名男性作家，终于超越了性别的局限，他不再以现有的标准来裁决笔下的人物，无论读者会对这个人物作出什么样的判断：荡妇，或者女强人，他都要把这个人物的丰富性呈现出来，而且从他的叙述里我们其实已经看出他是非常欣赏他所塑造的这个特别的女性形象巴兰兰的。

巴兰兰最初出现在读者眼前，只不过是人们都熟悉的那种敢于出去打拼的女强人。她年纪轻轻就跑到南方去闯荡，成为了一家房地产公司的副总，但无情的市场竞争风暴突然间就将她的公司摧毁得落花流水，巴兰兰凭着她的机智为自己留下了三百万元，她带着这三百万元回到了家乡裴城，她一回到家乡，就发现这里的房地产业还是一片空白，于是立下"我要让这个城市在我手中崛起！我必将名留青史"的宏愿。她凭着自己的年轻美丽和聪明机敏，事业在她的脚下一点点壮大，她成立的君科集团成为裴城最大的房地产公司，引领着裴城的房地产事业，她不仅是裴城最成功的企业家，还进入了裴城的政界，政府的头头脑脑们对她也要恭敬三分。当代社会是一个越来越开放也越来越以经济为第一的社会，这个社会似乎是一个创造女强人的社会，所以我们在很多反映当代生活的小说中能够见到类似巴兰兰的女强人。而且我发现，女强人的故事大致上都与揭露社会的黑暗具有某种相关性，因为女强人的成功几乎总是与官员腐败、黑幕阴谋等等有着密不可分的联系，这大概是男性对女强人的一条不成文的界定，在男性的潜意识中，是不会认为女性完全凭借自己的努力，能够成为社会精英的，即使有些作家想写一个品性端正的女强人，那也必须让她在现实与道德之间不可调和的矛盾中经受精神的煎熬，让她出于现实的需要不得不做出勾引男人、玩弄阴谋的事情，而后在良心上进行自我谴责。

有人曾经把男性作家所写的女性形象分为两大类，一类是天使形象，或者叫淑女形象；一类是妖女形象，或者叫淫妇形象。而这两类形象都是站在父权制的立场上设计的，前者是父权制支配和控制女性的"美化"策略，后者是父权制支配和控制女性的"丑化"策略。女性学者李小江将这种文学现象概括为"圣母－夏娃"模式，"所谓圣母，是一个没有性欲不受诱惑的贞的化身；所谓夏娃，则是恶的淫的化身。"事实上，今天许多男性作家从理性上认识到男权中心的错谬，他们并不想维护父权制的绝对权威，但他们在塑造女性形象时，却不由自主地陷入到预设的叙述套路中。陈继明作为一位男性作家，对此似乎有着格外的警惕，他对巴兰兰的塑造可以看作是他有意摆脱这种套路的一次尝试。他这样去认识他所塑造的女性："她如果不愿意被规约被描述被指定，也不愿意做二奶三奶，更不愿意去做妓女，那么她会是什么样的一种情形？巴兰兰就是这样一个女人。在这个意义上，她的内心有奇观的性质。她的喜怒哀乐都是奇观。"我们的确从巴兰兰这个形象上发现了"奇观"，她完全颠覆了我们心目中关于"天使"和"妖女"的概念。巴兰兰的发迹和成功似乎与妖女形象没有多大的区别，比如她在南方就是因为同公司的老总陈百川上了床以后才成为公司的副总的，她在裴城更是充分利用她的色相把市长魏卓然支使得团团转。她在性爱方面是那么的放纵，当她感到孤独时，就跑到大城市去寻找"鸭子"。她自如地周旋在官场的复杂人际关系中，用巧妙的手段成为省里第一夫人的密友，轻易地从权力那里获取最大利益。但是，巴兰兰又有着"天使"的品格，她虽然每天陷在非常世俗的、充满铜臭味的商业活动中，但她的内心仍然诗意盎然，她随身带着一个本子，把她随时迸发出的诗的灵感记载下来。她还是一个哲学家，她的有些认识可以说很独到也很深刻，比如她说"人类文明其实早到了意义过剩的程度了"。她深知房地产的内幕，因此她将产业交给妹妹时也交给她一条原则："恪守高于 25% 的利润不做的原则！"在她对待小蒋等普通人、处理造纸厂遗留问题等方面，又可以看出她充满了善良之心。她更具有侠义之心，在她隐姓埋名过着普通生活之后，听到妹妹因为科君集团的一项工程出问题而被逮捕时，她毅然返回裴城"负荆请罪"。当然，她作为一个女人我们无法用现成的道德标准来评判她，比方说她在性方面是绝对自由的，这似乎很符合女性主义的要求，但她同时对爱情的选择又是很真诚的，她始终爱着华山，这似乎很符合传统爱情观对于女人的要求。因此作者陈继明才会说巴兰兰是一个"奇观"。那么，巴兰兰这个女性形象能否被今天的男性接受呢，小说中的小蒋说，在他眼里巴兰兰是完美无缺的。华山也感叹：巴兰兰这个女人可真的像个横空出世的英雄，做起事来，既可以滴水不露，又可以纵横捭阖。然而华山尽管如此佩服巴兰兰，也爱恋着巴兰兰，却面对她的爱情采取了逃避的方式。也许这就是现实：人们一方面欣赏巴兰兰这样的"奇观"，另一方面又不敢接受这样的"奇观"。

可贵的是，陈继明面对这样的现实，以超越现有价值观的姿态呈现了巴兰兰的"奇观"，针对男性作家从天使和妖女两种极端的途径去塑造女性形象，美国女性主义文学批评家伊莲娜·肖沃特将其称之为是对妇女的文学虐待或文本骚扰。或许陈继明是想以真正理解女性的姿态去塑造巴兰兰的。我希望陈继明的这种姿态能够被更多的男性作家所接纳。

改革时代的大赋体

读《深圳九章》，首先就被它的气势震住了，它恢宏博大，纵横开阔。不止是这一部书，该书的主编黄树森开创了一个当代"九章"的系列，我曾读过"九章"系列中的《广东九章》和《东莞九章》，这两部"九章"同样以宏大的气势取胜。我想，这种宏大的气势应该是编者对改革开放时代的一种思想领悟，是对当代中国飞速发展的情感倾诉。《深圳九章》以及"九章"系列无疑都是有关"大我"的书，"大我"的精神内涵自然需要一种"大我"的载体。也许就是这样的缘故，编者选择了"九章"式的编辑体例。为什么是"九章"，编者在"后记"中说得很清楚："中国文化中，九为至大，亦为至尊。古时，舜帝制九章韶乐以鸣王道之盛，屈原赋九章楚辞以盼楚国之强"。显然，编者追求是"大"，而且不是一般的"大"，它必定是"大我"之大。无论是"鸣王道之盛"，还是"盼楚国之强"，不都是一种"大我"吗？《深圳九章》毫无疑问体现的就是一种当代的"大我"精神。《广东九章》《东莞九章》等同样体现的也是当代的"大我"精神。"九章"系列不可能凭空产生，首先，是因为我们这个时代具备了"九章"的气蕴；其次，还需要编者有博大的胸怀，能感应到时代的气蕴。"九章"系列的出现，既得益于我们这个伟大的改革开放时代，也因为有一个胸怀"大我"的主编及其编辑们。

具体到《深圳九章》这部著作中，主编的用意其实就是要告诉读者，改革开放时代的"大我"精神是如何塑造了新的深圳以及深圳人的，深圳人又是如何在改革开放的伟大实践中丰富了"大我"精神的内涵的。主编将其浓缩为八个字："开放史记，改革通鉴"。它所体现的"大我"精神就是深圳人在改革开放中"敢为天下先"的开拓创新、勇于实践的精神。在这部著作中，我们可以把握到历史的轨迹，可以感受到观念的碰撞，它具备思想性，但它又不是在全面地进行思想阐述；它具备学术性，但它又不是做严谨的学术探究；所以它并不以思想深刻或学术见解独特见长。可是我们阅读它，仍然会感到它有着强烈的思想冲击力。我想，这大概正是"九章"系列最根本的特征，它是以思想来抒发情感，是伟大时代的思想抒情。思想抒情，正是这本书最大的精神价值。当然，书中所选取的每一篇文章，都有着特定的历史意义，都是历史留下的空谷足音，都会唤起我们的历史记忆。今天重新读这些历史篇章，仍然会有启示意义。不过这种启示意义也许是别的历史回顾性的著作都能带给我们的。但《深圳九章》却能够把这种思想要素转化为抒情要素，让我们在阅读中获得一种淋漓尽致的快感和兴奋，让我们心潮澎湃、精神振奋，让我们领略到思想和历史的震撼力和冲击力。

"九章"系列不是原创，是重新编撰。但是我以为从一定意义上说，它又是一种原创，而且是一种革命性的原创。它为我们提供了一种"原创"性的文体。我称这种文体为改革时代的大赋体。中国文学史上有一个说法，叫"汉赋，唐诗，宋词，元曲"。赋，就像诗词曲一样，曾经代表了一个时代的文学，独领风骚。但我们以往的文学史基本上对汉赋是持贬低的态度的，因而让我们后人很难真正领会到汉赋的价值。赋作为中国传统文学的一种样式，产生于战国时代，在汉代得到高度发展，达到辉煌的顶峰。我们说的汉赋主要是指汉大赋。这是一种"铺才逦文，体物写志"（刘勰语）的恢宏文体。汉赋堆砌词语，极尽铺陈排比之能事，词语组成了浩大的方阵，如排山倒海之势冲击过来，让你感受到语言的雄浑，文字的壮阔。汉赋的宏大风格是与那个时代的精神相吻合的。汉朝是中国历史上第一个空前强大的帝国，新兴的地主阶级朝气蓬勃，充满旺盛的生命力。整个社会也洋溢着积极进取、乐观向上的精神。以大为美，成为当时全社会的审美时尚，正是这种社会普遍的审美时尚，酝酿出了汉大赋这一新的文体，恢宏气势的汉赋以艺术的方式表达了西汉时代的充满自信、自强、自立的民族精神。改革开放时代的精神气势在某种程度上与汉代初期有相似之处。这是一个欣欣向荣、万象更新的时代，如旭日东升，如千帆竞发，同样让我们感受到一种以大为美的审美时尚。因此我们所处的改革开放时代也需要一种追求恢宏气势的文体。"九章"系列就是这样一种扣合时代脉搏的文体，所以我将它称之为"改革时代的大赋体"。且看《深圳九章》，各章节的拟定就具有明显的宏大、铺排的赋体艺术效果：石破天惊、熏天赫地、命运之战、彪炳史册、盖世辉煌、博采纷呈、惊世之论、巍巍群雄、历史传承、风雨潮涌、万众企盼、激情狂想，也许第四章"岁月之痕"的"略带惊艳"让人感到略带阴柔，但它仍归结到"前尘往事"，以其历史之悠长去呼应宏大。与传统的汉赋所不同的是，"九章"系列大赋是以编辑的方式完成这一文体的。也就是说，这是一个由众多作者参与完成的文体，而主编是这一文体的核心，主编仿佛是导演，他从大量的文献资料和思想成果中挑选出最适合的"演员"，共同吟诵了一篇波澜壮阔、气势恢宏的大赋。

"九章"系列赋体还贯注着编者强烈的政治情怀。中国文人的政治情怀是自古以来形成的绵久的优良文化传统。屈原当年站在汨罗江边，"长太息以掩涕兮，哀民生之多艰"、"亦余心之所善兮，虽九死其犹未悔"，浓郁的政治情怀排遣不开，愤而投江自尽。文人的政治情怀突出体现为"先天下之忧而忧，后天下之乐而乐"的忧国忧民意识。但文人的政治情怀并不是一定要体现为一种批判和悲愤，文人的政治情怀同时还体现为一种建设和参与。因此在一个政治清明、社会处于上升发展的阶段时，文化精英就会与政治精英协调起来，共同维护和建设良好的政治环境，谋划社会发展的未来蓝图。汉赋产生的年代就是一个政治比较清明的年代，特别是社会正处在蒸蒸日上的时期，文人们信心百倍，昂扬进取，他们将庙堂和社稷视为自己施展才能的大舞台，也在大赋中表现了这种乐观向上的政治情怀。当然，赋后来蜕变为纯粹为帝王歌功颂德的东西，这是封建专制制度决定的，这也成为人们贬低汉赋的重要原因。但我以为，事物是充满着复杂性的，不应该以后者而否定前者的存在。今天我们所经历的改革开放年代，正是我们社会上升发展的重要时期，这段历史堪称伟大。我们应该以华丽的篇章来书写这段伟大的历史，而这也就是当代文人的政治情怀。《深圳九章》贯注着这样的政治情怀。但是应该看到，当代文人的政治情怀建立在现代意识的基础之上，是传统文人的建立在忠君爱国基础上的政治情怀所不能比拟的。因此，《深圳九章》并不是单纯地为深圳的改革开放历史歌功颂德，在颂歌的背后充满了反思、追问和警示。这种政治情怀突出体现在对深圳未来前景的思考上，编者精选了深圳市规划局和香港智经研究中心这两个部门各自描绘的深圳未来的建设蓝图，两个蓝图不同的思维角度、不同的文化背景、不同的追求目标，并置在一起时足以引起新的思考。而这两个蓝图再与前面所选的英国学者和中国学者的几篇探讨深圳未来的文章对应起来阅读，问题意识油然而生。

《深圳九章》是鼓舞人心的大赋，也是激励人们"在反思中前行"的大赋，我们阅读这样一本书，对未来会更加充满信心，因此对主编在序言中说的"深圳新的历史篇章，即将展开"这句话，深信不疑。

革命化的个人史

凌行正是我特别尊敬的一位文学评论家。更准确说，他是一位资深文学编辑，文学评论只是他的副业。他的目光如炬，一下子就能捕捉到作品的价值所在，经常在一些场合听他对文学作品鞭辟入里地分析，让我心悦诚服，也获益匪浅。但更让我尊敬的是他的谦逊的品格以及由此带来的他对文学的姿态：宽容，兼听，坚守。他总是很诚恳地倾听不同的意见，哪怕与自己的观点相佐，他也能宽容地表示理解，他愿意从不同意见中吸取有益的成分。而这又并不妨碍他坚守自己的立场和信念。有时候我就想，凌行正从十几岁就参军，怎么从他身上一点也看不出军人的威严呢？最近相继读到凌行正的自传性的"军旅青春三部曲"：《初踏疆场》《铁血记忆》和《感念西藏》，对我所尊敬的军人才有了更透彻的了解。是革命历史铸造了他，同时他也以生命铸造了一个属于自己的历史。

1949 年，在中国人民解放军一路南下的胜利大进军中，19 岁的凌行正放弃了考大学的念头，报名参军，成为一名革命军人。毫无疑问，凌行正的一生是革命化的一生。革命这个词汇逐渐离我们远去，甚至蒙上一层阴影。在过去的二十年间，个性挣脱牢笼，获得充分的解放，在个性解放的年代里，人们往往将个性与革命视为不可调和的对立物，于是革命化就变成了消灭个性的同义词，革命史就成了一部没有个性的历史。但是在凌行正的自传性三部曲中，我们读到了一种革命化的个人史，或者说这是一种个人化的革命史。

革命是一场统一的社会行动，革命需要统一意志，但这并不意味着革命必须泯灭个性。每一个加入到革命大潮中的人都带着各自的个性，会有各自不同的表现。但是为什么人们至今一谈到革命历史，就认定了这里是没有个性所言的呢？如果说人们的这一想法有一定的道理的话，那么导致这一想法的原因并不是革命本身，而是我们对于革命的叙述。我们过去对于革命的叙述存在着很多的偏见，其中最大的偏见就是认为讲革命的一致性就不能讲个性的丰富多样性。以这样的偏见来叙述革命历史，丰富多彩的个性发展就被过滤掉了。关于革命历史就有了一个统一的模式，比方说，知识分子加入到革命队伍，就免不了改造小资产阶级思想和情调的模式。一般来说，这个模式也符合革命的要求。从凌行正的经历中我们也看到了这种改造的痕迹，但同时也看到一个知识者的个性是如何在改造的语境中生长和成熟的。自传三部曲的第一部《初踏疆场》仅仅写了十九岁参军后这一年间的经历，从一个中学生懵懂地报名参军到获得第一份立功证书，他在革命的磨炼下的确发生了很大的改变，但在这种改变中，他的崇尚知识的个性也得到了极大的发挥，甚至这种个性也影响到他在革命队伍里发展的走向。更重要的是，凌行正还写出了革命队伍中不少人的鲜明个性，如思想敏锐的张眼镜，如说出"我是来革命的，不是来坐大车的"这句成为大家相互签名题字的"名言"的还很天真单纯的"小女同志"；还写出了革命生活中那些富有个性的行为。如他们为乡亲们挑水时，"老板胖"一夜之间就在厨房里添了两口大缸，分队长既要保证做到"水满缸"，又要安抚心生怨言的战士，便说要在晚上开会时表扬两次。

　　在凌行正的自传性三部曲中，这样的充满个性精神的细节俯拾即是。这样的细节让我们看到了革命时代的丰富性，看到了革命化的复杂性。同时，凌行正对革命生活中这类个性化的细节的重视和珍惜，使他在精神上始终保持着一块个性的空间，这无疑影响到他对历史的判断，所以，我觉得凌行正的自传性三部曲具有一种匡正历史观的价值。

不变的"仙人洞"有着无限风光

程贤章是我尊敬的老作家，他宝刀不老，又为我们写出了一部新的长篇《仙人洞》。这部小说的题目就耐人寻味，对于我们这一代人来说，"仙人洞"是一个特定的词汇，它让我们想起一首伟人的诗："天生一个仙人洞，无限风光在险峰"。我突然发现，程贤章本人就是一个仙人洞，他的内心蕴含丰富，他的经历和人生体验，他的文学创作，无不构成了一幅郁郁葱葱的壮丽风景。最重要的是，程贤章历经五十年代以来的风风雨雨，而他始终是以"乱云飞渡仍从容"的姿态去面对人生和文学创作。直到今天，在他的新作《仙人洞》中，他对自己的人生经验是那么的充满着自信，对自己的文学理想又是那么的执着坚守。这是一种变幻莫测中的不变，要做到这一点并非易事，它给了我们一种道德感，也给了我们一种智慧。

程贤章的《仙人洞》写的是五十年代的土地改革中的一段生活经历。这部小说不像他以往的小说那样遵循的是一种完全的现实主义创作方式。这并不是说程贤章也变得时尚起来，因为从总的叙述来看，小说仍然是现实主义的，但也许他感到以前的叙述方式使他难以直抒胸臆，因此在小说中设置了一个第一人称的角色——年轻的土改干部阿辉，通过阿辉的心理活动，作者就可以在客观叙述之外表达自己的观点，有时作者甚至不惜让阿辉跳出小说的特定情景发表议论。对于一贯朴实的程贤章来说，他显然在这里不是要做陌生化的技巧炫耀，而是因为作者有一种表达的强烈欲望，这种欲望来自他几十年的人生思考，就像瓜熟蒂落一样。程贤章在后记中说，他希望读者不要把这部小说当作"土改题材"来读。我理解程贤章的心愿，他不是要为我们客观描绘历史图景，而是要坦诚地展示自己在历史风云中的心迹。

但我还是很看重这部小说所写的土改内容的，我以为如果忽视这部小说是如何写土改的，也就会忽略这部小说的意义。土地改革，这是一场天翻地覆的社会革命，也是中国革命斗争的重要部分。中国革命斗争带来了中华民族的新生，今天我们的政治、经济、文化、社会无不与这场伟大的革命斗争有着血缘般的联系。但我们已经从革命斗争的时代转入到了经济建设的时代，革命斗争的峥嵘岁月在今天就成为了一系列的红色记忆。曾有一段时间，红色记忆几乎在我们社会的影像中淡去，更重要的是，随着时代的变迁，社会的历史观、价值观、道德观都发生了变化，这种变化同样鲜明地表现在文学作品中，特别是表现在处理革命斗争历史的文学作品中。过去，我们把革命看作是一场阶级斗争，我们以阶级的观点去处理社会问题，处理人际关系。这也成为了二十世纪五六十年代文学的基本叙述方式。后来这种叙述方式被当作落后的历史观，作家们热衷于从家族史、人性史的角度去叙述中国革命斗争，毫无疑问，新的叙述方式带来了文学新的景观，我们收获了一批不同于过去的讲述革命历史的小说。当然还有从颠覆历史、否定革命的角度去展开叙述的，而其思想背景显然就是对过去的世界观和历史观的怀疑和舍弃。在这种强大的思想潮流面前，作家们纷纷修订自己的创作思维。但是，程贤章对自己的追求毫不怀疑，对自己的人生体验充满了自信，他在《仙人洞》中，一如既往地以阶级斗争的角度去叙述那段历史。在这种一如既往的叙述中，我们看到了一位老者的大智慧。这种大智慧不是凭依着某种理论，而是凭依着亲身的阅历和经验。我猜想，《仙人洞》所写的内容恐怕绝大部分是他当年参加土改时的亲身经历，这样一段难得的经历，我相信程贤章早就有了创作的冲动，他也曾将其中部分素材用在别的小说创作中，但那只是局部地、个别地使用。真正完全动笔写这段经历则是在相隔了半个世纪之后的今天。相隔了这么长的时间，显然他是有着疑惑和迷茫的，他一直在思索着、清理着，因此这部小说既得益于他当年的土改经验，也得益于他半个多世纪的反复思索。这种疑惑在我看来最根本的就是一个年轻人的革命理想和热情与现实斗争中的问题和复杂性之间的错位。《仙人洞》就是以这种错位来安排小说的情节的。阿辉典型地代表了新中国成立后的年轻知识分子的特点。他是一名小学教员，热情投入革命，追求进步。但他来到仙人洞的张家围和陈家围，这里复杂的情况和他对革命的想象相去甚远。侏儒张十三躺到了寡妇的吊篮里、韦寡妇含冤投井自杀、贫协组长要到城里堕胎、疯子阿敬的床底下挖出了银元和金子……其实土改运动是一场翻天覆地的革命，必然会出现很多的复杂现象。类似的情节，我们在过去的写土改的小说中也能读到。比如就像被程贤章提到的经典性的《太阳照在桑干河上》和《暴风骤雨》，然而这些小说基本上都是把这些复杂的问题纳入到统一的阶级斗争模式之中，复杂的生活、复杂的人物都作了意识形态的处理。大概可以用这样一句话来概括过去的创作思路：各种问题都是阶级斗争的反应，通过阶级斗争教育，农民觉悟了，就有了解决问题的方法，最后，革命者取得了阶级斗争的胜利。这种意识形态的处理导致了对历史的简单化和文学的模式化。程贤章显然对这种模式化的思路是不满的，大概这也是他迟迟不愿动笔写土改这段经历的缘由之一吧。在《仙人洞》里，程贤章并不把这些问题简单地归结为阶级斗争的反应，在他的笔下，这既有张家围和陈家围的历史纠葛，也有人性的欲望驱使，也有工作队从主观和教条出发对情况的错误判断和决策。最重要的是，《仙人洞》写了一个阿辉，他对革命的理想和热情在现实面前一下子就碰了钉子，遭到挫折，他有斗争和抵制，也有委屈和迷惑。尽管到最后他是"有始无终离开了仙人洞"，但他并不怀疑自己的理想和热情，他仍然牵挂着仙人洞里的"芸芸众生"。

阿辉将带着土改中的迷惑继续思考，当然这种思考是由程贤章代替阿辉来完成的，因为有了这种思考，程贤章才写出了《仙人洞》。程贤章在阿辉的理想与现实的错位中看到了一种历史发展的复杂性。从宏观来看，土改运动具有历史的合逻辑性，如果不通过革命的方式将土地进行重新分配，新的政权就不可能组织起农村的生产力，新的社会秩序也无法建立。可是历史的合逻辑性却在处理操作中会推导出很多的不合逻辑性的具体行为。就像程贤章笔下的仙人洞，在土改之前，看上去张家围陈家围已形成固定的文化势力，人们认可这样的生活，因此站在土改最前沿的、表现最积极的不见得是真正具有革命精神的贫农，而且很多无辜者遭到了清算，如张远香、陈阿敬等。程贤章写出了这样一种历史合逻辑性与行为不合逻辑性的矛盾现象。我以为这正是程贤章长久思考的重要成果。一方面，他坚持以阶级斗争的观点去认识历史的进程。另一方面，他不是简单地将色彩缤纷的生活往阶级斗争的框架上套，他看到了生活的不合逻辑性，从而写出了生活的复杂因素。这才是更接近生活真实的对阶级斗争历史所做的文学叙述。

事实上，不仅是程贤章在思考，当年经历过土改的阿辉们都在思考，但阿辉们思考的结论可能会完全不同。比方说，现在更为流行的思考就是让当年的阿辉成为一个自由主义思想者，自由主义的阿辉会从种种不合逻辑的行为中幡悟到自己的理想和热情都出了问题，进而根本改变了对历史的认知。我们不能说这种认知就是错的，这应该也是观察历史的角度。但我想说的是，不能因为这样的认知在当今成为流行的观点就要否定阶级斗争的角度。恰恰相反，今天我们社会的种种矛盾，在本质上仍然是一个阶级分化、阶级差距的问题，马克思的阶级理论仍然是我们认知社会的有效的思想武器。因此，程贤章在《仙人洞》中讲述土改历史的方式也是适用于讲述当今社会的故事的。问题并不在于我们以什么方式去讲述文学故事，更不能说只有某种方式才是唯一正确的。人类认识世界的方式是多种多样的，作家们各自选取最合适的方式去体验世界，才使得文学呈现出全面的、立体的景象。问题就在于，一个作家能不能守住自己的心境。程贤章守住了，所以他的"仙人洞"里有着"无限风光"。

"走出去"的文化感悟

中国的改革开放带来了经济上的飞速发展，也成为了世界经济中的重要成员，以至于在国际金融陷入危机之中时，人们都以为此刻只有中国才能将世界从危机中拯救出来。在这样的背景下，中国人的文化自信心逐渐有所增长，也更迫切期待让自己的文化走向世界。季羡林老先生生前不就说过三十年河东三十年河西，他预言二十一世纪应该是东方文化的世纪吗？走出去首先需要了解外面的世界，否则，"当东方相遇西方"时，我们还不知如何应对。张健雄将他的文化随笔集命名为"当东方相遇西方"，其实是别有深意的。作者是一位欧洲研究学者，长年浸染在西方文化之中，有经常游学海外，亲身感受西方文化的魅力。这正是张健雄的长处，凭着他对西方文化的熟悉和钻研，也许他对于"走出去"后该如何与西方文化打交道，会比其他人多一些自觉性。这本随笔集正是他"走出去"的文化感悟。

读《当东方相遇西方》，我首先感慨作者的知识之渊博和涉猎之广泛，这使他在进行东西方文化比较时进退自如，许多材料仿佛信手拈来，何况他的思维具有跳跃性和发散性，常常会将一些让你意想不到的事情放在一起加以对比，然而所得出的结论又让你心悦诚服。当然更重要的是，他对文化的理解非常到位。张健雄认为，文化有着鲜明的地域性和民族性的特点，每个民族的文化，投映出各个民族的历史和心路历程。另一方面，张健雄认为还要厘清文化与政治、经济的关系，这三者在历史进化中各自起到不同的作用。在张健雄看来，政治制度与政策其实也是一种文化，然而，政治是一个博弈过程而不是精神产品，因此不在文化范畴内。同理，经济思想和经济政策是文化，而经济的运行不是文化。政治和经济是与文化互相平行的范畴。正是持有这样的文化理念，抱着这样的文化眼光，张健雄每到一处，便都能从中发现文化刻下的民族心路历程。

张健雄受欧洲文化的浸染，我估计他满脑子都是欧洲的印象，读他的作品时甚至会觉得他俨然就是像一个欧洲人在观察世界一样。比方说，他有一篇写观看桂林的《印象·刘三姐》和陕西华清池的大型实景歌舞剧《长恨歌》的随笔，这两对文艺表演都是将舞台直接设立在自然山水之中，试图将"人文艺术与自然风光温馨地结盟"。对于这样的构思，张健雄想到了中国传统文化的"天人合一"，将其称为"天人合一"的演出。这种联想很自然，创作者在进行他们的导演阐述时，一定也会把"天人合一"作为他们的艺术构思的理念依据。但让我感到新鲜的是，张健雄由此也想到了欧洲的回归自然的"天体运动"。他把欧洲在20世纪初期兴起的这一运动称为"天人合一"运动，因为这一运动的倡导者认为社会的发展使人启动了自己的自然本性，于是就要去除人与大自然间的隔膜，尽情地让肌肤享受与阳光、空气和自然美景的亲密接触。但这些倡导者把自己称为"自然主义者"，而在国内则被翻译为"天体运动"。张健雄将这二者联系起来，对我来说是一个非常重要的启示。因为在这两者之间，其实存在着一个谁在参与"天人合一"。欧洲的"自然主义者"，显然是将自我融入到大自然之中，而《印象·刘三姐》或《长恨歌》的创作者，不过是为观众提供一次体会"天人合一"的表演，人们是以"他者"的身份参与到"天人合一"之中。虽然张健雄在这篇文章中并没有重点讨论"天人合一"的问题，甚至我觉得，文章中涉及到的欧洲"自然主义者"的一段文字仿佛是作者溢出构思之外的自由联想。在这种自由联想中，也许透露出了作者对于欧洲文化中强烈的自我意识的欣赏和认同。他因此也就在反观中国文化的过程中看得更加透彻。在谈到中西方爱情的差异时，他从秦观的诗《鹊桥仙》谈起，继而漫步在欧洲文学经典中的爱情故事里，并结合自己在欧洲与修道院修女的交往，得出结论道："西方情感文化张扬爱的烈度，中国情感文化赞美爱的隽永。"在作者的心目中，最理想的爱情应该是既有爱的烈度，又有爱的隽永。他从这一理想出发，对中国传统女性赋予了更多的同情和理解。他认为，中国性文化具有男尊女卑的特质，女性被剥夺了享受性爱的权利。一个"淫"字充分说明了这一点，"女性性欲的旺盛无一例外地被斥为淫荡、邪恶和下贱"，而"男性性欲则是阳刚之气、英雄本色、豪情万丈的标志"。在另一篇比较中西方政治联姻的文章中，张健雄也有相似的见解，他认为，欧洲王室联姻看重的是贵族血统，而中国古代的政治联姻"不讲究血缘匹配，只要是龙种，撒在哪块土地上长出来的都是龙子龙孙"，说到底，在中国古代的政治联姻中是没有女性的位置的。我想，没有西方文化作为参照，恐怕对中国文化的分析不会来得这么透彻。

书中很多文章是专门介绍欧洲文化的，这无疑是张健雄最擅长做的事情，读这类文章，我们丝毫不必担心作者的表述会产生对西方文化的误读，因为他对西方文化非常了解，他完全可以做到像一个欧洲人一样去看世界。但即使在这类文章中，我们仍然会面对"当东方相遇西方"的问题，因为作者的主体是中国文化，即使在纯粹介绍西方文化，也不免发生"母语干扰"。"母语干扰"可以说是一种文化心理现象，张健雄在《方言的故事》中做了生动的介绍，即使一个自如掌握了多种外语的语言天才，他对母语的反应速度也要远远超过自己对任何一门外语的反应速度，一些精通外语的间谍就是被他们的"母语干扰"暴露了身份的。当然，张健雄并不是派往西方文化的"间谍"，但他在欣赏西方文化的时刻，丝毫也不会掩饰他热爱中国文化的情感——我是把他的这种情感流露看成是一种"母语干扰"的。

孤傲的唯美写作

这是一部意象优美、文字优美的小说。

翻开《青铜葵花》的书页，一个可爱的女孩葵花就出现在我们眼前。她独自一人坐在大河边的老榆树下，静静地眺望着。这是一个孤傲的身影，她的眼前和心底只有金黄的野菊花和叶子上美丽的瓢虫。当我读完全书，就发现这个孤傲的身影其实就是作者的自画像。曹文轩在当下文坛的写作姿态是孤傲的，他眼前的大河奔涌着滚滚的时尚潮流，但他可以视而不见，充耳不闻，执拗地坚守着自己的文学家园。曹文轩就像是当下文坛的一位孤傲的葵花，他的孤傲不仅决定了他的文学意义，也决定了他的文学价值。

这种价值首先体现在他对优美的追求。优美典型地代表了古典美学精髓，也是由古典精神营造得最为精致和谐的审美殿堂。这个精致和谐的审美殿堂自然首当其冲地成为现代主义后现代主义集中力量摧毁的堡垒。我们发现，在许多现代后现代大师的文学空间里，优美已经荡然无存。作贱优美、以丑为美、以残酷取代优美，这俨然成为当代文学写作的先锋性和革命性的标准。即使那些恪守传统的作家，在这种潮流的波及下，对于优美的表达也变得暧昧含混起来。但曹文轩面对汹涌的潮流毫不退缩，反而张扬起优美的大旗，把优美的器皿擦拭得铮亮，甚至他为了明确自己的主张，宁愿把优美推向极致，这种推向极致的做法在他最近的写作中如《天瓢》、如这部《青铜葵花》，都表现得特别充分。我把他的这种推向极致的写作称之为"唯美写作"，因为优美几乎成了作者惟一的追求。曹文轩在这方面可以说是殚精竭虑的，他通过一系列宁静和谐与充满诗意的意象，为全书确定一种优美的愉悦感。因此，在曹文轩的小说中，其基本构成不是故事而是意象，如《青铜葵花》，就是由"小木船"、"葵花田"、"老槐树"、"冰项链"、"大草垛"等一系列优美的意象连缀而成。曹文轩不是现代派的追随者，他自然不会仿效一些现代派经典，彻底抛弃小说的故事性。但他为了营构优美的意境，就对故事作了纯化和简化处理。他剔除那些指向世俗生活层面的情节，减少人物和事件的交代性叙述，小说的故事线索于是变得非常单纯。另一方面，作者在对故事进行简化处理的同时，筛选出一些可以意象化的细节，他对这些细节反复渲染、烘托，使细节变得丰润饱满。所以曹文轩的小说是需要品味的，从讲故事的角度说，他的小说也许很简单。如这部《青铜葵花》，三言两语就能把它的故事讲清楚，但作者通过对细节的反复渲染烘托所传达出的审美意蕴，却是只能在阅读中品味到的。

曹文轩的唯美写作自然会注重修词炼句，在词藻上精雕细琢，也会注重形式的华丽和对称，在结构上达到一种匀称感。《青铜葵花》就包含了这些特点。如"小木船"这一章节，故事元素非常简单，就是葵花独自一人爬上大河里的小木船，但作者有意放慢故事的节奏，以最贴切的文字去缓缓触摸人物的神经末梢，触摸乡村田野的一草一木，淋漓尽致地挥洒文字的想象，他写葵花从"高高的草垛"一直看到"在芦苇上空飘动着"的炊烟，写小船催生出来葵花心中的念头"就像潮湿的土地上长出一根小草"，写葵花紧张地从陡峭的堤坡溜到水边，写她终于爬上小船，"随着小船的晃动，心里美滋滋的"……这完全是一个文字的华彩乐段。类似的华彩乐段，会在叙述的过程中不断的出现。但这种形式美感有时显出雕琢的痕迹，也让人联想起王尔德式的唯美主义风格。的确，从对优美的追求和提倡来看，曹文轩的唯美写作与欧洲 19 世纪兴起的唯美主义思潮有着内在的可比性，唯美主义思潮的兴起显然与古典美受到现代性的严峻挑战有着密切的关系。唯美主义文学的代表人物王尔德就痛感现实的丑陋正在腐蚀和毒害艺术，主张文学应该恢复美的声誉，而恢复的方式就是远离现实，因为"唯一美的事物，是与我们无关的事物"。唯美主义文学在艺术技巧上的精致细腻和在文字上的华丽装饰，无疑给曹文轩对形式感的痴迷提供了完美的范本。但曹文轩并没有陷入到"为艺术而艺术"的象牙塔之中，他的重心放在挖掘优美的精神内涵，这使他完全可以超越唯美主义而构建出自己有思想深度的唯美写作。《青铜葵花》通过两个孩子的关系营造出一个温暖优美的境界，但这显然不是一个远离现实的虚无缥缈的乌托邦，因为作者着力用很实在的精神内涵去填充这个优美的境界。这种精神内涵也就是作者在后记中所表白的"苦难"主题。所以说，曹文轩的唯美写作并不是企图逃离现实的写作，他不过是强调优美在当代的重要性。他是要把一切精神性的东西通过审美体验的方式传达给读者。或者说，他希望人生体验、知识体验和情感体验，都能与审美体验达到和谐共振的地步，这也就是他所主张的文学性。

你在做一项 "伟大的启蒙"

李兰妮：你好！

我像迎接养伤的战斗英雄一样迎接你的邮件。这次挂彩也许比较厉害，因为时间太长，失"血"多了些，但凭着李兰妮的顽强的生命力，最终胜利的还是你。

大作大致上看了一遍，有些地方看得快一些。但已经让我很感动，也很震惊。我甚至为过去的无知而羞愧。我一直以为自己对抑郁症还是多少了解的，也深深同情患抑郁症的人，但事实上我一直把抑郁症看成是一种心理疾患，等同于其它的精神病。所以当我读到"大脑化学物质5——羟色胺严重失衡"这样的概念时感到了汗颜。实际上我相信其实任何一种精神病都不单纯是心理的问题，都有着也许还不为人所知的生理原因。但我们社会对于抑郁症的认识，基本上还处在一个"中世纪"的蒙昧时期。最近看一个新闻报道说：世界卫生组织的相关统计表明，就疾病所造成的负担而言，抑郁症已经成为目前世界第四大疾病，预计到 2020 年可能上升到仅次于心脏病的第二大负担疾患。这难道不是最大的社会问题，最大的人类问题吗？所以你是在做一项伟大的启蒙工作。再怎样高估你的写作的意义和价值都不会是过分的。正如你自己在作品中所说："进入小康后的中国提倡要建和谐社会。"我想：和谐社会的本质，应该是人格意义上的心理和谐、精神和谐。

你所做的伟大的启蒙，就对于中国人民和中国社会发展的重要性而言，决不亚于一个世纪前在中国大地上所进行的那场思想启蒙。上个世纪的思想启蒙是关乎人类社会命运的启蒙，而你现在所做的启蒙是关乎人类自身的生命健康的启蒙，进而从整个世界范围和全人类的角度看，这种启蒙同样重要。

问题是我们还没有意识到这一启蒙的必要性，还没有多少人在进行这样的启蒙。像你的作品中涉及到的不少国外的心理学家、医生以及抑郁症患者所写的书，大概都可以看作是在做这样的启蒙。可惜我对这些所知甚少。即使如此，我仍然有种感觉，你并不是重复他们所做的工作，你在这种启蒙中具有其独特性，这不仅在于你的经验的独特性，而且还在于你的结构的独特性，而结构的独特性是由你的思维方式和思考角度的独特性所决定的。结构上说是分为四个部分：认知日记、随笔、链接、补白。你对这四个部分做了简单的解释，而在我看来，这是由四个李兰妮组成，"认知日记"中是正在治疗抑郁症的李兰妮，"随笔"是自我检视抑郁症治疗效果的李兰妮，"链接"是潜伏着抑郁症的历史中的李兰妮，"补白"是剖析历史中的李兰妮的一名客观冷静的李兰妮。四个李兰妮在对视、对话。其中又包含着时间上的对话：历史与现实的对话。

"认知日记"当然是最重要的部分，也是最具独特价值的部分，所有的写作都是由"认知日记"引起的。你告诉我们，一些医生认为患者自己每天写"认知日记"可以帮助抑郁症的治疗，于是你接受了这种方式。从2003年6月6日起，在你抑郁症最为严重的时候，仍以顽强的意志坐在了电脑前，开始写认知日记，记录下你患病中的思想、情感以及潜意识。认知日记一直写到 2004 年 8 月 7 日，在这里我们能读到 82 篇认知日记。读这些认知日记，能感到你当时在精神上所承受的巨大痛苦，与其说你是在写日记，还不如说你是在以写作的方式与抑郁症抗衡。这时候的你也许不是非常理性，不是非常清醒，你的全部精神都投入到了一个无形的战场，与抑郁症进行着一场短兵相接的遭遇战。我们可以发现，抑郁症就像一个精神病毒，在你的意识深层疯狂地肆虐。我不是医学专家，但我想医学专家一定会从你的认知日记里看到重要的科学价值。即使是一名普通读者，读到你的认知日记后也一定会感到震惊。他们甚至有可能会掩卷反省，在自己的意识深层是否也曾有过与你相似的经历，因为平时我们只关注到生理上的病毒，担心生理上的病毒破坏我们健康的肌体，却从来没有想到还会有一种精神上的病毒。然而精神病毒也许无处不在，它在每时每刻地侵扰着我们健康的精神。"随笔"同样是很重要的部分。这是你在抑郁症仍然十分严重的状态下，自我审视所写的"认知日记"，你以随笔的方式真实记录下你对自我精神世界的大胆剖析，这样的随笔与其说是作家李兰妮写的，不如说仍是抑郁症患者李兰妮写的。你从 2005 年 9 月 26 日起，开始进行自我剖析，你把每一篇认知日记当成是一次内心敞开的瞬间，一篇一篇地进行审视探询，不放过其中露出的任何蛛丝马迹。这样的审视和剖析对于抑郁症来说更是一次极大的挑战，因此这个过程更加艰难，你不得不花去更多的时间，一直到 2007 年 8 月 20 日才完成了对整个认知日记的审视工作，比写这些认知日记所花的时间还要长。不过在认知日记里，是李兰妮在被动地与抑郁症抗衡；而在随笔里，是李兰妮主动地向抑郁症出击。链接部分复杂一些，但主要是一个历史的李兰妮，一个抑郁症处在潜在状态下的李兰妮，这主要是指那些过去写的散文、小说。补白则是一个理性的李兰妮。这样一种对视的方式，特别是随笔部分，以一个抑郁症患者的积极姿态面对过去的抑郁症历史而进行主动反击的思考文字，最充分地袒露了一个抑郁症患者的精神世界和心理世界，让我们清晰地把握了这种特殊的精神世界的流程。这显然是你在作品中所提及的那些关于抑郁症的著作所不具备的，那些作品也堪称优秀，但基本上都是一种经验的总结，不像你的作品，完全以自我为实验体，演示了抑郁症的心理过程和精神过程。如此说来，我相信你的这部作品具有很大的医学价值和科学价值，会成为心理学家和精神科学家进行论证时参考的范本。

但更重要的仍是它的人文意义。就像抑郁症不是单纯的心理疾患一样，反过来说，任何一种疾病也不单纯是生理上的疾患。治病的过程也就是生命力和意志力与疾病抗衡的过程。你恰恰是在这方面体现出你的伟大。谁能想得到，你那柔弱的躯体下有着如此顽强的意志力和生命力。但还不仅仅是一个意志力的问题。你在与抑郁症抗衡的过程中也在磨砺人性，因而在这个过程中你内心的善意和温暖得到充分的培养。这些东西渗透在作品中，深深感动着我。比如像其中的一篇，写狗乐乐带来的麻烦，既为一些人的丑陋的表演而感到心痛，也让人感动，我看到善意是如何在李兰妮的内心深深扎下了根的。而这应该是这部作品的一个重要主题。

你让我提意见，但当我读完全部内容后，就发现这是一个相当完整也相当独特的文本，我提不出什么意见，而且我觉得其他的人也不应该对此擅提意见，因为其他的人只会从正常的思维方式入手来提意见，如果按这些意见去办，反而会破坏了你的独特的思维方式和独特的结构；也不可能真实地展现出抑郁症的特殊的精神流程。这部作品就应该完整地保持目前这种形态，如果说这种形态里有欠缺和不妥，那么，我宁愿认为，这种欠缺和不妥也是必须存在的，因为这种存在才能更准确地展现一个抑郁症患者的精神历程。

惟有一个建议供你参考。这个建议就是，能否在最前面加一个"导读"，这个导读最好由一个对你非常了解的或是一个专家来写。导读以非常客观的叙述，将你的作品的结构特点，写作缘由，抑郁症的现状等内容介绍出来，也可以大致上评价一下阅读这部作品的意义所在。导读不必太长，点到为止，不需要展开，但富有启发性，能让人更好地进入到你所表现的一个独特的精神世界里去。

最后，我仍要强调，你做的是一项"伟大的启蒙"。我仍然相信我的判断，抑郁症是因为有一种我们尚不了解的"精神病毒"在作怪，你身患抑郁症十余年，始终在与这种"精神病毒"作斗争，不仅如此，你还以顽强的意志进行关于抑郁症的写作，通过写作，你让隐蔽的"精神病毒"逐渐显出原形，让人们对这种人类生命的"天敌"开始有所警觉。你无疑在做一件造福于人类生命未来的大善事，因此我要向你致敬！我惟一感到惭愧的是，我不是一位抑郁症患者，否则我就能够为你分担一份痛苦和一份启蒙的责任。同时，我也要鼓励你继续把你的"更深层的精神之痛"写出来，虽然有你所说的现实的忌讳，但我觉得可以变一种法子写，这就是文学化艺术化地写。在这里，也许应该借鉴一下弗洛依德的理论，让潜在的意识以一种乔装打扮的方式发泄出来。最真实直接地呈现内心，这只是一种方式，或许只是一种对科学研究更有价值的方式。还可以让"精神之痛"以一种幻想的方式、变形的方式、神话的方式、象征的方式呈现出来。也许这种呈现更有文学价值。当然，我鼓励你继续写，是因为我认为，这本身就是生命力和意志力与疾病抗衡的一种方式。我是从你长期与疾病斗争的实践中得出这一结论的。你为我们树立了这样一种楷模。也许你的继续写作就会带着你一步步远离抑郁症。在这里，我对你无能为力，只能送一句废话给你：你的前景一定阳光灿烂。

祝愿你每天多一件快乐的事情！

贺绍俊

2008-5-8

用伟大的文学想象激活历史

方方的长篇小说《武昌城》（人民文学出版社 2011 年出版）是写 1926 年北伐战争中的武昌战役的，在阅读这部小说之前，我首先翻到了附在书后的一份"国民革命军第四军武昌战役部分阵亡者名单"，这份名单有十几页之多，每一页密密排列着阵亡者的姓名，每个姓名后面除了注明他有军中的职务以及他阵亡的时间外，几乎别无其他内容。我忽然感到，这十几页的名字如同排山倒海般朝我涌来，因为每一个名字曾经就是一个活泼的生命，他们曾经在战场上冲锋撕杀，他们的生命在战火中如同花朵一样灿烂地开放，但也在一瞬间消逝。他们中的每一个生命都应该是一个可歌可泣的故事，但他们留下来的只是一个个陌生的名字。今天，当我们再一次说起武昌战役，说起北伐战争，甚至说起中国革命近百年来风起云涌的历史，还有谁会想到，这一切的后面湮没了多少人的故事。方方说她决意要写这部小说跟她见到了这份名单有关。或许方方面对这些名单时也感到了一种排山倒海般的冲击。于是她做了一件伟大的事情，她用文学的想象激活了这些陌生的名字，让我们对历史有了活生生的认识，也让我们懂得了对那些被历史湮埋的无数的陌生的名字同样必须怀有一种敬仰之情。

武昌战役是一场决定北伐战争能否取得最后胜利的重要战役，北伐军从 1926 年 7 月 9 日在广州誓师，一路北上，所向披靡，北洋军阀节节败退，固守在武昌城内，9 月 3 日北伐军发起攻城，但接连两次攻城失利，从 9 月 6 日起采取围城战略，围城约 40 天后，城内投诚者开城门接应，10 月 10 日北伐军攻克武昌。历史书籍告诉我们，由国共第一次合作进行的北伐战争，沉重打击了北洋军阀的统治，加速了中国革命历史的进程。方方的《武昌城》与现在流行的巨型历史文艺作品不同，她并不想把目光停驻在革命指挥者身上，而是从那份阵亡者名单入手，展开自己的想象。在"攻城篇"里，叶挺独立团的连长莫正奇总是在危险的时刻冲锋陷阵；在武昌读书的梁克斯从武昌追到广州，就是为了参加革命军的北伐战争；还有护士郭湘梅、张文秀，不管有没有生命危险，哪里有伤员她们就要往哪里去。但他们最终都在攻城战役中牺牲，永久地成为了阵亡者名单中的一个个名字。方方要告诉我们的是，尽管如此，他们在攻克武昌城的那几十天里，活得是如何的壮丽辉煌，他们的生命之花开放得是何等的灿烂鲜艳！比方说梁克斯，这么一位风华正茂的中学生，一定要在战场上实现自己的救国理想，他连枪都没有打过，却想尽办法进了敢死队，第一次攻城时，炸断了两条腿，困在城门下。但他仍给同时被困在城门下的另外几位同伴讲斯巴达克斯的故事。比方说莫正奇，这么一位叶挺欣赏的猛将，为了兑现自己的承诺，想尽办法潜伏到城下，背回了营长曹渊的遗体，他的信念很明确："比我的命更重要的是我的良心。"在"守城篇"里，则多是死于非命的平民，他们的死揭示了战争的另一面：毁灭，它如同炼狱在考量人心。当然，每一部小说都离不开文学想象，特别在历史小说中，想象让枯燥的历史变得鲜活生动起来，这也是小说《三国演义》为什么比史著《三国志》要流行得更广更远的主要原因。今天，北伐战争，武昌战役，这些轰轰烈烈的历史事件逐渐从当代生活中淡去，但谁能说今天我们所享受的一切都与这些历史事件毫无关系。忘记历史的民族必然是一个不能创造出美好未来的民族。因此作家们用丰富的想象让历史鲜活起来，从而加深人们的历史记忆，这是一件有意义的事情。

但是，方方的《武昌城》不仅仅是让一次历史事件变得鲜活起来。在她的文学想象中，包含着她对历史和现实的深刻认识。她用自己的写作证明了，文学想象应该而且也能够为一个民族的公共生活和公共精神创造出新的空间，作家同时也在这种创造中自觉地承担起文学的社会使命。方方在《武昌城》中的文学想象之所以伟大，其原因也正是在于此。我是这样来理解方方的文学想象的。她并没有简单地在革命史的脉络上去想象武昌战役，而是将革命置于人类精神成长史中去展开想象，她更加关注的是，在革命进程中人的精神走向。罗以南这个人物的设置就典型地体现了这一点。罗以南与梁克斯是同学，但两人的精神状态截然相反，罗以南在失恋的打击下精神恍惚，又目睹他的恩人陈定一因为革命而遭砍头，更觉得这龌龊的尘世无甚留念，于是他出走武昌城要隐遁到一座小庙里当和尚。但他被同学梁克斯阻止住了。罗以南尽管是被动地跟着梁克斯一起参加了革命军，但梁克斯的一言一行也让他冰冻的心慢慢融化。因此当他得知梁克斯被困在城门下时，他下定决心要去救梁克斯。他的理由竟然是：梁克斯是一心想要拯救这个世界的人，"所以，这世上更需要他活着，而非我"。罗以南后来还是去了寺庙，但他静不下心来，因为梁克斯生前说的话一直萦绕在他的耳边，梁克斯对他说："未来，你是能替代我战斗的，这恐怕就是我的贡献了。"这反而成了他对逝者的承诺，于是他再次投身革命，战斗了很多年。罗以南的结局更加耐人寻味。他后来在北方的一所中学教书，他向所有学生讲述斯巴达克斯的故事。再后来，他被当成历史反革命遣送回乡，最终他还是当了和尚，成为一个寺庙的高僧。罗以南这个人物形象深化了我们对革命复杂性的认识。罗以南因为被一个革命者的理想和激情所感染而放弃了当和尚，参加了革命；而革命的经历却让他最终成为了一个和尚。革命的复杂性今天已经被人们普遍接受，但方方忧虑的是，高僧到武昌的蛇山脚下寻找当年他埋葬梁克斯的坟头时已经找不着了，问遍周围的人也无人知晓。方方其实是在问自己，也是在问众人，高僧寻找的那个革命者的原初的理想和激情，是否在今天的时代还留下痕迹。也许革命进程中很多该被人们铭记下来的东西却被人们遗忘了。比如还有马维甫，作为一名北洋军的参谋，为了拯救城内的百姓，允诺了策反团长打开城门的行动，但他最终选择跳楼自杀来解决忠于职守与良知之间的尖锐对立。方方一层层剖开马维甫的内心挣扎，其实是让人们记住，不要以革命的名义埋没人性的光芒。在《武昌城》内需要让人们记住的东西远远不止这些。而这一些在很大程度上都丰富和拓展了公共话语的空间。

从小在武汉长大的方方说她一直不知道武昌曾经有城墙，当她知道这一点后，就对武昌战役发生强烈的兴趣，在图书馆查阅了大量资料，进行了一次革命历史的精神之旅。在方方的笔下，武昌城具有某种象征性，武昌城的被拆解，被今人的彻底遗忘，似乎暗示了革命在当下的遭遇。但是，方方通过她在公共话语上的诘问和倡导，试图用文学想象建造起一座精神上的巍峨武昌城。

缅怀诗歌的时代

《春尽江南》（上海文艺出版社 2011 年出版）是格非的乌托邦三部曲的终曲，这个三部曲耗费了他十多年的心血。真应了曲终人散这句话，最后这部作品传达给我们的竟是死亡的信息。对此我并不感到意外。事实上，格非在动笔写这个三部曲时，让他魂牵梦萦的乌托邦情结已经在他心中死去，他只不过还有勇气把死亡的过程讲述给我们听。这大致上也就决定了三部曲的音色，它们是灰暗的，阴沉的。但即使我们断定格非是带着死亡的意念上路的，仍能感觉到他并没有丧失先锋作家的气质，因此他从死亡中发现了神秘之美，小说主人公谭端午说他"感觉到一种死水微澜的浮靡之美"，事实上，小说叙述从头至尾都弥漫着这种浮靡之美。浮靡之美是这部小说的主调，也是格非面对现实而发出的一声叹息。

格非作为先锋文学的代表人物，最突出的特点就是他基本上处在虚空高蹈的状态下写作。当代文学的先锋作家在经历了上个世纪 90 年代的短暂风光之后，便纷纷偃旗息鼓，转向写实性的写作了，他们因此常常成为人们嘲弄的对象。但格非是少有的几位仍然保持着先锋锐气的作家之一。当然这也并不是说格非拒斥现实，只不过他有他处理现实的方式，《春尽江南》就是格非直接面对现实的一部作品。当我们读完这部作品后，也许应该为我们曾经对先锋作家的嘲弄而感到汗颜了。因为对于格非来说，他从来就没有偃旗息鼓，先锋性始终是他的锐利的武器，他能够面对现实，却并不屈从于现实，而是将先锋性嵌入到现实之中，因而他对现实的穿透力远远胜过一般的写实作家。事实上，我们应该对先锋作家的努力给予更加公正的评价。也就是说，我们不应该嘲弄他们由先锋写作转向写实写作，相反应该从这种转向中看到他们是如何给现实带来新的处理方式和新的空间的。格非是在这方面做得特别认真也特别成功的一位，他的《春尽江南》让我们对现实主义有了更为准确的认识。现实主义并不是一面纯粹反映现实图景的镜子，现实主义是作家观察世界的一种方式，因此作家主体是现实主义的灵魂。现实主义必然是作家对现实世界的认识和把握。格非在面对现实时有着清醒的主体意识，主人公谭端午可以说就是他的化身。他不过是写了一个对现实越来越不适应的小知识分子身边的生活，这样一种生活描写当然不会是全景式的或史诗性的。但他从这个人物狭窄的生活视镜里看到了现实最致命的问题。他将这个最致命的问题归结为"浮靡之美"。今天的社会显得是多么的繁荣啊，就像是热带雨林，蒸腾着旺盛的气息。追逐物质和享受成为人们唯一的目标，人们可以不择手段地挣钱，也可以毫无羞耻地沉湎在声色犬马之中。问题在于这种"浮靡之美"已经深入到社会的骨髓，几乎无处不在，无一幸免。连谭端午去参加诗歌研讨会，吉士首先拉着他去的是色情场所，吉士的理由非常正当，他引用的是歌德在《浮士德》中的名言："对人类社会的一切，都要细加参祥。"他要像靡菲斯特一样带谭端午去"破戒"。格非的死亡意念由此而来，也许在他看来，现实已经到了无可救药的地步。人们沉浸在浮靡之美之中。但谭端午清醒地知道，这只是死水微澜的反应罢了。

格非为我们塑造了两个相对应的人物，他们对待现实的方式截然相反，一个是谭端午，一个是他的妻子家玉。家玉能够勇敢地面对现实的挑战，也能够把握住现实的脉搏，她刻苦自学，取得律师执照，办起律师事务所。以世俗的眼光看，她完全是一个成功者，她有足够的资格训斥谭端午。在家玉的眼里，谭端午是一个"和整个时代作对"的人。格非不正是把谭端午当成一个对抗者来塑造的吗？但这是一种特别的对抗，他是以做一个失败者的方式来表达他的对抗。因为这是一个"恶性竞争搞得每个人都灵魂出窍的时代"，你只有成为一个失败者，才能守住自己的灵魂，才不会同这个时代同流合污。谭端午是格非为我们精心打造的时代勇士。这个勇士显然并不被现实所认可，他在现实中都无所适从，甚至都无法解决自己日常生活中的细小问题。但情节的发展却是，成功者需要失败者来拯救。当家玉身患绝症，一个人悄悄躲在成都准备结束自己的生命时，谭端午正在机场焦急地等待航班起飞的通知。在 QQ 对话中，一再训斥谭端午是一个无用的人的家玉，却痛苦地承认："我已竭尽全力。但还是失败了。"这或许是格非对现实的一种预言，他把希望寄托在失败者的身上。

当然我们不能从一般意义上来理解格非所说的失败者。失败只是针对现实而言的。只有当一个人对现实彻底失望时，他才会把希望寄托在失败者的身上。花家舍是格非为这个三部曲设计的乌托邦，三部曲写了花家舍的三个历史阶段，而《春尽江南》中的花家舍堕落得最为彻底。谭端午的哥哥元庆和商人张有德合伙租下花家舍，要把它建成一个与世隔绝的独立王国，但显然两人的思路截然不同，元庆想把它恢复成乌托邦式的"花家舍公社"，但商人张有德不过是要把它建成一个隐蔽的销金窟，美其名曰"伊甸园"。元庆在这场较量中失败了。元庆以正面对抗的方式去解决现实的问题，但最终被现实摧毁，成为一个关闭在精神病院的疯子。元庆反衬出谭端午的姿态才是最恰当的："无用者无忧，泛若不系之舟。你只有先成为一个无用的人，才能最终成为你自己。"

但必须看到，谭端午敢于做一个失败者，并非他要去践行老庄思想。

今天那些萎靡颓废、不思进取的人都愿意从老庄那里找到口实。谭端午的内心是强大和丰富的，并不是他的内心装着老庄，而是装着另一个现实。这个现实就是中国二十世纪八十年代的现实。格非的文学理想大概也是在那个年代建构起来的。他至今对那个年代仍充满着景仰和缅怀。那是一个思想解放的年代，浪漫的精神自由飞翔，更是一个诗歌的时代。谭端午是八十年代小有名气的年轻诗人。诗人无疑得到社会极大的尊重。秀蓉也是因为仰慕诗人而跟随着来到荒僻的招隐寺，并且羞怯又天真地对谭端午说："我已经是你的人了。"但是，一位诗人之死预告了一个时代的终结。于是，秀蓉也改名为家玉。谭端午后来再次遇到家玉，并与她结了婚，但让他纠结的是，"'秀蓉'所代表的那个时代，早已远去、湮灭。"格非以诗歌作为时代的分界线，他所说的诗歌，当然不仅仅是指一种文体，而是囊括了一切精神文明的历史积淀。我们在八十年代的现实中能够感受到它，捕捉到它。但这个美好的现实随着一次诗人之死而戛然中止。让谭端午以及格非痛心的是，在当今的现实里再也找不到诗歌的位置，甚至连现实中的诗人也变了味。格非在叙述中会忍不住站出来对没有诗歌的时代嘲弄一番，如"如今，诗人们在不大的地球上飞来飞去，似乎热衷于通过谈论一些犄角旮旯里的事来耸人听闻。这是一种新的时尚。"格非把所有的理想都赋予了诗歌，所以他要写一首诗歌作为这部小说的结尾，诗歌名为"睡莲"，这个意象是圣洁的、静穆的，很适合表现逝去的八十年代。我读到其中一句"白蚁蛀空了莲心"时，感到一阵钻心的刺痛。我以为，格非始终是带着这样一种情绪在写作的，我们能在叙述中体会到作者的痛感。

如果这部小说仅仅传达一种死亡的信息，那顶多只是让读者哀伤一把。格非并没有丧失知识分子的立场，他要把死亡的信息传达给大家，是为了让大家对现实保持足够的清醒。小说写到一个细节，谭端午一度被"牺牲"这个词迷住了，写了一首长诗，题目就叫"牺牲"。他认为，"正是'牺牲'这个词的出现，使得我们司空见惯的死亡的实际含义，发生了某些变化升华。它所强调的恰恰不是死亡本身，而是它所指向的意义。"格非让谭端午整天捧着《新五代史》读，因为这是一本衰世之书。但格非要强调的是，欧阳修写这本书的目的是要"使时代的风尚重返淳正"。或许格非就是以欧阳修为楷模开始了《春尽江南》的写作，但格非的不同之处则在于，他要为盛世时代写一本"衰世之书"。其中的深意不难明白。

流浪的灵魂是高贵的

张洁从来不掩饰她的愤世嫉俗的情绪，这或许是由她的高贵气质所决定了的，在一个普罗文化（这是张洁在小说中的用语）盛行的时代，高调地显摆一个人的高贵气质，这多少有些显得不合时宜。在张洁看来，普罗文化讲究的是现世现报，连友谊、爱情这些东西都属于雅士时代的文化，已经过时了，更何况高贵气质呢。但张洁就是这样，只要自己认准了的东西，哪怕不合时宜，也要不管不顾地坚守下去，这就是张洁的风格，俟如三十多年前，当人们还是谨小慎微地接近被妖魔化的爱时，张洁就不顾一切地喊出"爱，是不能忘记的"。步入晚年的张洁不过是收敛了激情，而对世俗社会的审视却愈发的挑剔。这成为了她写作的不竭的动力和思想资源。

《灵魂是用来流浪的》的构思就与张洁对现实的挑剔有关。小说有两大故事板块，一个板块是墨非与秦不已在旅游途中结伴去寻找各自的"目标"，另一个板块则是数百年前西班牙人征服墨西哥的过程中赫尔南·科尔特斯总督与玛琳娜的爱情传说。也许在张洁的构思中，现实生活已经在世俗化的过程中烂透了，无法用来展现她高贵的气质，她只能舍近求远地将自己的抱负寄托在遥远的异域历史和不知名的小岛上。但即使张洁能够优雅地讲述这些远离现实的故事，她仍会不失时机地站出来把现实狠狠嘲弄几下，因此故事便从一个对现实世俗充满不屑的墨非与一个遭遇凄凉的暗娼相邻而居开始，故事也在墨非对他的芳邻的一声安慰中结束。更重要的是，说到底，张洁对历史和小岛的钟情，还是因为她深感现实的欠缺。

小说似乎有点像后现代的拼贴或者是混搭。粗看起来，两个板块丝毫没有关联。我知道，对于张洁来说，她已到了炉火纯青的地步，更可贵的是，她至今仍保持着年轻的心态，对新的观念和新的方法一点也不陌生，而且也愿像年轻人一样赶赶时髦。但如果以为张洁在这部小说中只是想玩玩后现代的技巧，那就是没有真正读懂张洁的深意。墨非无疑是小说中的关键人物，墨非的姿态就是张洁的姿态。墨非也许有一个好姐姐，姐姐的婚姻是当下中国最现实、最实惠的婚姻——权钱结合。权钱结合物成为当今现实的尊贵，姐姐希望自己的弟弟来分享这份尊贵，但墨非对此一点也不感兴趣，不仅如此，他对一切物质的东西都不感兴趣，唯一感兴趣的是数字，这位数学研究所的研究人员可以说是张洁设计的一个彻底反功利主义的高傲者。他欣然接受了姐姐安排的一次旅行，在旅行途中发现了一个神秘的数字——古玛雅人关于世界末日的公式。为了找到这个神秘的数字，墨非追寻着一切的蛛丝马迹，终于在库库尔坎神庙前的蛇影里，捕捉到了古玛雅人传递的信息，他凭着自己对数字的感悟破解了人们多少年来也破解不了的公式。在张洁的描述中，墨非这一发现不亚于陈景润对哥德巴赫猜想的解答。但张洁之所以如此倾情地讲述墨非的发现，并不在于他的发现有多么大的意义，恰恰相反，张洁最欣赏墨非的地方是他的无意义。她将墨非的生活态度和生活方式命名为"世上最豪华的消费"，在张洁看来，最豪华的消费不是什么一掷千金，而是"付出一生也不一定有所收效的消费，且无怨无悔，乐在其中"。因此墨非的最大乐趣都在寻找那个神秘数字的过程中，至于这个数字会带来什么样的幸运则是他根本就不关心的。被现实的情爱和伦理逼迫到疯狂程度的秦不已不懂得墨非的这种超然的生活态度，她把时间误差的真相告诉墨非，无非是要提醒他，他所发现的公式没有任何实际意义了，可是对于墨非来说，实际意义又有什么意义呢，这根本不是他所求的，他不过是把这一次寻求当成是一次灵魂的流浪，灵魂在流浪中才会那么的自由自在。墨非是张洁为我们贡献的一个非常有价值也非常有意义的人物形象。

　　一切都是在对比中彰显出意义的。秦不已之所以愿意与墨非结伴而行，就在于他们俩在脾性上有相通之处，秦不已也是一位对世俗功利看透了的智者，但她却不能像墨非那样做到心境丝毫不被世俗困扰，她少年时期与继父的恋情导致她在世俗伦理法则的阴影下"长跪不起二十多年"，她困顿于对人类社会的"污秽"的恐惧之中，以为只要亲手杀死继父就可以得到拯救。墨非像一面镜子让她发现了自己内心深处的龌龊，在她生命的最后时刻，她获得了解脱，她想如果有来生，她也要像墨非一样有一个"只是为着'流浪'而生的灵魂"。

　　在张洁讲述的异域爱情传说中，玛琳娜仿佛是另一个墨非，她同样在世俗功利面前能够坚守住自己的灵魂，但她表现的方式不同于墨非。她以她的非凡智慧帮助赫尔南·科尔斯总督解决世俗中的问题，她又如炽如火般地爱着总督，但是面对世俗的显贵和奢华，她及时隐退，回到大自然之中。她为什么这么做，就因为她"血管里流动着的贵族血脉"。张洁说，"贵族的气质是几辈子修炼来的"，她曾是部族之王的女儿，她的部族承袭了古玛雅人的文化辉煌。但是野蛮的阿兹特克人不仅消灭了她的部族，还让文化大大地倒退，他们以可怕的人祭维系着他们的威权。玛琳娜从西班人那里看到了先进文明的曙光，由此，"墨西哥只用了几年时间，就走完了赫尔南·科尔特斯的故乡曾经几百年走过的路"。张洁显然并不是要为曾经的殖民历史翻案，但她要告诉人们，历史进程中文明的重要性，"玛琳娜有多么崇敬西班牙的文明，就有多么藐视西班牙殖民者的不文明"，这也是张洁回望历史的态度，因为"文明是提高人们素质的基础"。玛琳娜的基础是多么的深厚呀，她缘自古玛雅人，古玛雅人培育出她的高贵气质，因此她要回到马林切，在荒草深处守候着那根铭刻着神秘数字的石柱。

正是这根石柱，将玛琳娜（准确说应该是马林切）与墨非联结了起来，墨非最终成为了马林切等候着的可以破译石柱的人，尽管时间阻隔了他们的相遇，但在永恒的空间里他们的精神相遇了。他们都对远古的文明充满着敬仰和向往，因为那是让人类的灵魂更加高贵的文明。只有高贵的灵魂才能使人类不会在世俗的泥淖中陷落。看到现实生活中人们为了世俗功利而日夜奔波，张洁劝我们说去流浪吧，因为"灵魂是用来流浪的"，而我在读了她的书之后，更加明白了一点：流浪的灵魂是高贵的。

点评 "70 后"

一次偶然的机会，集中阅读了一批"70后"作家的短篇小说，明显感觉到"70后"作为一个代际的写作群体，有着自己的审美和思维的共性，也正在悄悄地改变着主流的小说叙述语言，我们万万不可低估了他们的实力。同时，我也非常喜欢他们的言说方式，为此，我为这些短篇小说一一写了点评，这是一个"50后"对"70后"的点评。

曹寇的《鞭炮齐鸣》：

"70后"不能一概而论，有的是顺着传统开辟自己的道路，有的是逆着传统开辟自己的道路。曹寇应该属于后者。后者更容易亮出"70后"的本性，比如这篇小说，几乎与人们习惯了的小说逻辑不搭调，小说应该有自己的逻辑，但逻辑有时又会像紧箍咒，使得孙悟空不能自由放纵地挥舞他的金箍棒。曹寇摆脱了旧逻辑的约束，所以他时不时将金箍棒舞出了花样，比如他对城市高楼里的楼道的发现，他写"我"与老鼠操哥以及与老光的对话，我都很欣赏。不过，曹寇还没有顾得上搭建自己的新逻辑。

戴来的《茄子》：

　　戴来是为都市人物画像的小说家，也是一位最善于揣摸男性心理世界的女性作家。她的小说主人公多半是都市男性，更难得的是，她能够把自己的性别特征隐蔽起来，以一种超性别的眼光来观察男性，重要的是她面对男性有一种自信，因为她掌握了他们的弱点，认为他们貌似强壮，其实是非常脆弱的，因此她写男性的时候带着一种少有的同情和体贴，《茄子》中的父子俩不约而同地从冲洗的相片中发现了一桩婚外情的隐私，分别都悄悄地当起了拯救者的角色，但戴来的叙述让我们感到，父子俩的正义之举倒是泄露了他们内心各自不可示人的动机，这些动机大概与男人的窥视欲有关，与力比多有关。当然，戴来对此点到为止，并不深究，这恰是她写小说的聪明之处。

金仁顺的《松树镇》：

　　据我所知，金仁顺曾有过几次参与拍电影的经历，她很自然地将这样的经历转化为一篇小说的构思。"70后"作家，特别是"70后"女性作家，擅长于从日常生活经验中寻找小说，而且原汁原味，营造出一种生活的原生态，这一点是"50后"作家远远不及的，"50后"作家习惯了戏剧化的意义世界。但金仁顺写《松树镇》最强大的情感动力恐怕不是来自拍电影的经历，而是小说中的煤矿，那是一个黑森森的神秘地洞，也是一个吞噬生命的残酷之地，与其说松树镇的小煤矿吸引了一群热衷于拍地下电影的年轻人，不如说是作者本人被它强烈吸引了。煤矿是这篇小说的核心，因为有一个核心，那些漫不经心的叙述就有了归宿。小说里隐隐约约还有另外一个煤矿，因为年轻人的许诺，孙甜小女孩掉进了一个拍电影的"煤矿"里，她的生命再也爬不出来了。

李浩的《镜子里的父亲》：

　　读李浩的这篇小说，也许就会把他归入到先锋作家的行列里，这大概不会错，李浩骨子里有着很强烈的先锋意识，但他并没有生活在一个先锋小说的时代，这是"70后"共同面对的问题，有不少"70后"作家为这些很纠结，但李浩学会了妥协，他弱化了先锋作家的形式感。我以为，这种妥协恰好证明了李浩的先锋意识更加成熟。从这里也可以看出，李浩是"70后"作家群中少有的追求思想内涵的作家之一。这很符合我对小说的理解，我一直认为小说应该是为时代生产思想和储存思想的。其实，尽管"70后"以前的作家有非常丰富的经验，但产生具有独创性的伟大思想，也许只能寄希望于"70后"以及之后。

鲁敏的《离歌》：

　　这是一篇叙述十分精巧的小说，语言也很讲究，像一件精心打磨的工艺品，它足以证明短篇小说是一种对技术要求很高的写作。鲁敏从乡下走来，她用小说建构起一个乡村世界——东坝，这里充溢着浓郁的日常生活情趣，飘散着乡间的炊烟和雾霭，以及邻里乡亲们的欢声笑语。在当代小说的乡村生活图景中，扑面而来的是苦难、凋敝、衰老、荒凉，会有类似于愤怒、怨恨、悲悯等情绪敲打我们的心灵。鲁敏所建筑的乡村世界却完全没有参照这幅几乎成为文学范本的乡村生活图景。鲁敏的东坝改变了我们头脑中对于乡村的偏见，这是一个充满精神活力的世界。这篇小说流淌着温润的诗意，仿佛看到了沈从文、汪曾祺乃至何立伟的影子，也许鲁敏丝毫没有去效仿谁，但从她的小说中能够看出她对传统致敬的态度，这种态度在"70后"中并不是普遍的。

乔叶的《解决》:

　　《解决》所要解决的是大哥被小姐讹上了的麻烦,丽很轻松地就解决了,但对于乔叶来说,她要解决的问题远远没有这么轻松,首先我们还得寻找乔叶所要解决的问题是什么,她肯定有什么问题在心里纠结着,否则她不会为了大哥这屁大的事把我们带到乡下去过一场白喜事。三爷接受了奶奶和东院爷的私生女月姑,是那个时代的解决方式,它和今天的解决方式有什么不同吗?乔叶永远在诘问伦理道德,因为被伦理道德所裁判的现实永远要比人们想象的复杂得多,乔叶比现有的伦理道德要高明的地方是,她始终试图从人性的角度去寻找解决的方案。

田耳的《坐摇椅的男人》:

　　田耳的小说中有一种"人性的温情",但单用温情来解读田耳是不准确的,他的温情从来不会把生活的严酷和人生的恶劣筛选掉,也不会将乡村当成逃避现实的田园净土。与他的温情相伴随着的是一种冷峻,冷峻地面对现实困顿而展开精神的追问。最重要的是,田耳学会了乡村舒缓的思维方式,他因此能够从容不迫地去处理急剧变幻的生活现象,使自己的体验在小说世界里变得更加饱满。小丁的变化匪夷所思,莫非那把摇椅有迷惑人心的魔法,莫非是岳父的灵魂附着在他的身上?小说有一种轻烟般的荒诞感,最终在结尾凝聚为一团浓雾。荒诞感可以说是时代留给70年代出生作家的印记。

魏微的《乡村、爱情和穷亲戚》:

　　魏微有一篇小说题目叫《家道》,我以为魏微最擅长写的就是家道中的微妙情感和诡秘的心理。她有一套适合于写这类故事的文字:舒缓,温润,像一脉灵动的泉水从你的脚边流过。难得的是魏微把家道的人伦复杂性咀嚼再三，让我们回味无穷。这篇小说充分表现了魏微的以上特点。让我惊异的是，她能把爱情作为一面镜子，从而照见了我们在乡村伦理以及城乡文明冲突中难以发现的细微之处。魏微所呈现的细微之处，也许够社会学家以一本专著的篇幅来加以阐释，但魏微小说中的理性却是以最含蓄的方式隐藏在情感丰沛的叙述丛林中。还应该注意到，魏微的情感世界深处有一块安静的圣地，就像是这篇小说中所表现的"我"与表哥陈平子之间的那一段"瞬间的理想"般的爱情，也许在现实中是稍纵即逝的，但它始终跳荡在魏微的内心。

张楚的《蜂房》：

张楚是写短篇小说的高手，他将这篇小说取名为"蜂房"，或许他就是一只很有头脑的蜜蜂，把他的小说都建造成了精致的、就像迷宫式的蜂房。因为有了好的结构，所以他的叙述一点也不张扬，不动声色地把读者带到了一个意想不到的境地。张楚曾说过，他特别喜欢一部叫"黑暗中的舞者"的电影，但电影中关于底层和犯罪的故事似乎并不是张楚乐意仿效的对象，我猜想他一定是喜欢上了这部电影的名字，他愿意像一位"黑暗中的舞者"那样去写小说，但他有一双穿透黑暗的眼睛，因此即使在黑暗中仍能把舞步踩得那么流畅和潇洒。《蜂房》显得过于隐晦，多种不相干的意象重叠在一起，它会给读者带来什么样的幻觉呢？也许每个人的感受是不一样的。

张惠雯的《垂老别》：

这是一篇在客观冷静的叙述中蕴含着哀悯情感的小说，质朴却不苍白，显示了叙述的力量。张惠雯的小说非常干净，既是说她的文字，也是说她的意象，这可能与她的经历有关。她有篇小说《水晶孩童》，我以为她是把自己的小说当成是"非人间的美丽"的水晶孩童来营造的，所以她的小说一般不会陷入社会现实的污浊之中，这篇小说看似要揭露农村家庭伦理上的问题，其实不是，张惠雯更想进入到一个老人的内心，我读这篇小说时不由得想起了日本的经典作品《楢山节考》。

张学东的《跪乳时期的羊》：

我把"70后"作家分为顺着传统开辟自己的道路和逆着传统开辟自己的道路两类，张学东属于顺着传统开辟自己的道路中的代表性作家之一。《跪乳时期的羊》是他的成名作。这篇描述乡土生活的小说，自然会让人们联想起现代文学以来发展壮大的乡土叙述，即使小说采用了儿童的视角，也算不上新鲜，但值得注意的是，张学东笔下的这名儿童带着现代人的困惑，小说写的是农村习以为常的宰杀牲口，而我们在感受小说中如牧歌般的草原气息的同时，也感受到了弥漫在小说中的生命之疼痛。张学东顺着传统，还表现在他的小说多半接续起关于乡土文明与现代文明冲突的主题，他往往从小角度切入，表现乡土文明在向现代文明转变时的困惑茫然和艰难认同。人们或许会说张学东的叛逆性不够，但在他的骨子里还保存着西北蓝天的纯净透明，这是别的"70后"所没有的。

朱山坡的《灵魂课》：

朱山坡的小说中有一个米庄的世界，这既是他出生的家乡，也是他安放自己灵魂的地方。他的小说同时还有一个高州的世界，因为这个世界的存在，他才会去重新发现米庄的意义。《灵魂课》更像是一篇寓言，这也是朱山坡写小说的特点，他不愿意他的小说停顿在故事的层面，他担心那种纯粹客观的叙述会让懒惰的读者止步于故事之前，而不去探询故事后面的意义。所以他的小说总会将他思索的意义转化为一种形象的符号，作为基本旋律反复弹奏。

阿乙的《杨村的一则咒语》：

　　"70后"的文化资源有一多半来自外国文学，而且他们对"西餐"已经有了良好的消化功能，不像"60后"在上个世纪八十年代受西方现代派的影响掀起先锋小说潮流，几乎是生吞活剥的方式。阿乙的这篇小说从人物和故事来说，完全是本土的，故事中包含着底层苦难、工业污染、农民工问题等诸多元素，也都是当代小说最流行的叙事，但阿乙没有照着当代小说的路子把这些材料写成一个社会文本，而是写成了地道的文学文本。我以为是他从外国文学中悟到了一种处理现实的思维方式。在这篇小说中阿乙是怎么处理现实的呢？他从小处着眼，把意义之大也化解到事件之小中。于是就有了"蝴蝶效应"的叙述结构，杨村的钟永莲为偷没偷鸡而下的一句诅咒，竟像一只蝴蝶扇动了翅膀，带来巨大的风暴……

东君的《听洪素手弹琴》：

　　东君往往带着洁癖来写小说，他不愿意社会的污秽玷污了他钟爱的人物，这大概也是为什么他的小说中总爱出现寺庙一类意象的缘故吧。洪素手显然是他精心呵护的一位在红尘滚滚的当下仍然保持着清高和洁净的姑娘，洪素手身边虽然没有寺庙，但东君让她为自己搭建了一座无形的寺庙。在寺庙里弹琴，需要心的虔诚和平静，寺庙里的琴音则是淡定平和。淡定平和也是东君偏爱的叙述风格。但东君的洁癖有时会显得过于生硬，这是我对这篇小说略为不满的地方，比如为什么非得要洪素手这位高洁素女与民工小瞿结为夫妻呢？这多少会让人误以为东君也相信庸俗化的人民观会提高小说的道德优势。

徐则臣的《伞兵与卖油郎》：

　　徐则臣出道很早，当时读他的小说，有一种少年老成、孤傲清高的印象，他对城市的世俗功利保持着清醒的警惕性，不愿轻易安顿自己的一颗漂泊的心，于是他自如地游走在城市与乡村之间，也为我们去除了曾经蒙在"70 后"作家身上的那一层时尚的幻影。重要的是，徐则臣还是一位对未来充满期待的年轻人，这几乎成为他的小说底色，比如这篇小说的故事核就是范小兵百折不挠地做伞兵的理想，徐则臣让范小兵一次又一次地从高处飞翔般地落下来，多像他放任自己内心的欲求一次次自由地飞翔。而结尾是范小兵五岁的儿子俨然"像一个军人正步走过阅兵台"，这是最典型的徐则臣式的结尾。

盛可以的《1937 年的留声机》：

　　盛可以的写作从来不以女性的性别优势换取文学上的通行券，因此她的小说总是充满着锐利感，甚至有一种粗暴的快感。过去她的目光倾向于形而下，但自从《道德颂》后，她似乎更关注形而上了。这篇小说则是挑战以往的历史叙事，准确说是关于抗日战争的叙事，更准确说是建立在民族立场上的抗日战争叙事。我终于发现盛可以的小说为什么充满着锐利感，因为她是一个有着无比胆量的女子，这倒很符合湖南人的性格。她的胆量在于，抗日叙事就像是一个禁区，人们告诫说这个禁区里有毒蛇咬人。但盛可以偏要把脚伸进去，她不过是想探寻一下，在民族立场的叙事之外，是否还可以有别的叙事方式。我不能说她探寻到了结果，她的一双脚仿佛还在小心地绕开那些毒蛇，摸索着朝前行。1937 年留下来的声音，既有父亲的"我们不能养一个刽子手"，也有那台留声机反复播放的《雨夜花》，这两种声音会混合在同一个时空下吗？

路内的《阿弟，你慢慢跑》：

　　当人们关注精英的时候，路内关注的是一个最普通的青年，其实小说中的那些精英的故事大多是作家们的虚幻想象，同时也满足了读者们的虚幻的愿望。对阿弟的书写绝对不是所谓的"平民化",他表达的是 70 后的世界观。阿弟说:"我一辈子就是活在你们的阴影里!"这真像是代表"70后"发出的一声呐喊,其实这声呐喊并不亚于鲁迅在新文化运动来临时的"呐喊"。

葛亮的《泥人尹》:

葛亮 70 年代末期出生于南京,在香港上学,现执教于香港浸会大学文学院。香港回归已有近十年了。但文化的回归远远不是一次交接仪式就能解决了的,正是香港特殊的政治地理环境,使得这里的文化语境更为复杂,也更为沉稳。在一种多色调的沉稳文化环境的浸染下,葛亮的写作少了内地作家普遍存在的浮躁气,读他的小说有一种静谧恬淡之美,也能看出他是把短篇小说当成艺术品在精心雕琢。《泥人尹》在极短的篇幅里讲述了一个平民艺术家的传奇一生,却不让人觉得信息太密集,这不仅是一个详略得当的问题,还在于他懂得如何将信息转换成文学意蕴。他是把尹师傅当英雄来书写的,但他在叙述中表达了一种反主流的英雄观,从中可以看出一位"70 后"对现代意识的接受和消化。

付秀莹的《爱情到处流传》:

我特别欣赏付秀莹的叙述,我称之为短叙述,文字很精短,甚至是一个句号接着一个句号,短叙述带来的是慢思维,让你慢慢地去想,慢慢地去琢磨生活的褶皱里面那些很有意思的东西。《爱情到处流传》典型地体现了她的这一特点。小说是写乡村伦理的,大多数的作家往往会以新与旧的对立模式去表现乡村伦理,这也是急切的写作心态难以避免的,付秀莹的慢思维使她慢悠悠地进入到乡村伦理精神和社会结构的复杂层面,乡村伦理精神是要建构非常严密的乡村秩序,在乡村秩序后面,跳动着不安的灵魂,人性的东西就在这里呈现出来了。所以,付秀莹最关注的是乡村秩序后面跳动不安的灵魂，跳动不安的灵魂是人性的表现，实际上这就是生活，所以，她的小说是非常有生活情趣的，她让我们看到了伦理和自然人性之间的辩证关系。

海飞的《到处都是骨头》：

海飞有一种"狸猫换太子"的本事，他能在一种通行的叙述模式中偷换成另外的主题，或者他将一个公共主题装置在一个不相匹配的框架里。有一段时间海飞被视为"70后"能够承继红色经典的作家，但他的《向延安》把一个青年追求革命的故事用一个谍战的外壳包装起来，从而使追求革命也变调了，谍战也变调了。《到处都是骨头》写的是人贩子的故事，因此我们往往会把它看成是揭露社会的小说，或者从主人公李才才帮助女人玉华逃跑的举动中，发现作者的目的是要表现人性觉醒的主题。也许这些解读都很有说服力，但我更看重小说最后的意象：李才才偷偷挖来明芳的尸骨，去卖给别人完成一桩阴婚，买卖成了之后他就要回村娶麦枝做老婆，没想到最终是他自己充当了阴婚的角色，他死在明芳的一堆尸骨跟前，这个结局意味深长，仿佛生与死、善与恶，都在同时嘲弄着这个懒汉李才才。